Pat McCraw

Duocarns – Schlingen der Liebe

Pat McCraw

DUOCARNS
Schlingen der Liebe

Roman

Pat McCraw
DUOCARNS – Schlingen der Liebe

ISBN: 978-3-943764-00-0

Covergestaltung: Norbert Nagy
Korrektorat: Brigitte Mel

Lieselotte Heinrich
Schieferweg 19
56727 Mayen

verlag@elicitdreams.de

Mehr über die Duocarns auf
http://www.duocarns.com

Was in Band 1 „Duocarns – Die Ankunft“ geschah:

Auf der Jagd nach ihren Erzfeinden, den Bacanis, strandeten fünf attraktive, außerirdische Duocarns-Krieger mit ihrem Raumschiff in Kanada:
Meodern, der blitzschnelle Supermann, der muskelbepackte Xanmeran, der fungide Hybrid Tervenarius,
Patallia, der Mediziner und ihr Führer, der Sternenkrieger Solutosan.
Aufgrund ihrer vielfältigen Gaben und Talente konnten sich die Duocarns ausgezeichnet auf der Erde einleben. Nicht zuletzt durch die tatkräftige Aiden, die die Krieger in jeder Weise unterstützte. Sie verliebte sich in Solutosan, der ihr, obwohl mächtig und unsterblich, wenig entgegenzusetzen hatte. Was nicht geplant war: Aiden empfing ein Sternenkind.
Auch der homosexuelle Krieger Tervenarius erfuhr erste Bewunderung durch den Häusermakler David. Er entzog sich ihm anfangs, aber David ließ sich nicht abschütteln. Eine tiefgründige und sinnliche Liebesbeziehung entstand.
Die Duocarns vermuteten zu Recht, dass sich die Bacanis ebenfalls auf der Erde befanden, und suchten verzweifelt nach einem Anhaltspunkt. Der den Kriegern treuergebene Bacani-Navigator, Chrom, verliebte sich auf einer Dating-Page im Internet und landete einen Volltreffer. Er fand die Navigatorin der feindlichen Bacanis, Psal.

Eine genaue **Personenliste** befindet sich am Ende des Buches.

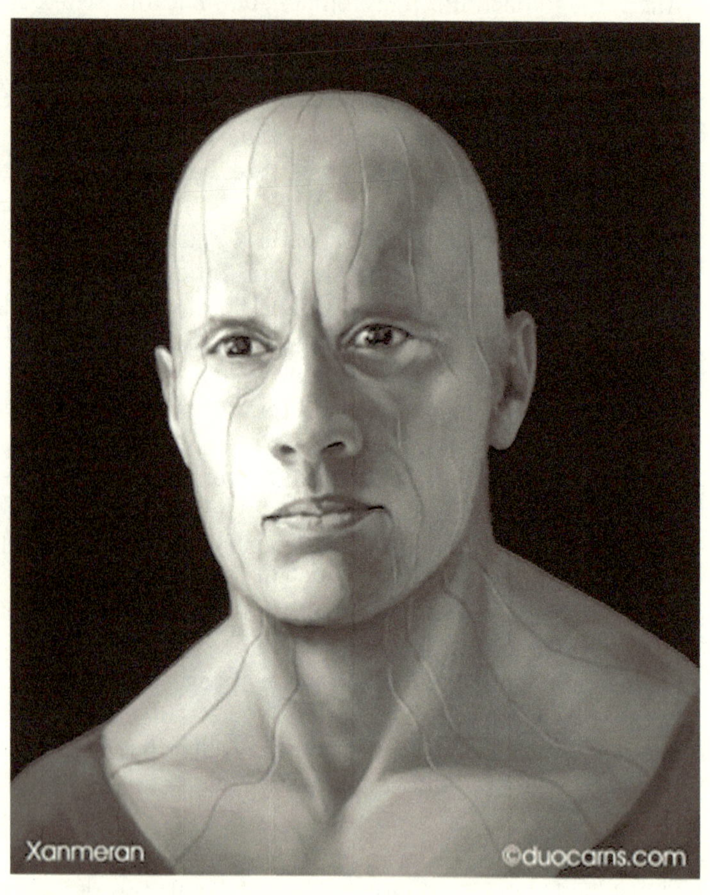
Xanmeran
©duocarns.com

Was hast du dir nur dabei gedacht, Chrom?« Solutosan starrte seinen Navigator prüfend an. Chroms unkalkulierbarer Ausflug ins Internet ärgerte ihn.

Auf der anderen Seite hatten sie endlich einen handfesten Beweis für die Existenz ihrer Erzfeinde auf der Erde. Seit ihrer Strandung suchten sie nach so einem Hinweis – also würde er seine Kritik an Chrom in Grenzen halten. Das Foto der Bacani-Frau plus deren Hotmail Adresse war natürlich nur eine karge Information, an die sie anknüpfen mussten – aber immerhin, es war ein Anfang.

Er blickte in die Runde seiner Männer, die nachdenklich in dem Computerraum im Keller des Duocarns-Hauses in Seafair auf den Stühlen kauerten. Das Hecheln der Wölfin Lady und das Surren der Computer-Lüfter waren die einzig wahrnehmbaren Geräusche.

Chrom kratzte sich verlegen mit seiner Kralle am Kopf und sah zu der, ihn mit ergebenem Blick betrachtenden, Wölfin an seiner Seite. *»Ich habe wohl Lady – «*, gestand er telepathisch, *»aber ich hätte doch lieber eine zweibeinige Freundin. So jemanden findet man auf der Erde am ehesten auf einer Internet Dating-Page.«*

Tervenarius warf Chrom einen wütenden Blick zu. *»Nur warum, zum Vraan, hast du der Bacani Davids Foto geschickt?«*

»Die Frau wollte unbedingt ein Bild von mir. Er ist der einzige männliche Mensch, den ich kenne, und dessen Fotografie ich hatte. Ich konnte ihr doch schlecht eines von mir mailen«, verteidigte sich der Navigator.

Die Krieger starrten ihn an, als würden sie ihn zum ersten Mal sehen. In der Tat, Chrom war ein Bacani, das war nicht zu leugnen. Gleichgültig wie viele Perücken er ausprobierte und welche Kontaktlinsen er benutzte – sein langgezogenes Gesicht mit den weit auseinanderliegenden Augen erschien faunisch und man sah ihm die Zugehörigkeit zu seinem Volk an der Nasenspitze an. Eine Bacani-Frau hätte ihn selbstverständlich sofort erkannt.

Solutosan lief, die Hände auf dem Rücken verschränkt, vor der Kanadakarte auf und ab. Die Bewegung half ihm beim Nachdenken. *»Lasst uns überlegen. Die Bacani denkt, du* *wärst ein Mensch und würdest aussehen wie David.«* Chrom nickte. *»Also werden wir David brauchen, um sie zu treffen.«*

Tervenarius wollte etwas sagen, jedoch schloss dann den Mund. Es passte ihm offenbar gar nicht, dass sein Freund für solch eine Aktion eingesetzt werden sollte.

»Bitte Terv, geh David holen.« Er wählte bewusst einen seidenweichen Ton, aber sah ihn mit einem Blick an, der keinen Widerspruch duldete. Terv erhob sich schweigend und ging.

»Was hast du vor?« Meodern beugte sich mit neugierig blitzenden Augen in seine Richtung.

»David muss sie treffen, dann folgen wir ihr und räuchern die Bacanis aus. Oder habt ihr einen besseren Vorschlag?«

Herausfordernd blickte Solutosan von Meodern über Xanmeran zu Patallia, der in seinem Laborkittel mit nachdenklichem Gesicht auf einem der Drehstühle saß.

»Kann man über ihre Hotmail Adresse nichts herausfinden?«, fragte Patallia und sah von ihm zu Chrom.

Chrom schüttelte den Kopf. *»Hotmail ist dicht. Da kommt selbst Pan nicht rein.«*

Tervenarius betrat mit David den Raum. Der dunkelhaarige Mann nickte allen kurz zu und beide setzten sich eng nebeneinander auf einen der freien Tische. Terv legte beschützend den Arm um David, was Solutosan mit einem Stirnrunzeln quittierte, denn sie würden David brauchen, unabhängig von Tervs persönlichen Interessen. Die Duocarns hatten Priorität vor allem.

»Worum geht's?« David blickte mit seinen stahlblauen Augen neugierig in die Runde.

Solutosan setzte seine Wanderschaft vor der Kanadakarte fort. Sein langes Haar störte ihn und er drehte es mit beiden Händen genervt zu einem Bündel. Er beendete die telepathische Unterredung, damit David den Gesprächen folgen konnte. »Chrom hat einer Bacani-Frau dein Foto gemailt und sich als du ausgegeben!«

»Wie bitte?« David sah aus, als ob er nicht wüsste, ob er lachen oder weinen sollte.

»Ich hatte zu diesem Zeitpunkt keine Ahnung, dass sie eine feindliche Bacani ist, und sie wollte unbedingt wissen, wie ich aussehe. Außerdem ist sie sehr nett!«, versuchte Chrom sich zu verteidigen.

Dieser Satz brachte bei Xanmeran das Fass zum überlaufen. Er sprang hoch und packte den Navigator mit seinen riesigen, roten Händen um den dünnen Hals. »Nett? Nett? Bist du des Teufels? Die fressen Gehirne und hinterlassen Leichenberge!« Er schüttelte Chrom.

»Xan! Lass ihn los! Das bringt doch nichts!«, herrschte Solutosan ihn an. »Wir müssen einen kühlen Kopf bewahren und nachdenken, wie wir jetzt das Beste aus der Situation machen.« Er wandte sich an David. »Würdest du dich mit dieser Frau treffen? Wir müssen wissen, wo sich die Bacanis verstecken. Sie wird uns höchstwahrscheinlich dorthin führen.«

David nickte augenblicklich. »Na klar, kein Problem.« Xanmeran ließ Chrom los, schlug sich mit den Fäusten auf seine Glatze, aber setzte sich wieder.

»Deine Stunde kommt noch, Xan. Du darfst das mordlustige Pack eigenhändig ins Jenseits schicken, wenn wir es erst einmal haben«, bemerkte Solutosan leicht genervt.

Xan nickte, löste provokativ eine seiner Dermastrien von seinem Arm, ließ sie, wie eine kleine, rote Schlange, durch die Luft wehen, und zog sie dann wieder auf sich zurück.

»Gut!« Solutosan blieb abrupt stehen. »David, lass dir von Chrom alle Mails geben, die ausgetauscht wurden. Ihr müsst im Gleichklang handeln. Chrom schreibt weiterhin in seinem Stil und du bist sein Gesicht. Ihr zwei sorgt dafür, dass sie sich mit David irgendwo im Café oder Park trifft, okay?«

Chrom und David nickten und wandten sich sofort einem der Rechner zu.

Solutosan war zufrieden. »Wir treffen uns in zwei Stunden hier wieder.«

Patallia erhob sich. »Wenn ihr mich jetzt nicht mehr braucht ...« Er rieb sich die Augen und ging zur Tür.

»Ich komme kurz mit.« Solutosan folgte Patallia in sein Labor.

»Hör mal Pat, ich muss mit dir reden«, hob er telepathisch an.

»Wegen des Sternenkindes?«

»Nein, Pat«, antwortete er bestimmt.

Patallia zog fragend die Augenbraue hoch.

»Ich mache mir Sorgen um **dich**. *Ich glaube, dir geht es nicht gut, seit wir auf der Erde sind. Ich sehe dich nur selten oben im gemeinsamen Wohnzimmer und ständig wirkst du müde.«*

»Bist du jetzt hier der Arzt, Solutosan?« Patallia zwang sich zu einem Lächeln.

Solutosan ging auf diesen Scherz nicht ein. *»Ich bin nicht dumm – und wir kennen uns schon Äonen. Hast du ein Problem?«*

Sein Freund schüttelte langsam den Kopf. *»Ich arbeite viel. Der Planet ist völlig neu. Es gibt so eine Menge zu entdecken. Mir geht es bestens.«*

Solutosan starrte ihn an. So kam er nicht weiter. Er fühlte, dass Patallia einsam war, aber hatte keine Idee, wie er ihm helfen konnte. *»Du weißt, dass ich immer für dich da bin. Bitte komm zu mir, wenn dich etwas plagt.«*

Patallia nickte. *»Du hast genug eigene Probleme, jetzt wo die Bacanis endlich aus dem Loch gekrochen sind. Außerdem wird Aidens Schwangerschaft kein Vergnügen.«*

Solutosan schob seine Hüfte in der schwarzen Jeans auf einen der leeren Labortische. *»Rechnest du mit Komplikationen?«*

Pat wiegte bedenklich den Kopf. *»Eine Erdenfrau hat ein Sternenkind im Leib.«*

Solutosan rieb sich leicht gestresst die Stirn. *»Das war nicht geplant. Ich hätte nie gedacht, dass wir kompatibel sind. Was kann auf uns zu kommen?«*

»Alles«, antwortete Patallia tonlos.

David rutschte mit seinem Stuhl näher an den Rechner, in dem die Mails geöffnet lagen, und studierte sie eingehend.

»Du bist ja ein echter Dichter, Chrom«, bemerkte er ehrfürchtig. Ihm war klar, dass es sich um private Korrespondenz handelte, denn nicht nur die Bacani-Frau hatte ihr Herz ausgeschüttet, sondern Chrom hatte das Gleiche getan. Nach dem, was er dort las, war es fast schon ein Wunder, dass der kleine Navigator bereit gewesen war, die Frau an die Duocarns zu verraten. David nahm an, dass das Jagdfieber auf seine Artgenossen und seine Solidarität zu Solutosan den Ausschlag gegeben hatten.

Er schaute Chrom von der Seite an und vergewisserte sich, dass die Tür geschlossen war, denn die Duocarns besaßen alle ein sehr feines Gehör. Aber nur Tervenarius saß mit missmutigem Gesicht auf einem der weißen Drehstühle und die Wölfin Lady lag vor ihnen, mit dem Kopf auf den dicken Pfoten, und spitzte die Ohren.

David lächelte Terv zu. Erst dann fragte er leise: »Gehe ich richtig in der Annahme, dass du diese Frau schützen möchtest?«

Terv, der die Mails nicht gelesen hatte, zog scharf die Luft ein.

Chrom nickte betrübt. »Ich mag sie. Sie scheint sehr sensibel und einsam zu sein. Ich glaube, sie unterscheidet sich vom Rest ihres Rudels.«

Tervenarius war fassungslos. »Chrom, erinnerst du dich, dass wir seit Äonen Bacanis jagen? Sie sind Parasiten! Deine Freundin macht da keine Ausnahme!«

»Ich kann ihr ja das mit dem Katzenfutter erzählen!«, beharrte Chrom.

»Ach, und wie willst du ihr das mitteilen?« Terv korrigierte sich. »Wie soll David ihr das sagen? Hallo, du nettes Mädchen. Wie wäre es mit ein paar Bacani Ernährungstipps!« Seine Stimme troff vor Ironie.

»Ich weiß noch nicht«, bekannte Chrom gequält. Er tat David leid. Aber was Terv da sagte, entsprach einfach der Wahrheit!

»Tatsache ist«, nahm David das Gespräch wieder auf, »dass du ihr möglichst schnell schreiben solltest, um ihr zu bestätigen, dass sie eine attraktive Frau ist und du dich über ihr Foto freust.«

»Sie ist ja auch schön«, trotzte der kleine Navigator.

Tervenarius und David seufzten im Chor.

»Los, schreib eine dementsprechende Mail. Außerdem frage sie nach einem Treffen. Schlag ein Café oder einen Park vor.« Terv sah ihn auffordernd an.

Chrom nickte. Mit angespanntem Gesicht flogen seine Finger über die Tastatur. David sah, dass ihm die ganze Sache nahe ging.

Solutosan kam zurück in den Computerraum, die Stirn umwölkt. Sein Gespräch mit Patallia schien nicht gut gelaufen zu sein. Chrom informierte ihn über den genauen Inhalt seiner Mail.

»Du solltest auch wissen, dass Chrom die Bacani-Frau gern schützen würde«, teilte Tervenarius Solutosan mit.

»Sie ist vielleicht die einzige ihrer Art auf dem Planeten hier«, gab Chrom zu bedenken. »Soll ich wirklich für immer allein bleiben?« Seine Stimme klang trotzig.

Diese Frage richtete er natürlich genau an die beiden richtigen Männer. Solutosan hatte Aiden gefunden und sogar geschwängert und Tervenarius und er waren ein Paar. Betretene Stille folgte.

»Es gibt die minimale Möglichkeit«, begann Solutosan, »dass sie ihrem Rudel nicht ergeben ist – aber, Chrom, du weißt selbst, wie unwahrscheinlich das ist!«

»Ich werde es herausfinden, wenn ich sie treffe«, versuchte David Chrom Mut zu machen. »Ich weiß jetzt in etwa, wie sie tickt. Sie ist trotz ihres Rudels einsam und sucht Normalität bei einem Menschen.«

Er spürte den Blick seines Geliebten und wandte sich um. Tervenarius sah ihn mit seinen goldenen Löwenaugen durchdringend an. Der Missmut war verschwunden. Eine Mischung aus Erstaunen, Bewunderung, Tadel und Liebe lag in ihnen. David schluckte.

Er hatte lediglich intuitiv versucht zu helfen und sich in die Lage von Chrom und seiner Freundin hinein zu versetzen. Er spürte, dass er errötete, und versteckte verlegen seine Hände in den Taschen seines Sweatshirts, was Tervenarius mit einem breiten Lächeln quittierte.

»Wir suchen schon so lange nach den Bacanis«, fuhr Solutosan fort, der ihren Blickwechsel bemerkt hatte. »Wir haben Zeit, alles in Ruhe herauszufinden. Wir werden erst zuschlagen, wenn wir ganz sicher sind, in welche Art Nest wir da stechen. Jetzt können wir nur abwarten, bis die Frau reagiert.«

Chrom hatte die Mail fertig und las sie laut vor. Solutosan nickte und er schickte sie ab. »Ich werde mit Pan sprechen und ihm alles berichten.«

»Was willst du mir erzählen?« Pan hüpfte in einem blauen Jogginganzug durch die Tür, den langen Spiralschwanz hinten aus einem ausgefransten Loch in der Hose hängend. Die Versammlung im Computerraum überraschte ihn offensichtlich, denn er hatte etliche Milchriegel in der Hand, die er beim Anblick seines Vaters schnell hinter seinem Rücken verschwinden ließ. Seine violetten Augen blitzten und er grinste leicht verschämt.

Chrom schaute seinen Sohn an. David sah, wie Chroms Blick weich und liebevoll wurde. »Du musst wissen, was hier vor sich geht.«

»Okay, klärt mich auf! Och, menno!« Er zerrte an den Milchriegeln hinter seinem Rücken, denn Lady hatte diese mit den Zähnen ergriffen, um sie ihm abzunehmen. Milchriegel in dieser Menge waren für Pan tabu.

»Gib ihr die Süßigkeiten«, befahl Chrom streng.

»Nur einer!«

»In Ordnung, lass ihn einen behalten, Lady«, bat Chrom die Wölfin, die die zerbissenen Riegel losließ.

Er berichtete Pan in einer Kurzform, was sich ereignet hatte.

Pan staunte nicht schlecht. Er grinste und bleckte die Fangzähne. »Cool! Ich bin dabei, wenn ihr mich braucht.«

Solutosan erhob sich und nickte. »Wie lange dauert es, bis sie antwortet?« Die Frage ging an Chrom.

»Völlig unterschiedlich. Manchmal einige Stunden – aber auch ein bis zwei Tage.«

»Gib sofort Bescheid, okay? Geht jemand mit frühstücken?«

Frühstück! Jetzt erst bemerkte David seinen leeren Magen richtig. Er verließ mit Tervenarius und Solutosan den Computerraum und sie stiegen die mit Teppichen belegten Treppen zu den Wohnräumen empor.

Xanmeran saß mit Meodern am Küchentisch. Beide streckten die langen Beine von sich und hielten ein riesiges Glas Kefir in der Hand. David hatte 1-Liter-Gläser angeschafft, als er verstand, welche Mengen an Nahrung die Duocarns benötigten. Tervenarius und Solutosan holten sich ebenfalls Kefir aus dem Kühlschrank.

David hingegen machte sich ein gigantisches Sandwich mit Käse, Schinken, Gurke, Tomate, Ei, Thunfisch und diversen Saucen. Die Krieger beobachteten fasziniert, wie er die Sachen aufeinander türmte und dann zum Mund balancierte. Tervenarius grinste.

»Ich sag euch mal was: Die ganze Warterei auf die Bacanis geht mir auf die Nerven!« Xanmeran schüttete unmutig den Kefir in sich hinein.

»Xan, du gehst am besten in den Kraftraum«, bemerkte Solutosan trocken.

»Noch mehr Kraft?« Xan sah auf seine roten Arme, die einem preisgekrönten Bodybuilder Konkurrenz machen konnten, und zuckte demonstrativ mit den Bizeps-Muskeln.

David hatte schon einmal mit Schaudern zugesehen, wie er seine Epidermis in einer Art Streifen komplett vom Leib gelöst und mit diesen Dermastrien im Trainingsraum eine Holzpuppe umschlungen hatte. Dabei war die unter der roten Haut liegende, schwarz-golden pulsierende Masse seines Körpers freigelegt worden, was David sehr gruselig fand.

Aber war nicht alles mehr als ungewöhnlich, seit er mit Tervenarius zusammen war? Tatsache war, dass er sich äußerst wohl und behütet im Kreis der Duocarns fühlte, unabhängig von ihren bizarren Gaben.

Er lächelte seinen Geliebten an, schob sich das letzte Stück Sandwich in den Mund und leckte sich über die Lippen.

»Geh in den Kraftraum oder lauf am Meer, Xan«, entgegnete Solutosan nochmals betont ruhig. »Ungeduld ist jetzt nicht angesagt.«

Im Computerraum hatte Pan Chrom noch ein paar Fragen gestellt. Er sah ihn mit großen Augen an. Das hörte sich ja fast so an, als wäre sein Vater verliebt. Er war offensichtlich der Meinung, in der feindlichen Bacani-Frau eine Seelen-Verwandte gefunden zu haben. Äußerst ungünstig war, dass sie zu den Feinden gehörte und bei einem Duocarns Feldzug ausradiert werden würde, ebenso wie ihr ganzes Rudel.

Pan blickte nochmals zu Chrom, der an seinem Rechner arbeitete, und schob sich den ergatterten Milchriegel in den Mund. Er kaute langsam und bedächtig. Er konnte verstehen, dass sein Vater gern ein Weibchen seiner Spezies gehabt hätte, zumal die Chance hoch war, dass sie wirklich die einzige ihrer Art auf der Erde war. Oder hatten Bacanis Horden von Weibern an Bord, wenn sie die Duonalier auf ihrem Planeten überfielen? Er konnte es sich nicht vorstellen. Weibchen saugten keine Unterleibsenergien. Das hatte er schon verstanden. Also waren die Angreifer in den meisten Fällen Männchen.

Pan kaute nachdenklich. Ob er seinem Vater, der so offen zu ihm gewesen war, sein Geheimnis gestehen sollte? Nein, er entschied sich dagegen. Das war jetzt nicht der Zeitpunkt ihm zu erzählen, dass er sich in Vancouver herumgetrieben hatte. Natürlich nachts und in dicken Klamotten.

Pan schnippte das Papier des Milchriegels in Ladys Richtung, die den Kopf hob und ihn durchdringend anblickte. Wie gut, dass sie nicht sprechen konnte. Sie hätte ihn unter Garantie an Chrom verpfiffen. Er hatte sie überlisten müssen, um sein Heim zu verlassen. Der Schießstand war ideal. Er war so stark isoliert, dass man ihr empörtes Gebell nicht im ganzen Haus hören konnte. Danach war er in sein Zimmer geschlichen. Es war etwas schwierig gewesen, den langen Spiralschwanz in die Hose zu packen, aber da er ein paar Baggy-Pants trug, passte das. Handschuhe „borgte“ er aus Chroms Schrank. Auf diese Art getarnt, sah man die Klauen nicht. Er hatte geübt, die Lippen über die Fangzähne zu ziehen, was ihm schon ganz gut gelang. Anschließend war er aus dem Haus geschlichen – nicht ohne vorher noch Haare aus Chroms Haarbürste zu zupfen, denn nur mit Chroms DNA konnte er die Alarmanlage überlisten, wenn er zurückkam. Seines Vaters Tür-Code aus dem Computer zu ziehen war ein Kinderspiel für ihn.

Es war total aufregend gewesen durch Vancouver zu laufen. Einfach so. Ohne Bewacher. Er war auch in keiner Weise aufgefallen, war bis zur No.1 Road getigert und hatte in eine offene Tankstelle gespäht. Er traute sich nicht hineinzugehen, zumal er kein Geld besaß. Er war etlichen Leuten bei seinem Ausflug begegnet und niemand war schreiend weggelaufen. Der Rückweg hatte ebenfalls prima geklappt. Lady war ganz schön sauer, als er sie wieder frei ließ, und schnupperte vorwurfsvoll an ihm. Ob sie wohl noch einmal so dumm wäre, sich in den Schießraum einsperren zu lassen? Er hatte auf jeden Fall vor, seinen Ausflug zu wiederholen.

Sein Vater sagte etwas auf duonalisch. Pan war so ans Englische gewöhnt, dass er ihn zuerst überhaupt nicht verstand. »Geh mal in die Küche und sag den anderen Bescheid. Sie hat geantwortet.«

David war den Kriegern frisch gestärkt in den Keller zwischen die vielen Computer gefolgt, um die Details des Treffens zu besprechen.

»Wie ist dein Nickname in der Datingbörse?«, fragte Solutosan.

Chrom wand sich. »Crazy Boy.«

Um Solutosans Lippen zuckte es verdächtig. »Und wie heißt sie?«

»Sweet Lady«.

»Unser Chrom hat es mit den Ladys«, grinste Tervenarius.

Chrom hob gleichgültig die Achseln. Er hatte offensichtlich beschlossen eventuellen Spott, was seine Romanze anging, einfach abzublocken.

»Sie möchte mich am Eingang des Kensington-Parks im Westend treffen. Morgen Abend um acht Uhr«, verkündete Chrom.

Acht Uhr war ungünstig. Denn die Helligkeit würde eine Überwachung erschweren.

»Hör zu, David.« Solutosan wandte sich ihm zu. »Du musst versuchen, sie möglichst lange zu beschäftigen. Am besten, bis es dunkel ist. Dann können wir sie einfacher verfolgen.«

David nickte. »Okay.«

»Leg dir eine gute Geschichte zurecht, wer du bist und was du machst und bleib immer bei der Version.«

»Was mache ich denn angeblich für einen Job?« Davids Frage ging an Chrom. Der deutete mit der Klaue auf das Profil der Dating-Line: Crazy Boy, Alter: 43, wohnhaft: Vancouver, Beruf: Netzwerk Administrator.

»Alles klar.« Mit dem Alter war David nicht ganz einverstanden, aber es war jetzt nicht der richtige Zeitpunkt für Eitelkeiten.

Psal stand vor ihrem Kleiderschrank. Ihr Götter, was sollte sie nur anziehen bei ihrem ersten Date mit Crazy Boy? Sie hatte sich bereits fünf Mal umgezogen.

Es liegt am Gesicht, dachte sie. Gleichgültig, welche Kleidung ich trage – Bacani ist und bleibt Bacani. Missmutig betrachtete sie ihre langgezogenen Gesichtszüge und die durch die breite Stirnplatte weit auseinanderliegenden Augen. Die Stirn kaschierte sie erfolgreich mit Perücken, deren Pony bis auf die Brauen fielen und die ihr Irokesen-Haar gut verdeckten. Allen Styling-Tricks zum Trotz, hätte niemand sie als echte Schönheit bezeichnet.

Sie verzog den Mund im Spiegel und betrachtete ihren Körper. Der war ganz okay. Schlank mit den Kurven an den richtigen Stellen, hübschen, festen Brüsten und einem knackigen Po. Leider war sie als Bacani-Frau ziemlich klein. Ob Crazy Boy das stören würde? Wie er wohl in Wirklichkeit hieß?

Seufzend zog sie ihre gewohnte Jeans und Shirt an und warf sich eine Jacke über. Bar erwartete, dass sie ihre Pflicht in der Basis tat. Es war erst zehn Uhr morgens und noch massig Zeit bis zu ihrem Date.

Sie verließ ihre kleine Wohnung in Nord-Vancouver. Sie konnte ihr Glück weiterhin kaum fassen, dass sie endlich nicht mehr zwischen den ganzen Bacanars in der Station leben musste. Sie hatte sich bei Bar durchgesetzt und er bezahlte ihre Unterkunft und die Nebenkosten. Immerhin verkaufte er jetzt wie der Teufel sein Bax und es kam genug Geld in seine Kasse. Sie stieg in ihren alten Ford und fuhr los.

Krran kam ihr in seinem Auto entgegen und nickte kurz als er sie sah. Sie parkte den Wagen im Schuppen und schloss gewissenhaft die Tür. Sie waren bisher sorgfältig vorgegangen, so dass niemand auf die außerirdischen Bewohner der ehemaligen Militär-Basis aufmerksam geworden war.

Psal schlenderte zur Welpen-Station. Frran war dabei, die Jungen mit Schlachthausabfällen zu füttern. Das war vielleicht ein Gerangel und eine Rauferei! Psal und Frran hatten ihren Spaß an den kleinen Bacanars. Wie schade, dass sie derartig schnell groß wurden, denn dann übernahm Krran ihre Erziehung. Psal packte eines der Welpen im Genick. Es fletschte die winzigen Fangzähne. Psal fuhr eine Kralle aus und ließ es hineinbeißen.

»Das Kleine finde ich besonders süß«, vertraute Frran ihr begeistert an, »und das hier.« Sie hob einen rötlichen Welpen aus der Kiste, der gleichermaßen ungenießbar um sich schnappte. Beide Frauen lachten. Psal sah Frran von der Seite an. Sie schien ganz glücklich zu sein. Eigentlich war sie ja ebenfalls eine Hybride. Aber sie war intelligenter als die

Standard-Bacanars und hatte sich als liebes und zugängliches Mädchen entpuppt.

»Wollte Bar sich nicht mit einer Hündin paaren, um sich Nachkommen zu schaffen?«, fragte Psal.

Frran nickte. »Die sind noch nicht geboren«. Sie deutete mit einer Klaue auf die Nachbarräume, die man von der Aufzuchtanlage nicht einsehen konnte.

Es war warm bei den Welpen. Psal zog ihre Jacke aus und klemmte sie unter den Arm.

»Du hast es gut«, seufzte Frran und betrachtete Psal. »Ich würde auch gern solche schönen Sachen anziehen wie du aber ...« Sie zupfte an ihrem Schwanz und blickte betrübt auf den hübschen Pelz mit den weißen Spitzen, der sie ab Hüfte zierte. Er war so dicht, dass ihr Geschlecht völlig darin verschwand.

Psal nickte. Sie kannte die Situation. Und die war unabänderlich. Die ganze Sache mit den Bacanars und der Drogenherstellung war ins Rollen gebracht und konnte nicht mehr gestoppt werden. Bar war in seinem Element. Seine Klugheit und Skrupellosigkeit machte ihn allmählich zu einem reichen und mächtigen Geschäftsmann.

Die einzigen, die Bar, außer sich selbst, noch respektierte, waren die anderen drei Stammväter und seinen Chemiker Ron – obwohl, auch den nur mit Vorbehalten. Ron und Bar trauten sich nicht über den Weg. Psal hatte erfahren, dass es meist um die chemische Gleichung ging, die gebraucht wurde, um dem Bacanar-Blut die Droge zu entziehen und verkaufsfertig zu machen. Bar besaß die Formel und Ron ebenfalls, und beide hüteten sie wie ihren Augapfel. Ron besaß den Nachteil, dass er keine Ahnung hatte, woher die Bacanars kamen. Deshalb war Bar ihm immer einen Schritt voraus. Bar wird Ron in Kürze ersetzen, dachte Psal. Er braucht ihn eigentlich nicht mehr.

Als hätte sie den Teufel gerufen, schlenderte Bar um die Ecke der Station. Er grinste, als er sie sah. Frran versank in einer Verbeugung.

»Ich wollte mal nach der Mutter meiner Welpen schauen. Es ist ja bald so weit«, teilte er ihr mit und bleckte die Fangzähne. Psal verdrehte die Augen. Der stolze Vater! Und die Mutter eine Hündin, die sowieso keine Wahl hatte. Was Kerle sich immer auf ihre dumme Potenz einbildeten. Sie musterte ihn in seinen schwarzen Lederklamotten. Irgendwie passten diese ja doch zu ihm. Bar bemerkte ihren Blick und grinste erneut.

»Na, Psal, heute Abend schon was vor? Ich bin noch frei!«

Psal schreckte wie ertappt zusammen. Sie ärgerte sich über sich selbst wegen dieser unbeherrschten Reaktion. »Ich habe am Abend garantiert anderes zu tun, als mich an deiner Gesellschaft zu erfreuen, Bar«, presste sie zwischen den Zähnen hervor und fuhr die Klauen aus. Aber Bar antwortete nicht, sondern interessierte sich nur noch für seine trächtige Hündin.

Als er sicher war, aus Psals Reichweite zu sein, zog Bar sein Handy hervor und wählte Krrans Nummer. Er gab seinem ersten Offizier den Auftrag, Psal am Abend zu verfolgen. Mit einem Klack schloss er das Telefon. Er war nicht umsonst so erfolgreich vom gestrandeten Bacani zum Drogenbaron aufgestiegen. Das hatte er zum großen Teil seiner Intuition zu verdanken. Er tätschelte die Hündin, die er geschwängert hatte. Hoffentlich kamen Männchen dabei heraus. Er hätte gern Söhne gehabt, denn die waren zur Verwirklichung seiner Pläne am besten zu gebrauchen.

Er wusste, dass er am erfolgreichsten war, wenn sein Geschäft verschiedene Arme hatte. Viele Zweige konnte man so schnell nicht nachweisen und starb wirklich einmal einer ab, existierten die anderen ja noch. Er würde seine Machenschaften nie mehr aus der menschlichen Gesellschaft aushebeln lassen. Deshalb wollte er sich wie ein Krake mit ihr verweben. Das Geschäft auszubauen bedeutete jedoch, dass er Hilfe benötigte. Die Stammväter waren gut und richtig eingesetzt. Er brauchte eigene Brut, der er vertrauen konnte.

Die Hündin leckte ihm die Hand. Er streichelte sie geistesabwesend.

Er hatte bereits von dem ersten Geld aus dem Bax-Verkauf Maßnahmen ergriffen. Er wollte in Kürze eine zweite Aufzucht-Station gründen und hatte sogar schon ein Projekt im Auge, das dafür in Frage kam. Das Ding war so groß, dass er die Bax-Produktion dort ebenfalls durchführen konnte. Er besaß die Formel für die chemische Umwandlung. Der dreiste Ron mit seinen zwanzig Prozent Beteiligung war deswegen längst überflüssig geworden. Er würde für das Projekt neue Chemiker engagieren. Er wusste auch schon, wie er korrupte, bestechliche Männer verpflichten konnte.

Das Problem der menschlichen Leichen war bereits jetzt gedämpft, da er befohlen hatte, keine Gehirne mehr zu saugen, sondern nur noch die Fortpflanzungsenergie. Jedoch mussten sie die Bacanars nach wie vor zu Orten transportieren, wo sich viele Menschen, vorzugsweise Frauen, aufhielten. Ein äußerst lästiger Zustand, denn jeder Bacanar brauchte Beaufsichtigung. Aber selbst für dieses Problem bahnte sich langsam in seinem Kopf eine Lösung an.

Was niemand wusste, auch die Stammväter nicht, war, dass er längst nicht mehr in der Aufzucht-Station wohnte. Er war in eine Penthouse Wohnung in der besten Gegend Vancouvers gezogen. Voll und elegant möbliert und ihm endlich angemessen. Drei gute, menschliche Bax-Dealer spülten ununterbrochen Geld in seine Kasse.

Zufrieden tätschelte er der Hündin den geschwollenen Leib. Es ging bergauf mit ihm.

Sie hatten nicht weiter über Tervs Widerwillen, was das Date mit der Bacani-Frau betraf, gesprochen. Erst am nächsten Morgen fühlte David, dass dieses Thema immer noch im Raum stand.

»Warum bist du denn so dagegen, dass ich zu dem Treffen gehe?«

Terv hob den Kopf. Er saß auf einem gepolsterten Stuhl vor dem kleinen Rolltisch, auf dem sein Laptop immer stand. Er hatte sich auf Google Earth genau die Umgebung des Kensington-Parks angesehen und eingeprägt.

David zog eine schwarze Jeans aus dem Kleiderschrank und betrachtete seinen Po in den gestreiften Boxershorts kritisch im Spiegel.

»Ich glaube, dir ist überhaupt nicht bewusst mit wem du es hier zu tun hast, David«, antwortete der missmutig. »Die Bacanis sind brandgefährlich – und deren Weibchen machen da keine Ausnahme. Du bist nicht ausgebildet, um auf brenzlige Situationen zu reagieren. Ich bereue, dass wir nicht früher mit deinem Nahkampf-Training angefangen haben.« Er zog die Brauen zusammen. »Chrom hat dich unüberlegt in eine Lage gebracht, die mir überhaupt nicht gefällt!«

David hatte ihm mit großen Augen, mit dem Rücken an den Kleiderschrank gelehnt, zugehört. »Du liebst mich«, flüsterte er.

Terv starrte ihn an – lange. Knurrend senkte er den Blick wieder auf seinen Bildschirm.

Ha! So kam er ihm nicht davon! Der Sache würde er nun auf den Grund gehen. Er ließ die Jeans fallen, schritt auf seinen Schatz zu, schob mit einem energischen Handgriff das Tischchen mit dem Rechner zur Seite und setzte sich auf Tervs Schoß.

»Du liebst mich und deshalb möchtest du nicht, dass ich da hingehe, weil du Angst um mich hast«, stellte er fest. »Warum kannst du das nicht einfach sagen?«

Tervenarius murrte wieder, und einen Moment dachte David, dass er ihn von sich schubsen würde. Bevor das geschah, umschlang David ihn mit seinen Armen und küsste sein Gesicht. – Er fing zärtlich bei seiner Stirn an, strich sacht mit den Lippen über die Augenlider, berührte die Nase und landete schließlich auf seinem Mund.

Tervs Knurren verwandelte sich in ein sanftes Brummen. Ja, er wusste, wie er seinen Liebsten friedlich stimmen konnte. Tervenarius war ein Schmuser und Kuschelbär. Streicheln wirkte auf ihn besänftigend.

Trotzdem schwang dessen Stimmung wieder um. Er schob David von seinem Schoß und sprang auf. »Ja, das siehst du richtig.« Er war nicht mehr zornig. David spürte, dass ihm das Ganze sogar ein wenig Spaß machte. »Ich liebe dich, David. Und deshalb will ich nicht, dass dir etwas zustößt. So, jetzt weißt du es. Soll ich es noch einmal wiederholen? Er schritt zur Tür, riss sie auf und brüllte auf den Flur: »Ich liebe David!«

Xanmeran, der in diesem Moment auf dem Gang entlang lief, zuckte erschreckt zusammen. Dann grinste er. »Das wissen wir schon.«

Tervenarius warf die Tür donnernd ins Schloss. Seine Augen funkelten, als er sich ihm näherte. Es war klar, dass diese ganze Reaktion nur dadurch verursacht worden war, weil er versucht hatte, aus Terv eine Liebeserklärung zu pressen. David sah ihm mit geweiteten Augen entgegen. Ohne Umschweife packte der ihn und warf ihn bäuchlings auf das Bett.

»So, mein Schatz«, knurrte er. »Ich werde dir jetzt zeigen, wie es jemandem ergeht, der mich zu etwas zwingen will.«

Mit einem Ruck hatte er ihm die Shorts von Po gerissen und schon saß der erste Schlag. Tervs Hand fühlte sich auf einmal überhaupt nicht mehr weich an. Mit der Linken packte Terv seine Handgelenke und hielt sie mit eiserner Stärke über Davids Kopf zusammen.

»Aua! Terv! Lass das!«

Tervenarius schaltete jedoch auf taub und versohlte ihm den Hintern, wie einem kleinen ungezogenen Jungen, bis sein Po brannte wie Feuer. Es klatschte, tat weh, aber war gleichzeitig derartig geil, dass David, während er sich unter den Schlägen wand, seinen steifen Schwanz am Bettzeug rieb.

Er ließ von ihm ab. »Ist es das, was du Liebe nennst?«, keuchte David. Terv nickte, riss sich die Kleider vom Leib, rutschte neben ihn und streichelt lächelnd seinen Po, rund um die gebrandmarkte Stelle.

»Das war so scharf. Oh Gott, war das geil«, seufzte David und drehte sich, so dass Terv sein steifer Schwanz in die Hand glitt.

»Ich weiß«, flüsterte Tervenarius, küsste ihn tief, packte sein Glied fester und rieb es in einem schnellen Rhythmus. David stöhnte laut auf. Er liebte es, so unnachgiebig in Tervs Gewalt zu sein. Der brachte ihn jedoch nicht zum Ende. »Dreh dich auf den Bauch«, raunte er und ließ seinen Schwanz entgleiten. Einfühlsam fuhr seine Hand zwischen die malträtierten Pobacken und verteilte seine Sporenflüssigkeit, strich sie mit zärtlichem Nachdruck auf seine Öffnung.

Wollte er das? Ja, mehr als das. Er gierte nach Tervenarius, wollte von ihm genommen werden, war verrückt nach ihm, hungrig, seinen weichen, starken Leib auf sich zu fühlen, der sich ohne zu zögern über ihn schob. Er entspannte die Bein- und Po-Muskeln, um ihm das Eindringen zu erleichtern.

Da war er. Sie stöhnten auf. Bei jedem Stoß spürte er seine heißen Pobacken. Er war gemaßregelt worden und wurde auf die liebevollste Art, die er sich vorstellen konnte, genommen. Sein Schatz war ausdauernd und standfest wie immer, vögelte ihn lange und ausgiebig, massierte ihn von innen, genau wissend, wo sein empfindlichster Punkt zu finden war. Der Schweiß brach David aus allen Poren. Er drehte den Kopf, um Terv zu küssen, dessen Zunge ebenfalls in ihm versank, fühlte sein Sperma aus seinem Glied erst tröpfeln und schließlich auslaufen in die weiche Unterlage des Bettes. Er klammerte sich an Tervenarius, der mit einem rauen Stöhnen in ihm kam.

Lieber Gott, dachte er, lass die Zeit stehenbleiben und mach, dass es immer so schön sein wird wie jetzt. Sein Schatz bäumte sich ein letztes Mal auf und sank dann über ihm zusammen. »Ich liebe dich, David«, flüsterte er in sein Ohr. »Wenn du es unbedingt hören willst, sage ich dir das ab heute jeden Tag.«

Psal lehnte an einem der Steinpfeiler des Kensington-Parks, die dessen Eingang säumten. Sie war vor lauter Aufregung zu früh dran und trug eine Jeans und ein Shirt, eine Jeansjacke lose über die Schultern gelegt. Sie hatte sich zu keinem Kleid entschließen können. Die dunkelbraune Kurzhaar-Perücke verdeckte ihren Bacani Haarwuchs perfekt. Sollte sie mit dem Menschen intimer werden, konnte sie ihm immer noch etwas von einem Genschaden erzählen, der ihren Irokesen erklärte. Sie hatte braune Kontaktlinsen gewählt, um die violetten Augen zu verbergen.

Crazy Boy kam auf sie zu. Er trug schwarz. Nachtschwarze Jeans, Pulli und Jacke. Dazu die rabenschwarzen Haare. Ein feingeschnittenes Gesicht mit hohen Wangenknochen. Die einzigen Farbtupfer an ihm waren seine stahlblauen Augen. Er lächelte sie an. Psals Herz hämmerte in der Brust. Verdammt, er sah einfach zu gut aus. Gegen ihn war sie ein hässliches Entlein! Sie lächelte zurück – hätte fast vor Aufregung die Fangzähne ausgefahren.

»Sweet Lady?«

Psal nickte.

»Ich finde wirklich super, dass du so mutig bist, herzukommen. Solche Blind Dates können einen ganz schön nervös machen, denkst du nicht auch?«

Psal stieß die angestaute Luft aus den Lungen. Er hatte recht, alles war total normal. Sie würden sich kennenlernen und reden. Und das ohne jeglichen Stress.

»Wie heißt du eigentlich richtig?«, fragte sie. Sie schlenderten gemächlich durch den Park.

»David.«

Der Name passte zu ihm.

»Ich heiße« – ach, du Schreck, sie konnte ihm doch nicht ihren Bacani Namen sagen – »Patty«. Etwas anderes war ihr auf die Schnelle nicht eingefallen.

Er nickte. »Kommt das von Patricia?«

»Ähm, ja.«

David sah sie von der Seite an. »Bist du in Vancouver geboren? Ich finde, du hast einen leichten Akzent.«

»Ich komme ursprünglich aus Russland«, log sie. Sie hatte das Bar schon einmal behaupten hören und fand die Ausrede glaubwürdig.

»Das ist aber weit weg«, staunte David. »Wie bist du denn nach Kanada gekommen?«

Beim Vraan, sie hatte sich in keiner Weise auf das Gespräch vorbereitet! »Wir sind Einwanderer«, stotterte sie.

»Entschuldige, ich wollte dich nicht in Verlegenheit bringen«, bekannte er.

»Nein, schon gut. Meine Familienverhältnisse sind etwas kompliziert.« Sie blickte zu Boden.

»Weißt du, ich habe dich mir fast so vorgestellt. Nur dachte ich nicht, dass du braune Augen hast.«

Sie schluckte. Bei den Göttern, sie benahm sich, als wäre sie absolut dumm. Am liebsten wäre sie in diesem Moment auf und davon gelaufen.

»Möchtest du irgendwo einen Kaffee mit mir trinken?«, fragte David.

»Nein, danke, keinen Kaffee, aber ein Wasser wäre fein.« Sie merkte, wie künstlich sie klang, und hasste sich dafür.

Sie spazierten aus dem Park, in dem in diesem Moment die Laternen aufflammten. Die Luft war immer noch sommerlich warm. Ihre Arme berührten sich beim Laufen. Ein paar Jogger trabten an ihnen vorüber.

Sie gingen langsam durch die Straßen. Psal hatte sich wieder gefangen. Sie erfand einige Geschichten, was sie beruflich machte und erzählte ihm, dass sie seit kurzem endlich eine eigene Wohnung hatte, auf die sie sehr stolz war. Sie hielt die Themen bewusst unverfänglich. – Eine Gratwanderung, wie sie fand. Aber alles war besser, als eine peinliche Stille zwischen ihnen entstehen zu lassen.

Sie fanden ein hübsches Straßencafé mit bunten Schirmen und wählten einen Tisch etwas abseits. Als er ihr Wasser aus einer Karaffe einschenkte und ihr das Glas reichte, berührten sich kurz ihre Hände. Psal zuckte zurück und errötete. David lächelte. Er verunsicherte sie wirklich. Reagierte sie so, weil er ein Mensch war? Mit den Männern ihrer eigenen Spezies hatte sie nie solche Probleme.

»Ich würde dich gerne wiedersehen, Patty«, erklärte er, als sein Handy klingelte. »Entschuldige.«

Psal nickte und schaute ihm hinterher, als er aufstand und mit dem Gerät zur Seite trat. Er hatte einen wohlgeformten Körper, schlank und athletisch. Psal sah kurz auf seinen kleinen, knackigen Po und begann zu träumen.

»Ich verstehe«, bestätigte David und beendete das Gespräch.

Augenblicklich kam sie wieder auf dem Boden der Tatsachen zurück. »Schlechte Nachrichten?«, fragte Psal und schaute zu ihm auf.

»Nein, aber ich muss noch einmal ins Büro. Bei einem Kunden hat sich der Rechner verabschiedet.« Er legte Geld auf den Tisch des Cafés. »Hättest du Lust, am Samstag mit mir ins Kino zu gehen?« Er sah sie fragend an.

Psal war sprachlos. Natürlich wollte sie! Sie strahlte. Verflixt! Sie hatte vor Freude unvorsichtigerweise die Spitzen ihrer Fangzähne entblößt. Schnell hielt sie sich die Hand vor den Mund und hüstelte.

Sie verabredeten sich zum Kino. Er würde sie den Film auswählen lassen. Sie gaben sich die Hand und lächelten sich an.

Psal war happy und lief wie im Traum zu ihrem Auto. Was für ein wahnsinnig attraktiver Mann! Und das Tollste war, dass er sie wiedersehen wollte!

Meodern hatte zusammen mit Tervenarius die Aufgabe, David beim Treffen mit der Bacani den Rücken zu decken und sie danach zu verfolgen. Er war wegen seiner Schnelligkeit auf den Dächern positioniert, während Terv das Pärchen am Boden beobachtete. Er genoss es, endlich einmal wieder im Einsatz zu sein. Sein Körper kribbelte regelrecht.

Meoderns Handy klingelte lautlos. »Ja?«

»Die beiden werden verfolgt, Meo.« Tervs Stimme klang gedämpft.

»Ich schau mir das mal an. Bleib in der Leitung.« Meodern schleuderte sich auf das nächste Hausdach. So hatte er den genauen Überblick über den Weg, den das ungleiche Pärchen unter ihm zurücklegte. Er spähte und entdeckte nach einer Weile den Mann, der den beiden folgte.

Er nahm das Handy wieder hoch. »Terv? Ich sehe ihn. Drahtiger Kerl im dunklen Trenchcoat. Moment, er scheint das Interesse zu verlieren. Er haut ab. Vielleicht war es ja gar nichts. Kümmere du dich um David – ich folge der Bacani und halte euch auf dem Laufenden. Okay?« Er legte auf.

Die Bacani-Frau stieg in einen alten Ford, der in der Nähe des Parks stand, und ließ ihn an. Wettrennen mit einem PKW?

Meo grinste in sich hinein. Er war fähig seine Vibrationen bis zur Lichtgeschwindigkeit ausdehnen. Das Auto stellte kaum eine Herausforderung dar. Er war derartig schnell, dass ihn das menschliche Auge nicht wahrnehmen konnte.

Er folgte dem Wagen auf den Hausdächern. Sie nahm die Strecke nach Nord-Vancouver und hielt vor einem etwas heruntergekommenen Wohnhaus. Die Frau schloss den Ford ab und schritt langsam ins Haus. Im zweiten Stock ging das Licht an. Jetzt erst zückte Meo sein Handy und drückte Solutosans Kurzwahl.

»Ich weiß, wo die Bacani wohnt. Soll ich warten?« Er gab Solutosan die Adresse. Er sprang nach unten und begutachtete seine schwarze, enge Kleidung. Sie hatte bei dieser Geschwindigkeit ein wenig gelitten und er fror nicht. Er blickte auf seine Hände. Kein Zittern. Bei ganz starker Beschleunigung wurde er brandheiß und schlotterte hinterher erbärmlich. Die Kleider hingen ihm dann in Fetzen vom Leib. Nein, er sah gut und unauffällig aus. Er rückte seine schwarze Mütze auf dem blonden Stachelhaar zurecht und lehnte sich an das Haus gegenüber. Solutosan hatte Xanmeran losgeschickt, der mit dem Volvo zu ihm unterwegs war. Er spürte Xan schon, bevor er ihn sah. Meodern stieg ins Auto.

»Na, das hat ja alles gut geklappt«, sagte Xan telepathisch zu ihm.

»Jetzt müssen wir warten, was sie weiter unternimmt.« Er schaute auf den Rücksitz. Dort stapelten sich ein paar Kefirtüten.

»Verpflegung«, grinste Xanmeran und rieb sich das kräftige Kinn. *»Ich würde vorschlagen, einer von uns geht immer in den Ruhemodus für sagen wir mal zwei Stunden. Fang du ruhig an.«*

»Okay!« Meodern lehnte sich bequem gegen den Sitz und schloss die Augen.

Meo war mit der Überwachung dran, als die Haustür sich am nächsten Morgen öffnete und die Bacani heraustrat.

Er schubste Xanmeran an.

»Es geht los«, raunte er.

Sie nahmen die Verfolgung des alten Fords auf. Die Frau fuhr zügig in die Berge im Norden.

»Jetzt wird's interessant!« Xan war im Jagdfieber. Seine roten Hände umkrampften das Lenkrad.

Meo nickte, aber runzelte dann die Brauen. *»Halt an!«*

Der asphaltierte Weg verengte sich zu einem weit überschaubaren Waldweg. Es wurde zu riskant, ihr mit dem Volvo zu folgen.

»Kein Problem, Xan, lass mich aussteigen.«

Xanmeran hielt an und Meo machte sich an die Verfolgung. Er brauchte nur eine Sekunde.

Der Ford verschwand in einer von zwei baufälligen Baracken. Die Frau schloss sorgfältig dessen hohe Türe. Außer den beiden Schuppen konnte Meo keinerlei Bauten auf dem Grundstück erkennen. Er nahm das Handy, wählte Chroms Kurzwahl und beschrieb ihm genau die Lage.

»Check das mal bitte. Womit haben wir es hier zu tun?«

Es dauerte nur wenige Augenblicke bis Chrom antwortete. »Alte militärische Station der Menschen. 1985 aufgegeben. Das Ding wird wohl größtenteils unterirdisch sein.«

Nicht übel, dachte Meo und wollte sich schon entfernen, als sich die Tür des zweiten Schuppens einen Spalt weit öffnete. Jemand reckte kurz die Nase heraus, schnupperte. Meodern warf sich auf den Bauch in Deckung. Gespannt hielt er den Atem an. Er sah einen Bacani Hybriden, der sich geduckt und suchend aus dem Tor bewegte. Eindeutig, das Wesen sah aus wie Pan. Es duckte sich in der hohen Wiese und schien etwas zu suchen – hatte es scheinbar schnell gefunden, was ein Quieken im Gras verriet. Blitzschnell war es wieder durch den Spalt des Tores geschlüpft, das sich sofort schloss. Trotzdem hatte Meo erkannt, was das Wesen in der Hand gehalten hatte: Einen kleinen, roten, zappelnden Hybrid Welpen.

Xanmeran kam zu ihm gerobbt.

»Die Show ist schon vorbei, Xan«, teilte Meo ihm mit. *»Du wirst nicht glauben, was ich gesehen habe. Komm, lass uns erst einmal abhauen.«*

Xan nickte leicht verärgert. Er hatte zu lange gebraucht, um Meodern zu finden. Gemeinsam traten sie den Rückzug an. Im Volvo rief Meo sofort Solutosan an und berichtete.

»Die laufen uns nicht davon«, befahl Solutosan. »Das ganze Außenteam nach Hause kommen!«

Im Computerraum in Seafair wurde der Platz knapp. Chrom und Pan hatten die Rechner in Beschlag genommen, die Krieger verteilten sich auf die Stühle – David lehnte an der Wand.

»Tja«, Solutosan rieb sich das Kinn. »Fassen wir mal zusammen: Die Bacani-Frau Patty hat eine eigene Wohnung in Nord-Vancouver und fährt wahrscheinlich zum Arbeiten in die Basis. Dort vermehren sich die Bacanis, und zwar auf die Art, die Chrom uns bereits vorgemacht hat.«

Chrom bleckte kurz die Fangzähne.

»Das an sich ist schon mehr als beunruhigend. Das einzige Gute an der Sache ist, dass sie scheinbar ebenfalls nur Hybriden hervorbringen, die sich nicht verwandeln können. Das heißt, sie müssen sie vor den Menschen verbergen.«

»Was hat es denn für einen Sinn sich zu vermehren, wenn man die Nachkommen ständig verstecken muss?«, fragte David.

»Gute Frage.« Solutosan strich sich das Haar zurück, fummelte aus der Tasche seiner Jeans ein Haargummi und band die langen Strähnen zum Pferdeschwanz zusammen.

»Sie müssen eine andere Funktion haben«, bemerkte Patallia. »Sonst würden die Bacani sie nicht "herstellen" und vor allen Dingen durchfüttern.«

»Ob sie für die Vermehrung wohl Wölfe benutzen?«, fragte Chrom mit einem Blick auf Lady, die zu seinen Füßen schlummerte.

»Eher unwahrscheinlich«, meinte Tervenarius. »Wölfe sind viel zu wild und schwer zu handhaben. Sie können auch einfach Hunde benutzen.« Alle nickten.

»Die Frage ist, wie wir weiter verfahren.« Solutosan kniff die Augen zusammen.

»Wir sprengen die Bude in die Luft!«, ließ Xanmeran vernehmen. Die anderen Krieger stöhnten.

»Xan, man kann nicht alle Probleme mit einer Sprengung lösen«, bemerkte Meodern lakonisch. »Ich denke, was ich gesehen habe, war nur die winzige Spitze eines Eisbergs.«

»Ja«, bestätigte Solutosan, »das sehe ich auch so. Ich halte es für das Beste, David bleibt jetzt erst einmal an dem Bacani-Weibchen dran.«

»Wie wäre es, wenn sich jemand, der aussieht wie die anderen Hybriden – nämlich ich – in die Basis schleicht und sie ausspioniert?«, ließ sich Pan vernehmen.

»Bist du wahnsinnig?« Chrom sprang auf. »Denkst du nicht, dass sie ihre Leute kennen – und auch die Hybriden im Griff haben?«

»War ja nur eine Idee«, maulte Pan kleinlaut.

»Nein, wir bleiben bei meinem Plan«, befahl Solutosan energisch. »David begleitet die „Dame" zunächst ins Kino. Vielleicht führt sie uns ja danach noch woanders hin.«

Bis auf Xanmeran fanden das alle okay.

Chrom verzog das Gesicht. »Ich habe allmählich ein Problem damit, dass David zu meinen Dates geht. Ich will beim nächsten Mal mit bei der Rückendeckung sein. Ich halte mich natürlich im Hintergrund.«

Solutosan schaute Chrom prüfend an. Der Mann war wohl kein Krieger, jedoch als Bacani flink und auch gefährlich. Er überlegte kurz und suchte ein Risiko – fand aber keines.

»Okay, du kannst dann mit Terv und Meo die Deckung von David machen. Meo, du übernimmst wieder die schnellen Sachen. Das hat ja gut geklappt.« Xan wippte mit dem Fuß. »Und mit dir, Xan, möchte ich gleich allein sprechen. Versammlung beendet.«

Festen Schrittes ging Solutosan mit Xanmeran die Treppe zum Wohnzimmer hoch. Xan warf sich trotzig auf einen der Ledersessel. Solutosan baute sich vor ihm auf.

»Jetzt hör mal gut zu, Xan. Deine Ungeduld bringt absolut nichts, sondern nervt alle nur. Die Bacanis sind ein komplexes Problem, das man nicht mit einem Schwerthieb zerschlagen kann. Ich befürchte, dass sie bereits eingehend im Untergrund verflochten sind. Selbst wenn wir den Kopf abschlagen, werden die Arme bleiben, und sich weiter vermehren! Vielleicht ist die Basis nur eine einzige von vielen. Verstehst du mich?« Er zog die Augenbrauen bedrohlich zusammen.

Xan nickte langsam. Er schien einsichtig. *»Du hast recht, Chef.«* Er nannte Solutosan immer nur Chef, wenn etwas wirklich im Argen war. *»Ich weiß, mein verfluchtes Temperament geht manchmal mit mir durch. Ich werde mich zusammenreißen.«*

»Genau das wollte ich hören!« Solutosan fletschte kurz die Zähne. *»Lass jetzt erst einmal wieder unseren Romeo ran!«*

Solutosan grinste über seinen eigenen Witz, sah aber an Xans dummem Gesicht, dass dieser in der menschlichen Literatur nur wenig bewandert war.

Kurz vor der Auffahrt auf den Highway stoppte Krran seinen Wagen auf dem Seitenstreifen. Er zückte das Handy und wählte Bars Kurzwahl. Der Boss der Bacanis nahm das Telefonat an und knurrte lediglich zur Begrüßung.

»Du hattest recht, Bar. Psal trifft da einen. So einen Menschen.«

»Kennst du ihn?«

»Nein, keine Ahnung, wer das ist und wo sie den herhat. Habe nur gehört, dass die Zwei am Samstag ins Kino wollen.«

Bar schwieg einen Moment. »Beobachte sie weiterhin, Krran.«

»Warum denn noch weiter überwachen? Das ist doch nur ein dummer Humanoide.«

»Weil ich es sage! Ich habe meine Gründe, okay?«, blaffte Bar.

Krran beendete das Gespräch und bleckte die Fangzähne. Bar sah sicher Gespenster. Einen Menschen konnten sie mit einem Krallenhieb beseitigen.

Ron parkte seinen VW ein Stückchen weiter weg und lief dann eilig den Weg zur Halle. Der warme Sommerregen nieselte und er stellte fluchend den Kragen seiner Jacke auf. Seine Brille war schon völlig besprenkelt und er blinzelte. Er hatte es satt in diese stinkende Halle zu fahren und knietief im Blut zu stehen. Und noch mehr hing ihm dieser blöde Russe, Bar, zum Hals heraus – samt seinen Freunden.

Natürlich war der Job sehr lukrativ. Das hatte er bereits in seiner Geldbörse bemerkt. Aber es nervte, dass er sich die ganze Zeit in den Räumen aufhalten musste, die im Boden der Halle eingefügt und mit Metallplatten bedeckt waren. Trotz der unzähligen Lüftungsschläuche stand die Luft darin. Die arbeitenden Kompressoren verunreinigten sie viel zu schnell, so dass ihm ständig der Schweiß aus allen Poren drang und ihm sein Chemiker-Kittel am Körper klebte. Oftmals gab es auch Wartezeiten, wenn Bar nicht fähig war, genügend Blut heranzuschaffen. Dann durfte er im Labor sitzen und Däumchen drehen. Das Ganze kotzte ihn an!

Missmutig schloss Ron die Halle auf und zog die Tür wieder sorgfältig zu. Er ging den verschlungenen Weg in die unterirdischen Zimmer. Niemals hätte man diese Räume in der alten Fabrikhalle vermutet. Sie sah von oben verlassen und leer aus. Das war von Bar wirklich gut geplant und mit seinen Bacanars ausgeführt. Ron blickte in den Wartebereich. Dort saßen wieder drei Bacanars, von Bar oder seinem Kumpel Krran angekettet, alle mit Venenkathetern in den Armen, damit das Abzapfen schneller ging. Die Wesen befanden sich offensichtlich im Vollrausch.

Ron zog seinen Laborkittel an und wand den ersten Blutschlauch aus seiner Halterung. Er stöpselte ihn dem Bacanar an den Arm – stellte die Zeitschaltuhr ein. Umbringen wollte er die stinkenden Kerle ja nicht. Es waren keine Weibchen mehr unter den Bacanars, also züchtete Bar seit kurzer Zeit nur Männchen. Ron hätte sein linkes Ei dafür hergegeben, zu erfahren, wie Bar das machte.

Er sah ungerührt zu, wie das Blut in dem transparenten Schlauch langsam anzog und sich dem Sammelkompressor näherte. Nein, der Deal war in Ordnung. Bisher hatte er nicht den Eindruck, dass Bar ihn betrog, denn der hatte ihm bereits große Geldsummen zukommen lassen. Aber war das wirklich das ganze Geld? Er hatte keinerlei Kontrollmöglichkeit, was ihn entsetzlich ärgerte! Vielleicht sah er ja nur einen winzigen Bruchteil der Gewinne.

Ron strich sich über seinen roten Bart und kuppelte den ersten Bacanar ab. Er wiederholte die Prozedur beim nächsten der zusammengesunkenen Wesen.

Er besaß inzwischen natürlich eine bessere Wohnung – sogar mit Meerblick, und hochwertige Designerkleidung. Seinen Vater hatte er endlich in ein Trinkerheim bringen können, das eine Stange Geld kostete. Trotzdem kotzte ihn die ständige Arbeit im Labor an. Ron überdachte die Sache genau. Immerhin war er der Entwickler der chemischen Formel, die man brauchte, um das Blutmehl in Bax umzuwandeln. Aber die Russen waren ebenfalls in deren Besitz und hatten zudem den Joker, dass sie die Bacanars züchten konnten. Ron überlegte, während er die Bax-Gewinnung in Gang brachte. Er hatte sie inzwischen weitgehend automatisiert und konnte nun gehen. Ron nahm seinen Mantel und machte sich auf den Weg. Er stieg in sein Auto und fuhr in die Innenstadt von Vancouver. Sein Gehirn rotierte.

Er hatte die Schnauze voll! Er würde versuchen, die Formel zu verkaufen und sich danach mit einem Batzen Kohle aus dem Staub machen. Zwei Mille müsste die Formel schon wert sein, überlegte er. Er brauchte ja den Käufern nicht so detailliert schildern, welche Art Blut sie benötigten. Sollten die sich doch dann selbst darum kümmern Bacanars zu besorgen. Oder war es vorteilhafter, frech etwas von dem Bax zur Seite zu schaffen, um es zu verkaufen? Wenn Bar das mitbekäme, wäre er ein toter Mann! Er wusste, dass Bar bereits einen Leichenberg in Vancouver hinterlassen hatte. Der Kerl und seine Truppe glänzten durch Skrupellosigkeit. Nein, das wollte er nicht riskieren, entschied er.

Die Formel einfach an die Pharmaindustrie verkaufen – das war der Plan. Flott abkassieren und dann verschwinden. Immerhin war Bax ja eine Sex-Droge. Die Leute konnten auf Bax bumsen wie die Weltmeister, die Frauen wurden spitz wie Nachbars Lumpi. Dazu kam ein knallharter Rausch. Das hatte er selbst schon zur Genüge getestet. An einer derartigen Formel müsste die Industrie doch auf jeden Fall interessiert sein! Die berühmten blauen Pillen, die nur den Blutdruck hochjubelten, waren Müll dagegen.

Ron hatte, wenn im Labor nichts zu tun war, vor der Firmenzentrale des großen Konzerns Pharmcoran auf der Lauer gelegen. Ein Foto von deren Chef, Martin B. Kettlestone, hatte er aus dem Internet. An den Kerl wollte er sich heranpirschen, um ihm die Formel anzubieten. Nur war der Mann niemals zu sehen. Bestimmt besaß die Firmenzentrale einen unterirdischen Eingang mit bewachtem Parkhaus. Dann hatte er schlechte Karten. Auch gewann er den Eindruck, dass auf dem Dach des Hochhauses ein Hubschrauber-

Landeplatz war. Nein, er würde über die Sekretärin gehen müssen. Er beschloss, ganz dreist bei ihr anzurufen.

In seinem Wagen vor der Firmenzentrale sitzend zückte er sein Handy. »Guten Tag, ich hätte gern das Büro Dr. Kettlestone. Ja, vielen Dank!«

Eine Frauenstimme meldete sich. »Sekretariat Dr. Kettlestone, Maureen Silverman hier.«

Ron legte auf. Aha, noch ein Name. Er parkte sein Auto, schlenderte in einen Pub in der Nähe und schob seinen Laptop auf den Tisch. Vergeblich surfte er nach Maureen Silverman. Hm, wirklich nichts zu finden? Oder doch? Auf der zehnten Googleseite fand er sie mit einem kleinen Eintrag. Sie hatte eine Facebook Page. Wie praktisch! Wunderbar, auch noch mit Fotos!

Ron betrachtete Maureen Silverman, wie sie mit ihren Freunden irgendetwas feierte und wie sie am Meer mit einem großen Hund kuschelte. Außerdem sah man sie in einer Art Karateanzug. Aha, sportlich war die kleine Blondine ebenfalls. Er studierte ihr lächelndes Gesicht und prägte es sich ein. Wollen wir doch mal sehen, ob wir dir nicht beikommen können, Kettlestone, dachte Ron.

Von Lady penetrant verfolgt, lief Pan genervt in seinem Zimmer umher. Er schlug mit dem Schwanz unwillig auf den Boden. Sie hatten ihn wieder einmal behandelt wie ein kleines Kind! Dabei war seine Idee die Basis zu infiltrieren wirklich gut – zumal durch jemanden wie ihn, der genauso aussah wie die Hybriden. Er blickte zu der lästigen Lady. Die musste er als Erstes loswerden. Leider fütterte Chrom sie immer selbst, deshalb hatte sie nie Hunger.

Pan überlegte, was sie am liebsten fraß und schlug sich mit der Hand vor den Kopf: Schinken! Sie war völlig verrückt, wenn David sich ein Schinkensandwich machte. Okay, das war schon mal gebongt. Dann musste er sich eins der

Autos unter den Nagel reißen und zur Basis fahren. Wo die war, wusste er ja.

Pan verließ sein Zimmer und streifte in der Garage umher. Solutosans Porsche konnte er unmöglich nehmen. Er war ja nicht lebensmüde! Aidens und Tervs BMWs auch nicht. Also blieben der Volvo und der Pick-Up. Bei dem würde es am wenigsten auffallen, wenn dieser fort war – den benutzte kaum jemand. Er lugte ins Führerhaus des Wagens. Mist, Gangschaltung! Das erschwerte die Sache natürlich. Er lief wieder in den Computerraum, Patallia grüßend, der eben aus seinem Labor kam, und setzte sich an einen der Rechner. Die Gangschaltung müsste doch zu bewältigen sein für ein cleveres Kerlchen wie ihn. Er ließ sich Fahr-Anleitungen aufzeigen. Beim Vraan, das war kompliziert. Aber machbar. Sämtliche Duocarns hatten schließlich innerhalb kürzester Zeit Autofahren gelernt.

Im Moment stagnierte die Sache mit David. Alle warteten darauf, dass er am Samstag mit der Bacani ins Kino ging und neue Informationen ergatterte. Auf ihn achtete, außer Lady, sowieso niemand. Er beschloss, am nächsten Tag seinen Versuch zu starten, um in die Basis zu gelangen.

Pan organisierte den Schinken rechtzeitig. Auf dem Weg zum Schießstand tat er, als würde er ihn essen. Die Wölfin sprang gierig an ihm hoch. Pan nickte befriedigt. Das Haus wirkte wie ausgestorben und er begegnete niemandem. Mit Schwung schmiss er den Schinken in den langen Raum. Lady zögerte keinen Augenblick und hechtete hinterher. Bumm, Tür zu! Du bist eben doch nur ein dummer Hund, dachte Pan grinsend und ging in sein Zimmer. Viel würde er nicht brauchen. Er packte eine große, externe Festplatte in seinen Rucksack und einige flache Dosen Katzenfutter. Sein Plan stand. Glücklicherweise besaß er noch Chroms Haar vom letzten Ausflug, um die Türsicherung zu überlisten, und zog sich schnell den sich ständig aktualisierenden Tür-Code von

Chrom aus dessen Computer. Damit hoffte er, das Garagentor bedienen zu können.

Er schaffte es, das Tor zu öffnen, setzte sich in den Wagen, dessen Schlüssel steckte und ließ ihn an. Langsam und ein wenig ruckelnd fuhr er aus der Garage – betend, dass ihn niemand sah und hörte. Mit seinen Utensilien verschloss er das Tor wieder, schwang sich hinters Steuer und verschwand in die Nacht.

Den Weg zur Basis schaffte er, mit Hilfe des Navigationsgerätes, ohne Komplikationen. Er parkte in einiger Entfernung, zog sich aus und stopfte seine Kleidung in den Rucksack. In der Dämmerung schlich er durch den Wald zum Versteck der Bacanis. Seine Augen passten sich schnell an die Dunkelheit an. Scharfe Nachtaugen der Bacanis, gepaart mit dem wunderbar feinen Geruchssinn seiner Mutter! Das half ihm jetzt. Er sah sofort die beiden Baracken, von denen Meodern gesprochen hatte. Geduckt huschte er an eines der Gebäude heran und versuchte die Tür zu öffnen. Verschlossen. Er schlich zum nächsten Schuppen. Verdammt, ebenfalls dicht! Suchend umrundete er das kleine Haus. Aha, es hatte ein niedrig liegendes Kellerfenster. Mit der Kralle zerschnitt Pan das Glas, betete, dass es nicht nach innen fiel, sondern nach außen ins Gras. Bingo!

Er schlängelte seinen dünnen Körper durch das Fenster und landete sicher auf den Boden. Der Schuppen war, bis auf einen alten Audi, völlig leer. Wie ging es dort nur weiter? Er bemerkte am Ende des Raums eine Metalltüre mit einem verformten Loch in der Mitte und zog sie auf. Verdammt, hätte er sich mal besser durch die Öffnung gequetscht. Sein Herz machte einen Satz, als das Scharnier quietschte. Ob die Bacanis wohl eine Überwachungsanlage besaßen? Er hatte nichts entdeckt. Wenn ja, war er jetzt schon verloren! Pan schlich einen Gang entlang, öffnete leise die nächstbeste Tür und wurde von einem massiven Gestank fast umgeworfen.

Mutig ließ er das Licht aufflammen und blickte auf zwei Rollcontainer voller altem Fleisch. Er würgte. Ob das Futter für die Hybriden war? Schnell schloss er die Tür wieder und öffnete die nächste. Der Raum war dunkel, allerdings brannten dort kleine Lampen, die Pan sofort als die Leuchten von Computermäusen erkannte. Er konnte es kaum glauben. Es war fast schon zu einfach gewesen, bei den Bacanis einzudringen. Er verzichtete auf Licht und ging zum ersten Rechner, ließ den Bildschirm aufflammen. Blitzschnell prüfte er deren unverschlüsselte Daten. Ja, dort war einiges drauf, was den Duocarns vielleicht nützen konnte.

Er nahm die externe Festplatte aus dem Rucksack und stöpselte sie in den USB-Port. Fing an zu kopieren. Puh, fünfunddreißig Minuten. Wie sollte er die nervlich überstehen? Noch zehn, noch acht. Pan raspelte die Klauen nervös ineinander – da flammte das Licht auf!

»Was machst du da?«, fragte sie auf Englisch.

Pan fuhr herum. Vor ihm stand eine junge Hybridfrau. Er nahm auf den ersten Blick ihren wunderschönen Pelz wahr – braun mit weißen Spitzen.

»Ich frage dich noch einmal, was du hier zu suchen hast!«

Pan besann sich augenblicklich. Er sah aus wie die anderen Hybriden. »Nichts, habe mich nur verlaufen.« Er schielte auf den Download: weitere zwei Minuten.

Er ließ sich auf den Betonboden fallen.

»Meine Güte! Was hast du denn? Bist du krank?« Sie schien wirklich ernsthaft besorgt und kniete sich neben ihn. Pan war absolut kein geübter Kämpfer, aber nun musste er handeln. Er packte die Frau, warf sie bäuchlings zu Boden und drehte ihr den Arm auf den Rücken.

»Bist du verrückt?«, fauchte sie. »Bringt Krran euch so etwas bei?«

Aha, sie hielt ihn immer noch für einen der normalen Hybriden. Er setzte ihr das Knie auf den Po.

»Sei still!« Mit einer Hand angelte er nach seinem Rucksack und zerrte seinen Gürtel heraus. Zügig packte er auch den zweiten Arm und band ihre Arme zusammen. Er zog sie hoch. »Wenn du nicht ruhig bist, kann ich dich auch gerne knebeln.« Er nahm sein Shirt aus dem Rucksack und fing an es zu knäulen.

Sie schüttelte den Kopf und zeigte keinerlei Angst. »Ich verstehe nicht, was das soll.«

Pan erhob sich schnell und stöpselte die Festplatte ab.

»Ihr Götter!« Die Hybride begriff, dass er Daten klaute. »Wer, zum Vraan, bist du?«

Pan seufzte. Na toll, jetzt hatte er eine Geisel. Er sah sie an.

»Du hast violette Augen!«

»Ja und?« Er hatte wirklich andere Sorgen, als sich mit seiner Augenfarbe zu beschäftigen. Auch wurde ihm langsam unangenehm, dass sie ihn so musterte. Sie sah ihm deutlich in den Schritt – blickte schnell weg.

»Wieso klaust du diese Daten?«, wollte sie wissen.

»Weil ihr Bacanis die Pest seid, und man euch das Handwerk legen muss! Ihr mordet und bringt alle Außerirdischen, die hier in Ruhe leben wollen, in Gefahr!«

Sie blickte ihn an. »Und du willst wirklich ganz allein gegen uns brutale Bande vorgehen?« Pan nickte.

Die junge Frau lächelte. Pan sah sie verblüfft an. Was gab es denn da zu grinsen? Lachte sie ihn aus? Er bleckte die Fangzähne. Was sollte er nun mit ihr tun? Wenn er sie gefesselt im Raum zurückließ, würde man sehr schnell entdecken, was er getan hatte. Folglich musste er sie mitnehmen.

Er stöhnte genervt. »Tut mir echt leid, das war so nicht geplant. Ich werde dich wohl mitnehmen müssen.«

»Zu dir nach Hause?« Er nickte und seufzte noch einmal.

»Kann es sein«, fragte sie intuitiv, »dass deine Familie nichts von dem, was du hier tust, weiß?«

»Bitte komm freiwillig mit«, bat er und zog sie hoch. Er schulterte den Rucksack und schob sie aus dem Computerraum. Da ging auf der anderen Seite des langen Ganges die Tür auf.

»Scheiße«, flüsterte sie. »Mach mich sofort los!« Er zögerte. »So kann ich dir nicht helfen – du bist sonst tot«, zischte sie.

Kurz entschlossen löste er den Gürtel, der ihre Arme zusammenhielt. Sie riss die nächste Tür zu dem Futter-Lager auf, schubste ihn in einen der ekeligen Container und begrub ihn unter einem Berg stinkendem Fleisch.

Nur undeutlich konnte Pan in dem Fleischberg eine Männerstimme hören. »Was ist das denn? Nächtliche Fütterungszeit?«

Er hörte die Frau antworten. »Ähm ja, habe da einen Welpen, dem geht's nicht so gut. Für den wollte ich extra Futter holen.«

Wieder der Mann: »Gut, dass du dich so aufopfernd um die Kleinen kümmerst. Besonders meine Nachfahren solltest du gut versorgen. Ich glaube, sie werden heute Nacht geboren. Ich muss mal nach der Hündin sehen.«

»Okay«, hörte er sie antworten, dann wurde es still um ihn. Waren sie weg? Pan wagte nicht, sich zu rühren. Er bohrte ein Luftloch in den Fleischberg über sich, das sich sofort wieder durch das Gewicht der glibberigen Masse verschloss. Er versuchte, sich nochmals Sauerstoff zu verschaffen, aber was, wenn sie sich noch im Raum aufhielten, er sie nur nicht hören konnte? Jetzt kam durch eine kleine Ritze minimal Luft. Er hielt still und wartete.

Er wusste nicht, wie lange er gewartet hatte. Plötzlich kam Bewegung in das ekelige Gekröse und er spürte Hände nach ihm tasten, um seinen Hals und um die Schulter packen und ziehen. Er strampelte und begann sich zu befreien, klatschte stinkend und um Atem ringend auf den Betonboden vor dem Container. Er hörte die Frau vor Anstrengung keuchen.

»Ihr Götter!« Sie versuchte ihn zu stützen, aber ihm knickten kraftlos die Beine weg. Er fühlte, wie sie ihn auf eine Plane rollte und einen Gang entlang zerrte. In einem Zimmer vor einem schmalen Bett traute er sich dann endlich zu keuchen und zu husten.

»Pan ist weg!« Chrom stürzte in die Küche, in der sich Solutosan in diesem Moment einen Kefir einschenken wollte. Es war Morgen, die Sonne schien strahlend durch das Küchenfenster und ließ Solutosans goldenes Haar aufleuchten wie einen Heiligenschein.

Der sah ihn verblüfft an. *»Was soll das heißen? Weg?«*

»Was ich sage! - Er ist verschwunden! Mitsamt dem Pick-Up!« Chrom raufte sich sein Irokesenhaar mit den Krallen. *»Er hat Lady eingesperrt, damit sie ihm nicht folgen konnte!«*

»Beim Vraan! Was fällt dem ein?«, brüllte Solutosan so laut, dass sämtliches Geschirr in den Schränken bebte.

»Wo könnte er hin sein?«

»Ich habe keine Ahnung«, bekannte Chrom. *»Er kennt niemanden in Vancouver.«*

Solutosans Augen blitzten. *»Ob er so wahnsinnig war, auf eigene Faust zur Bacani-Basis zu fahren?«*

»Alleine? Nein, so dumm ist er nicht«, antwortete Chrom. In dem Moment klingelte sein Handy. »Pan! Wo bist du?«, schnauzte Chrom in das Gerät.

»Och, Paps, ich mache nur einen kleinen Ausflug«, informierte ihn Pan. »Mach dir keine Sorgen, bin bald wieder da!«

»Pan!«, brüllte er ins Telefon, aber Pan hatte schon aufgelegt.

»Na, wenigstens scheint er nicht in der Basis zu sein«, meinte Solutosan, der sich sofort beruhigt hatte. Mit seinem feinen Gehör hatte er das Telefonat verstanden. *»Wie alt ist er, Chrom? Ich finde es nicht richtig, dass er einfach abgehauen ist, aber du hättest ihn ja sonst nicht gehenlassen. Er kennt die Risiken hier auf der Erde. Ich denke, es ist Zeit, ihm zu vertrauen.«* Solutosan schüttete sich den Kefir mit einem Schwups in den Mund.

Chrom starrte ihn an. Das hatte er jetzt nicht erwartet. Aber irgendwie hatte Solutosan recht. Er behandelte den Kleinen immer noch wie ein Baby. Immerhin hatte Pan angerufen und Bescheid gesagt. Chrom beruhigte sich halbwegs und gab Lady etwas Katzenfutter in ihren Napf und sich selbst auf einen Teller. Dann frühstückten sie erst einmal.

Pan ließ sein Handy sinken, dankbar, dass Chrom ihn nicht hatte sehen können – und vor allen Dingen riechen. Die Hybridin, auf ihrem Bett sitzend, starrte ihn an.

»Wenn du existierst, gibt es also noch mehr Bacani-Stammväter auf der Erde«, stellte sie fest.

»Einen«, nickte Pan. »Sag mal, kann ich mich hier irgendwo waschen?« Dann besann er sich und fragte: »Warum hast du mir eigentlich geholfen?«

Die junge Frau runzelte die Stirn. »Ich habe dir geholfen, weil wir vom gleichen Volk sind. Wir sind schließlich Bacanars.«

»Was sind wir?«, fragte Pan, der dieses Wort noch nie gehört hatte.

»Bacanars. Das ist der Name unseres Hybridenvolkes. Wieso weißt du das nicht?«

»Ich denke mal, weil ich ein Zufallsprodukt bin. Mein Vater konnte damals einer Wölfin nicht widerstehen.«

»Ein Stammvater und eine Wölfin«, wiederholte sie. Sie versuchte, die Zusammenhänge zu verstehen. »Und wo ist dein Vater hergekommen? Wieso war er nicht bei den Bacanis auf dem Raumschiff?«

Pan blinzelte. Er fand sie wohl supersympathisch, aber alles brauchte sie nicht zu wissen.

»Soweit ich weiß, kam er auf einem anderen Schiff her.«

»Verrückt!«, stieß die Hybridfrau hervor und kam auf seine erste Frage zurück. »Wir haben hier eine Dusche. Ihr Götter, wie spät ist es? Sag mal, wie heißt du eigentlich?«

»Ich heiße Pan«, lächelte er und ließ seine Fangzähne blitzen. »Und du?«

»Ich bin Frran, die einzige Tochter von Krran.«

»Wie viele Bacanis sind denn hier?«, staunte Pan. »Haben die Bacanars nicht alle den gleichen Stammvater?«

Frran dachte kurz nach. »Auf der Basis sind drei männliche Bacanis und ein Weibchen – aber nur einer ist für die Zeugung zuständig.« Sie rümpfte die kleine Nase. »Er heißt Pok und ist ein echter Primitivling. Deshalb sind die meisten Bacanars auch so dämlich.«

»Ich bin nicht dumm«, erklärte Pan mit Nachdruck.

»Nein, wir beide scheinbar nicht.«

»Sag mal, bist du glücklich hier?«, fragte Pan neugierig. Er hatte sich in der Dusche mit dem kalten Wasser den schlimmsten Fleischgestank vom Pelz geschrubbt. Er suchte seinen Lendenschurz in seinem Rucksack und stieß dabei auf das Katzenfutter. Er wand sich den Stoff um den Leib und öffnete eine Dose Kitekat mit Thunfisch – seine Lieblingssorte. »Möchtest du?«

Frran schüttelte den Kopf. »Ich bin hier nicht glücklich und nein, ich esse nur das Fleisch aus den Containern oder bekomme manchmal ein frisches Gehirn.«

»Bäh!« Pan schaufelte mit zwei Krallen das Katzenfutter in den Mund. »Die Fleischabfälle stinken und für die Gehirne müssen Menschen sterben. Das hier ist viel besser! Kann man in jedem Supermarkt kaufen.«

»Wo?«, fragte Frran.

Pan sah sie verblüfft an. »Sag mal, bist du hier noch nie raus gewesen?«

Frran schüttelte den Kopf. »Darf ich nicht. Psal verbietet es mir.«

»Die Bacani-Frau?« Pan kaute langsam.

Frran nickte und schnupperte nun doch.

Pan reichte ihr die halbvolle Dose und sie roch daran. Neugierig tauchte sie die Kralle in das Futter und leckte sie ab.

»Hm, du hast recht. Das schmeckt ja lecker! Vertragen Bacanars das denn?«

»Na klar«, schmatzte Pan, »und es ist auch Bacani kompatibel.«

»Was?«, Frran verschluckte sich und hustete. »Die können doch nur Gehirne fressen.«

»Quatsch! Mein Vater ernährt sich ebenfalls von Katzenfutter – und das sogar gut.«

Frran starrte in ihre Dose und stocherte darin herum. Pan musterte sie nachdenklich von der Seite. Er fand sie total süß. Was sie wohl dachte? Ob sie ihn auch mochte?

»Hör mal, du musst bis um acht Uhr weg sein. Dann kommt Psal. Die kennt alle Bacanars genau und wird nicht begeistert sein, noch einen mehr hier zu finden.«

»Ist mir klar«, nickte Pan. Er wollte sie nur so ungern allein in der Basis zurücklassen. »Ich würde dich ja gern mitnehmen, aber ... «

Frran winkte ab. »Ich denke nicht, dass dein Vater begeistert davon wäre.«

Pan schob die Unterlippe vor und seufzte. »Wie kann ich dich denn noch mal erreichen?«

Ihm fiel etwas ein. Er nahm sein Handy und löschte schnell alle Nummern. »Nimm das!« Er reichte ihr das Gerät. »Wenn ich anrufe, dann brummt es und du musst auf diesen Knopf draufdrücken. Zum Auflegen hier drauf.« Frran starrte ihn an. Sie wurde rot und senkte den Kopf. »Danke.«

Pan schaute sie genau an, wie sie da auf dem Bett hockte. Die Beine mit dem wunderschönen Pelz unter den Bauch gezogen, die Arme um die hübschen Brüste geschlungen, das Handy an sich gedrückt. Er prägte sich das Bild ein. Er schluckte. »Ich muss jetzt los. Ich melde mich, ja? Versteck das Telefon gut. Wann bist du denn in deinem Zimmer? Nachts?« Frran nickte. »Also ruf ich nur nachts an, okay?«

Er schnappte seinen Rucksack und zog seine Kleider heraus. Frran beobachtete genau, wie er sich tarnte. Er stand da fertig angezogen, bereit zu gehen. Frran schlang die Arme um ihn, griff unter die hochgezogene Kapuze seines Pullis und zauste sein struppiges Haar mit den Krallen. Er nutzte seine Chance! Pan holte tief Luft und beugte sich zu ihr hinunter. Berührte kurz mit seinen Lippen ihren weichen Mund. Rieb sich ein bisschen an ihr.

Frran hielt erschreckt den Atem an! Schloss dann jedoch genießerisch die Augen. Schnell zog sie die Hände aus seiner Kapuze. »Du musst los!«

Er nickte. Jetzt wäre er am liebsten in der Basis geblieben - komme wer oder was da wolle.

Sie schlichen gemeinsam zum Ausgang. Die Luft war rein.

Ihm fiel noch etwas Wichtiges ein. »Ich habe die Glasscheibe vom Fenster des Schuppens kaputtgemacht, als ich kam. Kannst du sie reparieren?« Frran nickte. Blitzschnell verschwand Pan im hohen Gras und wieselte zum Auto. Es stand da wie am Abend zuvor. Er beeilte sich einzusteigen, ließ den Motor an und fuhr los. Ein Fahrzeug kam ihm entgegen, als er vom Feldweg auf die Straße abbiegen wollte. Rasch drehte er den Kopf zur Seite, um nicht gesehen zu werden und gab Gas. Er hatte kurz ein Bacani-Gesicht in dem Wagen wahrgenommen und sein Blut rauschte vor Angst. Hoffentlich war er unbemerkt geblieben! Er schaltete das Navi ein und gab einen Umweg nach Seafair ein. Man konnte ja nie wissen ...

Zu Hause angekommen fuhr er den Pick-Up in die Garage und verschloss das Tor. Unschlüssig raufte Pan sich das Haar. Er hatte ein Bündel Informationen, aber er wollte Frran nicht verraten. Er dachte noch nach, als ihm Lady an den Hals sprang. Sie packte ihn am Handgelenk und zerrte ihn zu Chroms Zimmer. Entkommen unmöglich!

Chrom saß auf seinem großen Bett, das er mit der Wölfin teilte, und sah ihn starr an. Er musterte ihn von oben bis unten und zog die Brauen zusammen.

»Habe mir deine Tarnung schlimmer vorgestellt«, begann er.

»Paps, ich muss dringend mit dir reden!« Pan setzte sich auf das Bett. »Du möchtest doch gern, dass der Bacani-Frau nichts geschieht, stimmt's?«

Chrom runzelte die Stirn. Was hatte das mit Pans „Ausflug“ zu tun?

»Ich habe ein Mädchen kennengelernt, das ich auch beschützen will. Sie ist eine Bacanar.«

»Eine was?«, erkundigte Chrom sich.

»Sie ist eine Bacanar, wie ich. Unsere Hybridform heißt so.«

Chrom blieb der Mund vor Erstaunen offen stehen. »Ihr Götter! Wo warst du?«

Pan berichtete haargenau, was sich ereignet hatte. Er betonte, wie hilfsbereit Frran gewesen war. Zum Schluss legte er Chrom die externe Festplatte in den Schoss. Chrom war sprachlos.

Er nahm Pan in die Arme und drückte ihn fest an sich. »Ich sollte jetzt sauer sein, aber bin trotzdem einfach nur froh, dass du wieder da bist. Das war eine Heldentat, jedoch hättest du dabei den Tod finden können.« Er ließ ihn los. »Wir informieren die Duocarns«, beschloss er. »Solutosan bekommt die Daten nur, wenn er verspricht, die beiden Frauen zu verschonen.«

Gemeinsam liefen sie los, um Solutosan zu suchen – und fanden ihn sofort, denn er stand vor ihnen.

»Ah! Der verlorene Sohn?« Solutosan kniff die Augen zusammen.

»Wir müssen mit dir sprechen. Es ist wichtig!« Sie gingen hinunter in den Computerraum. Chrom erzählte im Detail, was passiert war.

Solutosan staunte nicht schlecht – blickte auf die externe Festplatte in Chroms Hand. »Ihr wollt, dass die beiden Bacani-Frauen in deren Basis verschont bleiben, wenn wir den Laden ausräumen. Wie soll ich das versprechen? Niemand weiß, was bei dem Angriff geschieht. Wir können es nur versuchen.« Chrom und Pan nickten.

»Frran hat mein Handy«, sagte Pan. »Ich kann sie warnen, bevor ihr zuschlagt, und sie dann wegbringen.«

Solutosan legte den Kopf schief. »Okay, das könnte klappen. Heute Abend ist erst mal Zeit fürs Kino. Wir werden sehen, was das bringt.«

Um David beim Kinobesuch zu beobachten, und die Bacani-Frau danach verfolgen zu können, hatten Meo, Terv und Chrom sich dem Pärchen an die Fersen geheftet.

Terv und Chrom liefen auf der Straße, während Meodern ihnen auf den nächtlichen, noch von der Sonne gewärmten, Hausdächern folgte. Er trug wieder die dunkle Baumwollhose, ein langärmeliges Shirt, dünne Lederhandschuhe und hatte sein blondes, auffälliges Stachelhaar mit einer schwarzen Kappe bedeckt. Er liebte diese Einsätze und spähte neugierig nach unten. Er blinzelte. Da hatten die beiden doch tatsächlich den gleichen Verfolger wie beim letzten Treffen. Wiederum der drahtige Kerl im Trenchcoat, der verdächtig nach Bacani aussah.

Meo zückte das Handy. »Terv? Hier schleicht wieder einer hinter den beiden her. Sieht aus wie ein Bacani.«

Tervenarius knurrte. »Nicht nur einer! Dieses Mal ist ihnen auch noch jemand in einem PKW auf den Fersen. Er parkt direkt vor dem Kino. Ein grüner VW.«

»Ich übernehme den im Auto. Okay!« Er legte auf.

Meo sprang und spähte nach unten – suchte den Wagen. Er stand tatsächlich vor dem Kino, in dem die beiden gewesen waren. Er sah den Verfolger ausscheren. Nun konnte er ebenfalls beschleunigen. Mit seiner blitzartigen Geschwindigkeit verfolgte er den Wagen bis ins Westend. Ein schmächtiger Mann in schwarzer Lederkleidung stieg aus. Jetzt wollte er es doch genau wissen. Meodern schwang sich näher heran und witterte. Sein Verdacht bestätigte sich. Ein Bacani! Er spürte ein Kribbeln in den Händen. Was hätte er darum gegeben, sich auf den Kerl stürzen zu können, um ihm den Garaus zu machen! Aber das war unklug. Meo rieb die Fingerspitzen aneinander, um sich zu beruhigen.

Der Bacani betrat eine Kneipe. Er kam heraus und spazierte zur nächsten – um zum Schluss in einer ganz üblen Spelunke zu verschwinden, vor der sich etliche, zwielichtige Gestalten herumtrieben. Meodern beobachtete, wie sich einige der Menschen gegenseitig etwas unter der Hand zuschoben. Irgendetwas wurde da verkauft. Der Bacani schien das zu wissen und kannte sich offensichtlich gut aus.

Er schlenderte durch das Westend und stieg wieder in seinen Wagen. Die Sache wurde immer interessanter. Er nahm den Weg Richtung Trans-Canada Highway und Meo folgte ihm bis Harbourview Park. Dort parkte der Kerl und verschwand in einer verlassenen Industriehalle.

Meo wartete. Er hatte sich auf das Dach der gegenüberliegenden Lagerhalle katapultiert. Der Bacani verließ das Gebäude und fuhr weg. Meodern zögerte - weiter beschatten oder in die Halle schauen? Das Nummernschild des Bacani-Wagens hatte er sich gemerkt. Er entschied, das Gebäude zu überprüfen. Die Türen waren abgeschlossen. Er würde auf keinen Fall die Schlösser zerstören. Also sprang er fast geräuschlos auf das Hallendach. Von oben konnte er durch ein verschmutztes Oberlicht schauen. Der Innenraum war leer und verlassen. Was hatte der Bacani dort gewollt? Vielleicht hätte er ihn doch besser weiter verfolgt. Aber nun war es zu spät. Meo machte sich auf den Heimweg.

Die Bacani-Frau Patty hatte nach dem Kino noch überhaupt keine Lust nach Hause zu gehen. Sie war aufgekratzt und übermütig, hatte sich bei ihm eingehakt und redete dummes Zeug. Also wanderte David brav und auftragsgemäß neben ihr her. Sie zog ihn von einem Boutique-Schaufenster zum nächsten und ließ auch die Schuhläden nicht aus.

David bemühte sich, freundlich auf ihre Kommentare zu den vielfältigen Waren zu antworten. Tervenarius und er bevorzugten elegante Herrengeschäfte. Er fand die ganze Frauenkleidung, für die sie sich begeisterte, völlig uninteressant. Tervenarius. Sein Herz schlug schneller wenn er an ihn dachte. Nein, er musste sich nun auf seinen Auftrag konzentrieren. Er lächelte die Bacani an, die ihn auf ein paar besonders hübsche Schuhe hinwies.

Er war heilfroh, als die Frau einen kleinen Pub entdeckte. Sofort stimmte er zu, dort etwas zu trinken. Er hatte sie richtig eingeschätzt, was ihre Einsamkeit anging. Sie war aufgedreht und genoss ihr Treffen in vollen Zügen. Sie hatte das Bedürfnis nach Normalität mit einem netten Mann. David plagte inzwischen sein schlechtes Gewissen. Was er da machte, war eindeutig Betrug und sie tat ihm leid. Sie hatte bestimmt Besseres verdient. Er wunderte sich ein wenig, dass sie ein Glas Wein bestellte – wusste er doch von Solutosan, dass Bacanis nur Wasser tranken. Aber okay, vielleicht löste das ihre Zunge und würde sie dazu bringen, endlich ein paar brauchbare Informationen von sich geben.

»Ich freue mich auch über den schönen Abend«, antwortete er und reichte ihr das Weinglas. Ihre Hände berührten sich kurz und Patty errötete. Ja, seine Einschätzung war richtig gewesen. Sie trank das Glas in einem Zug leer und lachte David beschwingt an. Das ging nun in eine Richtung, die er absolut nicht wollte. Er wusste, dass Terv und Chrom ihnen wie die Schatten folgten. Wie wurde er sie jetzt nur los?

Er winkte dem Kellner und bezahlte – lotste sie langsam aus dem Lokal. Sie bummelten, wieder eingehakt, in Richtung ihres geparkten Autos. Ihr alter Ford stand in einer kleinen, engen Sackgasse.

»So«, kicherte die Bacani leicht angeheitert und öffnete die Beifahrertür. »Ich denke, ich muss nun nach Hause.«

David nickte. Die Frau kam lächelnd auf ihn zu. David wich automatisch ein wenig zurück. Aber zu spät! Sie hatte bereits ihre Arme um seinen Hals geschlungen und ihre Lippen auf seinen Mund gepresst.

David wollte sie wegdrücken, um sie abzuwehren – nahm jäh aus den Augenwinkeln einen sich rasch nähernden Schatten wahr. Eine schwarze Gestalt sprang sie mit einem Fauchen an, schleuderte die Frau mit dem Rücken gegen die rote Ziegelsteinwand, die hart aufschlug. Gleichzeitig erwischte das Wesen ihn und riss ihm mit einem scharfen Gegenstand den Hals auf!

Schrill zischte der Schmerz durch seinen ganzen Körper! Völlig überrascht presste er die Hand gegen die pulsierende Wunde. Das Blut quoll warm zwischen seinen Fingern hervor. Seine Knie schwankten. Während er zu Boden ging, sah er mit aufgerissenen Augen Chrom, der sich auf den wütenden Angreifer stürzte. Dieser holte aus und traf Chrom mit der Faust knallend unter dem Kinn. Chrom warf der Schlag augenblicklich um.

Wie aus dem Asphalt gewachsen stand Tervenarius da, und schoss zielstrebig eine Wolke Sporen in die Richtung des Kerls. Terv war da! Jetzt war alles gut! David fielen ermattet die Augen zu.

Tervenarius war unglaublich wütend! Er hatte sich beeilt, aber Chrom war schneller und erreichte die Sackgasse vor ihm. Der Scheißkerl, der die beiden angegriffen hatte, floh vor seiner tödlichen Sporen-Wolke. Voller Hass wollte er ihm nachsetzen, als er Davids Röcheln hörte. Er lag zusammengekrümmt auf dem Boden. Ihr Götter! Blut strömte aus einer Wunde an seinem Hals. Die Bacani-Frau lag bewusstlos vor der Mauer. Chrom war nicht zu sehen. Die Aktion war schief gegangen. Sein zorniges Jagdfieber erlosch schlagartig. Sein Verstand wurde kristallklar.

»David, halte durch, ich hole Hilfe!« Er wählte Patallias Kurzwahl, der augenblicklich abnahm. »David hat eine Halsverletzung und blutet stark!«

»Mach sofort eine Aderpresse mit einem Pulli oder Shirt und bring ihn auf der Stelle her!«

Jetzt zählte jede Sekunde! Tervenarius riss sich den Pullover vom Leib und wickelte ihn David straff um den Hals, nahm ihn zügig aber vorsichtig auf die Arme.

Der Ford der Bacani stand mit offener Tür da. Sollte er den nehmen? Nein, er wollte keine Zeit vergeuden zu überprüfen, ob dessen Schlüssel steckte. Sein BMW war schneller und parkte eine Straßenecke weiter. Er rannte so rasch er konnte zum Wagen, bemüht, David beim Laufen möglichst wenig zu erschüttern. Er setzte ihn vorsichtig auf den Beifahrersitz und gab Gas. Jetzt waren ihm sämtliche Geschwindigkeitsregeln gleichgültig.

Psal kam langsam zu sich. Sie lag vor der Mauer in der Sackgasse. Was war passiert? Jemand hatte sie angegriffen. Sie hatte David geküsst und in diesem Moment hatte der Mann sich auf sie gestürzt. Wo war David nur? Sie hatte das Gefühl, dass er sich gegen ihren Kuss wehren wollte. Benommen rappelte sie sich hoch. Unverschämtheit, dachte sie. So schlecht küsse ich ja nun bestimmt nicht! Sie hatte es bisher nie probiert, aber schon oft im Internet gesehen. Jetzt war David einfach fort – und der Angreifer auch.

Ihr Auto stand immer noch da mit der offenen Beifahrertür. Missmutig kickte sie diese mit dem Fuß zu und schob sich auf den Fahrersitz. Psal fuhr zusammen. Was war denn das für ein Stöhnen? Jemand war in ihrem Wagen, der gerade das Zeitliche segnete! Diese Geräusche kannte sie bestens. Alarmiert fuhr sie die Klauen aus und schaltete flink die Innenraumbeleuchtung an.

Im Fußraum vor dem Rücksitz klemmte verrenkt ein dünner Mann. Er röchelte. Psal holte aus, um ihn mit einem Schlag auf den Hals zu töten, da öffnete er flatternd die Lider. Psal bremste den Arm im Flug und schlug auf die Kopfstütze des Wagens, die sofort aufplatzte.

Sie erstarrte, denn es war als blickte sie in ihre eigenen Augen. Sie waren violett und das Schönste, das sie jemals gesehen hatte. Schade nur, dass sie nicht ganz zu dem schmerzverzerrten Gesicht des verletzten, unbekannten Bacani-Mannes in ihrem Wagen passen wollten.

Ein Bacani! Psal schlug die Hand vor den Mund. Sie begann zu zittern. Ihr Götter, nun musste sie die Nerven behalten! Er konnte nicht sprechen. Röchelte nur. Was sollte sie tun? Er war ein Mann ihres Volkes! Auf der Erde! Geistesgegenwärtig drehte sie sich auf dem Fahrersitz um, schnallte sich panisch an und gab Gas.

Wohin mit ihm? In die Station? Nein, natürlich nicht. Bar würde ihn töten. Er gehörte nicht zu ihnen. Blieb nur ihre

Wohnung. Psal fuhr wie der Teufel, denn er stöhnte noch immer.

»Halte durch«, presste sie auf bacanisch hervor. Er nickte – hatte sie verstanden. Wahnsinn! Wie konnte es sein, dass ein weiterer Bacani auf der Erde war? Ihre Gedanken überschlugen sich. Glücklicherweise fand sie einen Parkplatz vor ihrem Haus.

Vorsichtig zog sie ihn aus dem Wagen. Er hustete. Sie schlang seinen Arm um ihre Schultern und zerrte ihn die beiden Treppen hinauf zu ihrer Wohnung. Er war ganz schön schwer! Psal keuchte. Sie war bekleidet und konnte sich nicht verwandeln, ohne die guten Sachen zu zerstören. In der zweibeinigen Form war sie wesentlich schwächer. Sie versuchte, ihn an die Wand zu lehnen, um die Tür aufzuschließen. Seine Knie gaben nach. Psal handelte nur noch instinktiv. Sie fing ihn auf und schleifte ihn zu ihrem Bett. Er hielt sich de Kehle. Rollte mit den Augen.

Psal schaute sich den Hals genau an. Er hatte eine blaue Quetschung.

»Mach den Mund auf!«, befahl sie. Mit Mühe gelang es ihm. Jetzt verstand sie es. Die Spiralvene war gequetscht. Ein kleines Stück von ihr war noch ausgefahren und er konnte diese nicht zurückziehen, weil sie geschwollen war. Das musste sehr schmerzhaft sein.

Psal warf ihre Jacke auf den Boden und rannte in die Küche um etwas Eis zu holen. Sie füllte es in einen Plastikbeutel und presste ihm diesen auf die Kehle. Er seufzte dankbar und drückte die Hand auf den Beutel. Sie sank auf den Sessel neben dem Bett. Jetzt erst hatte sie Zeit ihn zu betrachten. Ein reinrassiger Bacani-Mann in dunkler Jeans, weißem Shirt und schwarzer Jeansjacke. Seine braune Perücke war verrutscht. Sie zog ihm das Ding vom Kopf. – Nun wollte sie alles wissen. Ja, sein Irokese war da und verschwand im Kragen. Psal starrte ihn an. Er lag auf dem Bett und erwiderte ihren Blick.

»Wieso hat sie solche Augen?«, fragte er – stellte sich diese Frage offensichtlich selbst.

»Wie kommst du zu deinen violetten Augen?«, antwortete sie auf die gleiche Art. Der Schreck fuhr ihr erneut in die Glieder. Hatte sie das eben gedacht? Hatte er etwas gesagt?

»Ich habe nicht gesprochen«, dachte sie.

»Doch, hast du«, entgegnete der Mann.

»Du kannst mich hören, wenn ich ***denke****?«* Psal war fassungslos.

»Das sind keine Gedanken, sondern du benutzt Telepathie«, klärte er sie auf.

»Aber ich beherrsche das doch überhaupt nicht!«

Der Bacani wollte lachen, es kam jedoch nur ein Husten. *»Jetzt schon. Bin ja ganz froh, dass ich so mit dir reden kann - ich glaube meine Kehle ist für immer demoliert. Dieser verdammte Scheißkerl!«*

»Von wem sprichst du?«

»Na, von dem Bacani, der dich und David angegriffen hat! Er hat dich gegen die Wand geschleudert und ihn verletzt.«

»Was? Ein Bacani?« Verdammt! Waren Bar, Krran oder Pok ihr gefolgt? *»Beim Vraan, wo ist David jetzt? Wieso kennst du ihn überhaupt?«*

Der Mann blickte sie mit seinen wunderschönen Augen an und sie würde nie vergessen, was er dann sagte: *»Weil David zu meinem Date gegangen ist, Sweet Lady. Ich bin Crazy Boy.«*

Psal sah ihn gebannt an. Eben hatte sie erfahren, dass sie der Telepathie mächtig war. Jetzt begriff sie, dass der, den sie als seelenverwandt eingestuft hatte, es auch mehr als das war – er war ein Ebenbürtiger der gleichen Rasse.

Der Mann stöhnte und versuchte zu schlucken. Er holte sein Handy aus der Hosentasche und tippte schnell eine SMS. *»Entschuldige, ich muss Bescheid sagen, dass ich noch lebe.«*

Psal beobachtete ihn, wie er die SMS abschickte. Ihre Gedanken überschlugen sich. Wem simste er denn? Wie konnte es überhaupt sein, dass er auf der Erde war?

Er presste wieder mit unglücklichem Gesicht das Eis an die Kehle und sah sie an. »*Du hast bestimmt eine Menge Fragen.*« Psal nickte langsam. »*Darf ich dich trotzdem zuerst etwas für mich sehr Wichtiges fragen?*« Psal hob den Kopf. »*Wie stehst du dazu, was die Bacanis auf der Erde treiben?*«

Sie runzelte die Stirn. »*Du meinst, dass wir hier zur Ernährung die Gehirne der Menschen benutzen? Es bleibt uns nicht viel anderes übrig - sonst verhungern wir.*«

»*Das stimmt so nicht. - Ich habe unhöflicherweise vergessen mich vorzustellen. Ich bin Chrom.*« Er neigte den Kopf.

Psal blickte ihm fest in die Augen. »*Ich bin Psal.*«

»*Gut, Psal*«, fuhr er fort. »*Wie du siehst, gibt es mich auch auf der Erde. Ich esse keine Gehirne und hinterlasse keine Leichenberge von leer gefressenen und tot gesaugten Einheimischen.*«

Psal staunte. »*Und was ist mit den Energien? Was isst du?*«

»*Ich sauge keine Lebensenergien und ernähre mich von Katzenfutter.*«

Psal blieb der Mund vor Erstaunen offen stehen. Sie strich sich durch das Haar und bemerkte, dass sie die Perücke noch trug. Sie zog sie vom Kopf. Zufrieden blickte Chrom auf ihr Irokesenhaar.

Psal hatte sich wieder gefasst. »*Du bist hier auf der Erde und lebst von Katzenfutter? Wie bist du denn hierher gekommen?*«

»*Bitte beantworte zuerst meine Frage, Psal.*« Er sah ihr fest in die Augen. Sein Blick strahlte hell-violett.

Sie zögerte einen Moment. »*Ich will dir die Wahrheit sagen. Unser Chef, Bar, ist selbstsüchtig und brutal. Er beutet alle aus. Doch haben wir dank seiner Klugheit überlebt. Ich mag die Gehirne nicht sonderlich, sah sie jedoch bisher als unvermeidlich an. Ich sauge keine Energien.*« Sie überlegte kurz. »*Ich halte das, was die Stammväter mit den Hybrid-Nachkommen machen, für falsch. Sie sind wohl nicht reinrassig, aber sie sind Lebewesen. Genau wie die Menschen. Ich finde, dass man alles Leben achten sollte.*«

Chrom nickte langsam. »*Danke für deine Offenheit. Ich glaube dir.*«

Er stand vorsichtig auf und verbeugte sich vor ihr. »*Ich bin Chrom, der Navigator der Duocarns.*«

Psal griff sich an die Brust. Schlug ihr Herz noch? Er war ihr Gegenspieler! Die Krieger hatten einen Bacani an Bord gehabt!

Sie erhob sich ebenfalls. *»Ich bin Psal, die Navigatorin der Bacanis.«*

Jetzt war es heraus! Sie standen sich gegenüber und stierten sich an. Beide mit gefletschten Fangzähnen und ausgefahrenen Krallen. Psals Gedanken überschlugen sich. Sollten sie ihre Feindschaft auf der Erde fortsetzen?

Chrom zog als Erster die Klauen ein und setzte sich auf ihr Bett. Mit tief-violetten Augen sah er sie an. Ein Navigator ihrer Spezies. Ihr Herz schlug bis zum Hals. Sie gab ihre Kampfhaltung ebenfalls auf und schob sich neben ihn.

»Kein Wunder, dass wir uns sofort als seelenverwandt empfunden haben«, bemerkte sie leise. Er nickte. *»Die Duocarns sind auf der Erde?«*

Er bejahte erneut.

»Wie viele?«

»Fünf Krieger.«

Das waren ungeheuerliche Nachrichten!

»Das heißt, Duonalia ist völlig ungeschützt, weil die Männer hier sind?«

Chrom hob den Kopf. *»Ja. So ist das wohl.«*

»Wieso arbeitest du für unsere Feinde?«

Das war eine gute Frage. Und es war der Knackpunkt in seinem Leben.

»Der Chef der Duocarns hat mich nach einem Kampf im Larnsektor vor langer Zeit halbtot gefunden. Er wollte mir den Gnadenstoß geben. Da bemerkte er, dass ich Telepath bin. Deswegen hat er mich nicht getötet und mitgenommen. Ich arbeite schon eine halbe Ewigkeit für die Duocarns. Sie sind meine Familie.«

Psal hatte ihm konzentriert zugehört. *»Und ich war lediglich für einen Flug gebucht. Ich sollte die Männer abholen und auf den nächsten Mond fliegen. Dann warst du hinter uns her, und hast uns in die Anomalie getrieben!«*

»Wie du siehst, hat es uns auch erwischt.«

Sie nickte. Man konnte es betrachten, wie man wollte: Sie waren alle Schiffbrüchige. *»Gibt es euren Kreuzer noch?«*

Chrom schüttelte traurig den Kopf. *»Nein, wir sitzen hier fest.«*

Psal sah ihn an und schluckte. Die Götter hatten sie zusammengeführt. Es gab keine Zufälle. Es stellte sich jetzt allerdings für sie die Frage, in wieweit sie die Geheimnisse der Stammväter verraten sollte. Auf wessen Seite stand sie nun? Sie blickte auf Chrom, der seinen Eisbeutel drehte.

»Ich werde wohl nie wieder Opern singen können«, verkündete er mit komisch verdrehten Augen.

Psal lachte. Egal welche Partei sie ergriff – sie würde Chrom nicht schaden wollen.

Sie musste die bedrückende Situation auflösen. *»Ich habe Hunger«*, teilte sie ihm fröhlich mit. *»Wie wäre es, wenn wir zusammen einkaufen gingen? Hier um die Ecke ist ein Supermarkt, der nachts geöffnet hat.«*

Chrom hob den Kopf, sah sie an und strahlte. *»Nur einen Moment. Vorher ich muss noch meinem Sohn eine SMS schicken.«*

»Du hast einen Hybrid-Sohn?«

Chrom nickte. Er tippte eine Nachricht an Pan in sein Handy. *»Ja, ich habe hier auf dem Planeten am ersten Tag eine Wölfin gefunden. Sie ist die Mutter.«*

Psal bemerkte, dass ihm das Thema peinlich war.

»Und wo ist dein Sohn jetzt? Bei den Duocarns?«

Chrom nickte. *»Wir müssen ihn verstecken – du weißt ja ... Ach so, er war übrigens bei euch in der Basis.«*

Psal hielt die Luft an. Wahnsinn! Das war der Tag der Offenbarungen.

»Er hat eine, wie er sie nennt, Bacanar dort kennengelernt. Ich glaube, er ist verliebt.«

»Frran«, flüsterte Psal tonlos. Die Basis war entdeckt worden und in Gefahr. *»Planen die Duocarns uns anzugreifen?«*

»Früher oder später sicherlich. Aber Frran hat das Handy meines Sohnes und wird vorher gewarnt werden. Niemand will die Bacanars verletzten. Die Duocarns sind scharf auf die Stammväter, besonders auf euren Führer.«

Nachdenklich sah Psal ihn an. Das war verständlich, nach dem Blutbad, das Bar und Krran angerichtet hatten. Aber sie war ebenfalls nicht ganz unschuldig. Das wusste Chrom gewiss.

»Komm, lass uns einkaufen gehen«, sagte sie und stülpte sich die Perücke über den Kopf. *»Ich muss morgen früh in die Basis, sonst bekomme ich Ärger.«* Sie streckte Chrom die Hand hin, die er ergriff. Sie zog ihn hoch. Er war größer als sie. Er lächelte. Seine Augen sind der violette Wahnsinn, dachte Psal. Er reichte ihr seine Perücke, die sie ihm sorgfältig aufsetzte. Hand in Hand sprangen sie die Treppenstufen hinunter.

Bar hatte im Westend bei den Dealern Geld eingesammelt und fuhr anschließend zur Halle, aber Ron war schon weg. Wütend knallte er die Hallentür zu und schwang sich in sein Auto. Er hatte die Schnauze voll von dem Kerl! Er würde ihm in Kürze ein feuchtes Grab bescheren. Ron hatte einiges an Bax auf Vorrat produziert, so dass der Geldstrom vorerst nicht abriss. Das konnte Bar sich im Moment nicht erlauben, denn der Kauf des Firmengrundstücks in Nord- Vancouver war fast unter Dach und Fach. Am Montag würde er den Kaufvertrag für das Anwesen unterschreiben. Die Anzahlung lag bereits in seinem Penthouse. Er hatte sich einen guten Namen für seine neue Firma ausgedacht: Finalmedicals. Sein Bauch sagte ihm, dass es Zeit war, die Aufzucht-Station samt der Produktionshalle zu schließen und Ron zu liquidieren.

Was ihn ständig nervte, war die offensichtliche Unfähigkeit von Krran und Pok. Krran war gut als Ausbilder. Er hatte es drauf die Bacanars zum Saugen in die Menschenmengen zu führen und wieder hinaus zu bringen, aber das war auch schon alles. Er war ungeeignet mit den Menschen zu kommunizieren und zum Beispiel die Dealer zu überwachen und abzukassieren. Bar musste das allein machen und war sich der Gefahr durch die menschliche Polizei bewusst. Pok war eine lebendige Zeugungsmaschine. Damit hatte er seinen Zweck erfüllt.

Bar dachte daran Psal besser einzusetzen. Ihre Talente waren in der Welpenstation vergeudet. Aber er fühlte, dass sie seine Machenschaften mit Distanz betrachtete. Sie war kaum bestechlich. Ihm war noch nicht ganz klar, wie er sie für sich gewinnen konnte. Am liebsten hätte er sich mit Psal vereinigt. Seine Krallen in ihr Fleisch geschlagen und sich mit seinem Glied in sie verhakt. Ihre Kälte machte ihn allmählich wütend.

Er fuhr zu seinem Penthouse, parkte in der Tiefgarage und nahm den Lift in die oberste Etage. Missmutig warf er seine Lederjacke in die Ecke des ausladenden Wohnzimmers, schritt zu den großzügigen Fenstern und starrte hinaus. Vancouver lag blinkend zu seinen Füßen – vielversprechend und lockend. Er würde seinen Weg in dieser Stadt gehen. Nur brauchte er Hilfe, so viel war klar. Als Erstes wollte er sich einen Bodyguard zulegen – oder zwei. Die müsste er sorgfältig aussuchen. Danach waren die Chemiker dran. Bar hatte vor sie direkt von der Uni zu holen. Um Männer zu finden, die bereits ein bisschen Dreck am Stecken hatten, hatte er einen Privatdetektiv beauftragt. Natürlich ahnte dieser nicht, was Bar mit den Informationen vorhatte. Niemand wusste etwas von Finalmedicals. Bar trank ein Glas Wasser in seiner kahlen Küche. Seine Pläne standen fest und waren exzellent ausgearbeitet. Er hielt alle Karten in seiner Hand.

Es war die reinste Gourmet-Schlacht. Chrom stand mit Psal in ihrer winzigen Küche vor einem Berg Katzenfutter der unterschiedlichsten Fabrikate. Sie hatten etliche Dosen geöffnet und schaufelten sich lachend mit den Krallen kleine Häppchen in den Mund. Whiskas mit Huhn war Psals Lieblingssorte, während Chrom nach wie vor Kitekat mit Thunfisch bevorzugte. Psal verstaute die angebrochenen Dosen im Kühlschrank und sie ließen sich satt in ihrem gemütlichen Wohnzimmer auf die Couch fallen. Inzwischen konnte

Chrom wenigstens krächzen – das Futter hatte seine Kehle geschmiert. Aber sie blieben bei der telepathischen Konversation, um ihn noch zu schonen. Es war drei Uhr nachts und Psal musste ein wenig schlafen, bevor sie in die Station fuhr.

»Komm mit ins Bett«, lud sie Chrom ein, der erstaunt den Kopf hob. *»Nicht was du vielleicht denkst - lass uns einfach ruhen.«*

Augenblicklich erhob er sich und streifte seine Kleider ab. Sie legten sich ins Bett, eng aneinander gekuschelt. Endlich bekam er, was er so lange vermisst hatte: den körperlichen Kontakt zum Rudel. Er schmiegte sich von hinten an Psals Irokesen-Haar. Sie war verführerisch weich. Wann hatte er das letzte Mal mit einem Bacani so gelegen?

Die Zeit bei den Duocarns war er allein gewesen. Auf der Erde hatte er zumindest mit Lady geschlafen, die sich immer gern an ihn schmiegte. Psal atmete tief und ruhig.

Er bewegte sich leicht und seine Hand stieß gegen eine ihrer festen Brüste. Sofort bemerkte er wie sein Glied schwoll. Sie erregte ihn. Er schob seinen Unterkörper ein wenig zurück. Falls sie durch Zufall aufwachte, sollte sie seine Geilheit nicht bemerken. Sie ist die Richtige, dachte er. Und das nicht nur, weil sie das einzige Weibchen seiner Rasse auf der Erde ist.

Ihm gefiel alles an ihr. Er hatte sich im Internet nicht getäuscht. Er würde es jedoch langsam angehen lassen, bevor er sich, wie bei den Bacanis üblich, lebenslang band. Sie kannten sich viel zu wenig.

Chrom schätzte Psal als recht jung ein. Ob sie wohl Veranlagung zur Nahrungsmutter hatte? Der Gedanke zu seiner ihm von der Natur bestimmten Ernährung zurückzukehren, war Chrom sehr angenehm. Die Milch der Nahrungsmütter war so auf das Rudel eingestellt, dass ihnen weder körperlich noch geistig etwas fehlte. Die Gemeinschaft war durch die Nahrung im Gleichgewicht.

Psal drehte sich im Schlaf, legte einen Arm auf seine Brust. Chrom schloss die Augen. Er fühlte sich in seine Kindheit zurückversetzt, als sein Rudel für ihn da war. Mit einem Glücksgefühl schlief er ein.

Chrom erwachte durch ein ungewohntes Geräusch. Psal stand vor dem Bett und zog ihre Jeans an. Sie besaß einen tadellosen Körper. Er betrachtete ihren strammen, kleinen Po mit einem geöffneten Auge.

»Bleibst du hier?«, fragte sie telepathisch.

»Möchtest du, dass ich auf dich warte?« Er öffnete das zweite Auge ebenfalls.

Sie sah ihn an und strahlte. *»Hast du denn noch Zeit?«*

Chrom nickte. *»Ich nehme sie mir einfach«*, lächelte er.

Psals Strahlen breitete sich über ihr ganzes Gesicht aus. Sie zog ihren Anorak an. *»Ich versuche mich früher zu verdrücken, okay?«*

Ohne zu antworten, schloss er wieder die Augen und kuschelte sich in das Kissen, das noch nach ihr duftete.

Psal zog leise die Wohnungstür zu. Sie sprang die Treppen hinunter. Er würde in ihrem Bett auf sie warten. Sie hätte die Welt umarmen können! Wie konnte sie jemals mit dem Gedanken spielen, sich an einen Menschen zu binden. Chrom war ein Stückchen Heimat.

Gutgelaunt bog sie in den Holzschuppen der Aufzucht-Station ein. Sie runzelte die Stirn. Was machte Frran da draußen? Und das bei Tageslicht! Psal stieg aus dem Ford und ging zu der jungen Bacanar, die an der niedrigen Fensteröffnung des Schuppens herumwerkelte. Sie war gerade dabei es zu schließen.

Psal bemerkte, dass das Fenster nun statt Glas eine Holzplatte hatte. »Wieso war das kaputt?«

Frran richtete sich auf und wurde rot. »Einer der Welpen ist dagegen gekracht.«

»Soso!« Psal kniff die Lippen zusammen. Es war klar, dass Frran log, aber sie wollte warten, bis sich die Gelegenheit ergab, um die Bacanar zur Rede zu stellen.

Sie schwiegen, bis sie den Flur entlang zum Computerraum gelaufen waren. Krran saß an einem der Rechner und studierte die Trainingspläne der Bacanars. Er musterte Psal von oben bis unten. In einem seiner Nasenlöcher steckte eine Art Tampon. Sofort war ihr klar, wer sie angegriffen hatte!

Psal zog die Augenbrauen zusammen. »Hast du mir etwas zu sagen, Krran?« Der bleckte die Fangzähne.

Psal holte tief Luft: »Du verdammter Warrantz! Du spinnst wohl meinen Freund anzugreifen?«, brüllte sie und fuhr die Krallen aus. Frran ging in Deckung.

»Du hast einen Menschen geküsst!«, antwortete Krran unbeeindruckt und verächtlich. »Wie tief willst du noch sinken? Sind wir dir nicht gut genug?«

Psal schnappte nach Luft. »Bevor ich mich mit einem wie dir verbinde, ficke ich lieber mit einem ... «, jetzt fiel ihr vor Empörung nichts ein – »mit einem der Bacanars!«

Krran drehte ihr den Rücken zu. »Dann mach das«, erwiderte er kalt.

Psal stapfte wütend aus dem Raum.

»Frran!«, befahl sie. »Komm mit!« Die Bacanar gehorchte. »Dieser eingebildete Scheißkerl!« Frran nickte. »Los, wir gehen in dein Zimmer!«

»Ich muss mit dir reden«, flüsterte Psal, schloss die Zimmertür und lehnte sich von innen dagegen. »Ich weiß das von Pan.« Frran erbleichte. Sie begann am ganzen Leib zu zittern.

»Beruhige dich! Hör mal zu, wir sind in einer ähnlichen Situation. Ich habe Pans Vater kennengelernt.« Frran ließ sich mit entsetztem Gesicht auf den Boden vor ihr schmales Bett sinken.

»Frran, hörst du mich? Ich finde, wir sollten von hier fliehen.«

»Was? Abhauen? Wohin denn? So wie ich aussehe?«

»Willst du lieber bei Bar, Krran und Pok bleiben? Du weißt, die Station wird bald hochgehen.«

Frran nickte. »Wann?«

»Ich weiß es nicht genau. Sie wollen die männlichen Stammväter.«

»Wer?«

»Chrom und die Seinen. Sie werden dem Morden ein Ende bereiten!«

»Und du hältst zu denen?«, fragte Frran atemlos. »Das hätte ich dir niemals zugetraut!«

Psal sah sie einen Moment an. Ja, sie hatte sich entschieden. Sie schluckte. Sich auf Seiten der Duocarns zu schlagen war hart, aber notwendig. Sie wollte nicht mit Bar untergehen, und wollte auch Chrom nicht mehr verlieren. Frran würde sie mitnehmen - ihr sollte kein Leid geschehen. Psal nickte.

Frran stürzte auf sie zu und warf sich vor ihr auf die Knie »Danke! Danke!«

Psal zog sie hoch. »Hör zu, wir müssen jetzt unbedingt cool bleiben. Alles ist wie immer, okay? Wir machen unsere Arbeit. Ich gebe dir Bescheid, wenn wir abhauen.« Sie stupste Frran kurz freundschaftlich gegen die Stirn.

Ihre Mittagspause hatte sich weit über die Mittagszeit hinausgeschoben, da ihr Chef, Martin B. Kettlestone, wieder einmal mit seinen unmäßig vielen Aufträgen an sie nervte. Maureen fühlte durch ihren leeren Magen echte Übellaunigkeit in sich aufsteigen. Hungrig war sie schlichtweg ungenießbar. Sie blickte kurz in den Spiegel im Waschraum bei Pharmcoran und zauste sich durch die blonde Mähne. Sie musste zum Friseur. Es war gar nicht so einfach, bei diesem anspruchsvollen Chef einen machbaren Termin dafür zu finden. Sie seufzte und schnappte ihre Tasche. So spät konnte sie nur noch in dem kleinen Bistro, einige Häuserblocks von der Firma entfernt, einen Snack zu sich nehmen. Mit

Grauen dachte sie an das Sandwich mit dem Analogkäse, der garantiert keinen Tropfen Milch in seinem Leben gesehen hatte, während sie den kurzen Weg zu dem Lokal hinüberlief.

Sie strich ihr dunkelblaues Business-Kostüm glatt und betrat das Bistro. Der Inhaber erkannte sie und winkte ihr zu. Seufzend ließ sie sich an eins der kleinen Tischchen nieder und angelte nach der Karte, die sie eigentlich auswendig kannte. Sie fühlte sich plötzlich unwohl. Jemand beobachtete sie. Der rothaarige Mann mit Brille an der Bar. Er lächelte ihr zu.

Maureen schloss kurz die Augen. Auch das noch auf nüchternen Magen. Der Inhaber brachte ein Sandwich. Na ja, wenigstens hatte er Salat und eine Tomatenscheibe darauf getan. Sie schnupperte an der undefinierbaren Sauce.

Prompt stand der Rothaarige vor ihr am Tisch und lächelte. »Ungenießbar, nicht wahr?«

Sie nickte und biss stoisch in das gummiartige Brot.

»Darf ich mich setzen?«

»Nein«, kaute sie.

Er schrak zurück. »Oh, Entschuldigung!« Er schien ehrlich bestürzt zu sein.

Blöd, sie hatte sich benommen wie ein ungehobelter Klotz. »Na meinetwegen.« Sie schluckte die zähe Masse.

»Ich bin Ron Bauer.« Na ja, zumindest war er höflich.

»Maureen«, stellte sie sich vor. Ihr Nachname ging ihn nichts an. Das war Small Talk mit einer Kneipenbekanntschaft, die man sowieso nie wieder sah. Außerdem war er überhaupt nicht ihr Typ, mit seinem rotblonden Schnurrbart.

Ron betrachtete sie mit Interesse. »Ich bin neu in Vancouver und hatte keine Ahnung, wo ich um diese Uhrzeit noch etwas zu essen herbekomme.«

»Das Problem kenne ich«, antwortete sie. »Was machen Sie hier in der Stadt?« So ganz verkehrt schien er ja doch nicht zu sein.

»Ich versuche, Geschäftskontakte zu knüpfen.«

Nun, das konnte alles und nichts heißen. Sie nickte höflich.

»Ich bin Vertreter und arbeite in der chemischen Industrie«, fuhr er fort.

Soso, war das ein Zufall? Sie war besser vorsichtig. Maureen legte einige Dollar auf den Tisch und erhob sich.

»Wie auch immer – war nett Sie getroffen zu haben, Ron.«

»Kommen Sie öfter hierher?«

»Nur wenn ich es nicht vermeiden kann«. Sie grinste.

»Darf ich Sie vielleicht in einer anderen Mittagspause in ein ordentliches Restaurant einladen?«

»Nein, danke«, beeilte sie sich zu sagen. »Ich habe einen Freund, wissen Sie.« Er schaute zerknirscht. Maureen lachte. »Na okay – bye-bye!«

Sie verließ das Bistro. Nein, sie hatte keinen Freund, seit ihr ehemaliger Geliebter, Marc, sie betrogen hatte. Das war bereits ein Jahr her. Seitdem kümmerte sie sich um ihre Karriere und abends um ihren Sport.

Sie eilte ins Büro, um die Unmenge an Arbeit noch zu schaffen. Sie wollte auf jeden Fall pünktlich Feierabend machen. Die Kleinen warteten nie gern und stellten dann allen möglichen Unfug an.

Die Nachmittagsarbeit zog sich endlos.

»Mr. Kettlestone, könnten wir das auf Morgen verschieben?«, fragte Maureen. »Ich muss jetzt wirklich los.

Kettlestone nickte. Scheinbar hatte er endlich verstanden, wie wichtig ihr das abendliche Training war. »Bis morgen früh dann.«

Maureen eilte ins Dojo. Wie zu erwarten, tobten die kleinen Schüler schon durch die Halle. Sie winkte ihnen kurz zu und ging sich umziehen. Sie band sich den strubbeligen Haarschopf zusammen, zog ihren Karateanzug an und knüpfte ihren schwarzen Gürtel. Voller Elan schob sie die Ärmel hoch.

»So, ihr Lieben, dann lasst uns mal loslegen! Mike, verbeugen nicht vergessen.«

Als Maureen einige Tage später die Gruppe der Jugendlichen von fünfzehn bis zwanzig Jahren trainiert hatte und aus der Dusche des Dojos trat, klingelte ihr Handy. Nass und fluchend machte sie sich in ihrer Handtasche auf der Suche danach.

»Hey Dana!«, rief sie erfreut. Ihre Freundin Dana war aus Seattle bei ihren Eltern in Vancouver zu Besuch und lud sie zu einem Drink ein. »Wunderbar! Freu mich! Bye!« Sie legte auf. Mit Dana im Legends etwas zu trinken, würde ihren Abend abrunden. Eilig zog sie wieder ihr Business Kostüm an und düste in freudiger Erwartung mit ihrem roten VW Cabrio ins Legends. Dana war noch nicht da.

Maureen bestellte einen Manhattan und wartete. Einige Männer musterten sie. Jaja, denkt, was ihr wollt – ich bin garantiert nicht hier um einen von euch aufzureißen, dachte sie trotzig. Maureen nahm einen kräftigen Schluck. Jemand schob sich auf den benachbarten Barhocker.

»Also Dana – «, hob sie an und stutzte. Neben ihr saß der rothaarige Ron und lächelte sie an. »Wie kommen Sie denn hierher?«, stieß sie verblüfft hervor.

Er grinste breit. »Mit dem Auto?«

Jetzt kam Maureen sich blöd vor. »Sorry, ich dachte Sie wären jemand anders.«

Ron sah auf ihren halb getrunkenen Manhattan. »Was ist denn das?«

»Manhattan!«

»Und der schmeckt hier?«

Maureen nickte. »Klar, sonst würde ich ihn nicht trinken.«

Ron grinste wie ein Honigkuchenpferd. »Ich frage deshalb, weil ich Sie ja auch schon ein Sandwich essen sah, das aus einer Gummimasse bestand.«

Maureen stutzte. Dann platzte sie heraus vor Lachen. Dana war wohl nicht gekommen, aber es schien, als wäre der Abend gerettet.

Ron gab sich redlich Mühe charmant zu sein. Mit Wohlgefallen ließ er immer wieder seinen Blick über ihre schlanke, sportliche Figur schweifen. Sie unterhielten sich angeregt und bestellten einige Drinks.

»So, ich glaube, ich werde nun langsam schlafen gehen«, bemerkte er nach einer Weile. »Morgen muss ich noch ein paar Pharmafirmen abklappern.«

»Was vertreiben Sie denn?«, fragte Maureen harmlos.

»Ich bin freier Chemiker und habe etwas entwickelt, das ich den Firmen anbieten will.« Das war für Maureen nichts Neues. »Und was wäre das?«

»Eine brandneue Formel für ein Potenzmittel, das alles Bisherige in den Schatten stellen wird.«

»Oh!«

»Ich bin überzeugt von dem Produkt. Aber ich kann es natürlich nicht allein auf den Markt bringen.«

»Verstehe«, meinte Maureen leicht beschwipst. »Ich kann ihnen vielleicht weiterhelfen – beziehungsweise mein Boss könnte es.«

»Ich habe durch Zufall noch eine Probe davon in der Tasche.« Ron griff in seine Jackentasche und holte ein Päckchen hervor. Es enthielt kleine, rote Portionen, die luftdicht verschweißt waren. Das Zeug besaß eine merkwürdige Form.

»Zufall?« Maureen lachte.

»Wenn Sie das verwenden könnten – ihre Firma kann es gern analysieren lassen.« Er steckte ihr seine Visitenkarte zu. »Ich freue mich auf Ihren Anruf.« Er lächelte und zwinkerte ihr zu.

Als Maureen am nächsten Morgen etwas verkatert erwachte, weil das Handy klingelte, hatte sie Ron schon fast vergessen. Sie wühlte schlaftrunken in ihrer Handtasche, dabei fiel das rote Zeug heraus. Ah, das Handy! Danas Nummer auf dem Display. Na, die konnte was erleben! Sie so zu versetzen!

»Hör mal, Mäuschen«, Danas Stimme klang gehetzt. »Bevor du jetzt etwas sagst: Es tut mir sooo leid! Aber stell dir vor, der Mietwagen ist auf dem Weg ins Legends mitten auf einer Kreuzung stehen geblieben. Das war ja sowas von peinlich! Alle dachten natürlich nur wieder „Frau am Steuer", dabei war die Karre wirklich kaputt. Ich musste dann auf den Hilfsdienst warten und in dieser Zeit versuchten einige Männer mein Auto wegzuschieben. Das war vielleicht ein Theater, sag ich dir. Na ja, kurz und gut. Nachdem der Hilfsdienst endlich gekommen war, habe ich alles Mögliche regeln müssen und darüber habe ich vergessen, dir abzusagen. Bist du mir böse?«

Maureen, völlig geplättet von dem auf sie einströmenden Wortschwall, war kaum fähig zu antworten. »Nein, lass mal«, brachte sie letztendlich hervor. »Wir sehen uns dann beim nächsten Mal.«

Dana stieß noch einige Beteuerungen aus und Maureen legte seufzend auf. Na ja, diese Entschuldigung war akzeptabel. Der letzte Abend war ja trotzdem ganz lustig gewesen. Sie schob das Telefon zurück in die Tasche.

Da war auch noch das seltsame Medikament von diesem Ron. Maureen nahm das Tütchen und drehte es in der Hand. Das war also ein revolutionäres Potenzmittel. Es sah etwas ekelhaft aus. Sie holte ihr Handy nochmals hervor und wählte eine Kurzwahl.

»Hey Smu, altes Haus!«

Seine Stimme klang total verschlafen: »Bist du das, Maureen? Weißt du eigentlich wie spät es ist?« Er gähnte lautstark.

»Ja, das weiß ich! Spitz mal die Ohren. Du musst mir bei etwas helfen. Am besten erzähle ich dir das persönlich.«

»Jaja!« Sie hörte, wie er den Kopf ins Kissen fallenließ. »Bin bis morgen Abend wieder fit«, grunzte er schläfrig.

»Morgen Abend? Wunderbar! Ich habe sonntags frei. Wir sehen uns. Bye Sweety!«

Sie nannte ihren alten Freund Smu immer Sweety, Honey oder Baby, um ihn zu ärgern. Sie hatte natürlich nicht vor, ihrem Chef das geheimnisvolle Zeug zu geben. Nur der Teufel wusste, was das war. Sie nahm die Visitenkarte in die Hand. „Ron Bauer - Medicals" stand da in goldenen Lettern. Wie auch immer. Aber sie würde mit Smus Hilfe der Sache hinterher forschen. Ihr Freund Smu - Abkürzung für Samuel, war ein wirklich guter Privatdetektiv.

Psal schmiss ihren Autoschlüssel auf das Tischchen in der Diele und spähte ins Bett. Es war leer. Schade. Wo war er denn? Chrom stand vor dem Sofa im Wohnzimmer und hatte ihre gerollte Sofadecke unter dem Arm und eine kleine Plastiktüte mit diversen Dosen in der Hand. Er strahlte sie an. Bumm, bumm! Schon hämmerte Psals Herz wie wild in ihrer Brust.

»Lust auf Picknick?« Er blinzelte lächelnd.

»Super Idee! Hast du alles?«

»Na, viel brauchen wir ja nicht für ein Picknick.« Er schwenkte die Tüte und Psal musste lachen. Was für eine Erleichterung. Sie brauchte keine bluttriefenden Menschenteile mehr essen.

Sie fuhren mit ihrem alten Ford in Richtung der Bacani-Basis, weil das die einzige Gegend war, in der Psal sich einigermaßen auskannte, und von der sie wusste, dass sie waldreiche und hübsche Plätze besaß. Sie stiegen auf einem höher gelegenen, kleinen Parkplatz aus und nahmen ihre Sachen. Es war noch warm, aber man konnte den Herbst schon riechen. Chrom schnupperte in die Luft.

Psal schnappte seine Hand und zog ihn in den Wald. Sie wanderten eine ganze Weile bergauf. Die Tannen wichen einer zerklüfteten Gebirgslandschaft mit stacheligen Büschen, weiten Flächen wilder Blumen und wogenden Wiesen. Dort breitete Chrom die Decke aus und zog sich aus. Psal zögerte zunächst. Sie war durch ihren Aufenthalt auf der Erde inzwischen so an Kleidung gewöhnt. Aber bei einer Verwandlung konnte sie hinderlich sein, Chrom hatte recht. Sie tat es ihm gleich und warf ebenfalls ihre Kleider ins Gras.

Sie legten sich hin und blickten in den blauen Himmel. Nur das Summen der Insekten und das Zirpen der Grillen umgab sie. Chrom tastete nach ihrer Hand, streichelte zart jeden ihrer Finger.

Psal schloss die Augen und genoss seine Berührung. Warme Wellen durchliefen ihre Hand und ihren Arm, breiteten sich in ihrer Brust aus. Er hatte sehr geschickte Hände – liebkoste ihre empfindsame Handfläche. Das angenehme Gefühl verstärkte sich. Sie spürte es durch ihren ganzen Körper fließen. Er war der für sie bestimmte Partner. Das wusste sie inzwischen mit Gewissheit.

Psal richtete sich auf, stützte den Kopf auf die Hand und betrachtete ihn. Seine scharf geschnittenen Züge mit den geschlossenen Lidern sahen in diesem Licht ausgesprochen sinnlich aus. Die Perücke hatte er abgenommen. Ihr Herz klopfte. Sie rutschte näher an ihn heran, berührte seinen weichen Mund mit ihren Lippen, streichelte zart sein haarloses Gesicht. Er hielt die Augen weiterhin genussvoll geschlossen.

Was war es doch für ein himmelweiter Unterschied zwischen den Bacani-Stammvätern und ihm. Er war anschmiegsam und feinfühlig. Bar oder Krran hätten garantiert längst versucht sie zu besteigen, grinsend überzeugt von ihrer Männlichkeit.

Von Chrom wünschte sie sich sehnsüchtig Nähe und Zärtlichkeit und, wenn sie ehrlich zu sich selbst war, auch mehr. Er wird meine Gedanken gelesen haben, dachte sie, denn er nahm ihr Gesicht in beide Hände und küsste sie innig. Seine Zunge streichelte ihre, verschlang sich mit ihr. Psal knabberte mit den Fangzähnen zart an seiner Lippe. Er öffnete die Augen und ließ sie in seine violetten Seen eintauchen. Jetzt wusste sie, wo sie diesen Farbton schon einmal gesehen hatte. Einer der wenigen Seen auf Duonalia besaß diese Farbe. Meist konnte man das Wasser nicht erkennen, weil Schleier die Wasserfläche bedeckten. Aber sie hatte den See ein Mal besucht, als der Wind sanft den Dunst weggeblasen hatte. Psal versank in seinen Augen.

Während sie noch abglitt, verwandelte er sich. Sein pelziger gelb-grau gestromter, drahtiger Körper lag augenblicklich neben ihr. Er fuhr die Zunge aus der spitzen Schnauze und leckte ihr zärtlich das Gesicht – hielt sie weiterhin unverwandt mit dem Blick aus den eindrucksvollen Augen fest. Sein Spiralschwanz umschlang sie. Deutlicher konnte die Aufforderung nicht sein.

Psal zeigte sich ihm ebenfalls in Sekundenschnelle in ihrer vierfüßigen Gestalt – präsentierte ihm ihr wunderschönes grau-violettes Fell. Neckisch fuhr sie ihm mit den Krallen in seinen dicken Brustpelz und kratzte ihn. Ein weiches Brummen entfuhr seiner Brust. Er sprang auf. Seine Augen lachten. Er lief los. Rannte übermütig um sie herum. Sein langer Schwanz peitschte. Psal ging das Herz über. Ein wunderschöner Artgenosse! Sie machte einen Satz auf ihn zu, aber er war schon ausgewichen.

Sie begannen ein atemberaubend schnelles Spiel. Verfolgten sich durch die wogenden Gräser. Verbissen sich ineinander. Rauften. Die wilde Hatz führte sie in ein kleines Wäldchen. Sie fetzten mit den Krallen der Hinterläufe den Waldboden in Stücke. Sie rannte vorne weg. Wo blieb er? Leise und auf den Boden gedrückt schlich sie den Weg durch die Bäume zurück.

Er war auf einen Baum geklettert und ließ sich von oben auf sie fallen. Riss sie atemlos mit sich. Sie kauerte auf der weichen Erde. Da war er hinter ihr. Sie fühlte seinen heißen Leib über sich – spürte seine Fangzähne in ihrem Nacken und ergab sich. Erregt drückte er sein hartes Glied an ihren Unterleib. Die Wollust fuhr ihr in den Körper wie ein rauschender Strom. Sie nahm ihn tief auf. Hielt ihn fest. Sie würde ihn nie wieder loslassen wollen – zuckte unter seinen Stößen.

Ihr heiseres Kreischen suchte sich ihren Weg zwischen den Bäumen und drangen durch den kleinen, herbstlichroten Wald.

Smu lehnte neben der Tür des Dojos, als Maureen nach dem Training heraustrat und sich die Kapuze ihres Regenmantels über den Kopf zog.

»Hey!«, grüßte er.

»Hey, Honey!«

Smu schob die Unterlippe vor. Maureen grinste breit. Wieso schaffte sie es immer noch, ihn damit zu ärgern?

Sie studierte ihn von oben bis unten und stellte fest, dass es definitiv viel zu sehen gab: Er trug halb geschnürte Springerstiefel zu engen, zerrissenen Jeans, die eines seiner nackten Knie zeigten. Oberhalb der drei verschiedenen Gürtel hatte er seinen muskulösen, schlanken Körper in eine hellbraune, knallenge Wildlederjacke gequetscht, die am Hals mit orangenfarbenen Hahnenfedern besetzt war. Diese Federn gingen nahtlos in seine wilde orange, rot und gelb gefärbte Löwenmähne über, die bis an seine Schultern wallte. Sein hübsches, schmales Gesicht war mit etlichen Piercings verziert - davon zwölf allein in den Ohren. Seine grünen Augen musterten sie lächelnd.

»Hey«, lachte Maureen. »Dezentes Outfit heute.«

Smu entblößte seine regelmäßigen Beißer und züngelte mit seiner gespalteten Zunge.

»Uh! Uh!« Maureen kicherte, als er sie mit einem Arm herzhaft an seine Brust drückte.

Sie hatten sich vom ersten Augenblick an gemocht. Damals im Kinderheim. Zur damaligen Zeit war er ein kleiner blonder, dünner Junge gewesen. Die Freundschaft zu Smu war über all die Jahre erhalten geblieben.

Sie hakten sich unter und spazierten gemächlich zu Maureens Cabrio. Smu schwang sich mit frech blitzenden Augen über die Autotür und ließ sich auf den Beifahrersitz fallen. In Maureens Appartement angekommen, inspizierte er sofort die Küche, beziehungsweise ihren Kühlschrank. Mit enttäuschtem Gesicht kam er in ihr kleines Wohnzimmer zurück und setzte sich auf ihre Couch.

»Sag mal, ernährst du dich nur von Naturjoghurt und Kefir?«

»Solltest du auch tun«, strahlte sie. »Das ist gut für die Haut.«

»Meine Haut ist okay«, grinste er.

Sie musterte seinen Teint. Na, das stimmte wohl.

»Jetzt hör mal zu, was ich dir zu erzählen habe.« Maureen ließ sich auf einen Sessel fallen, wühlte in ihrer Handtasche und schmiss das Päckchen mit dem roten Zeug auf den Wohnzimmertisch.

Smu stutzte, nahm die verschweißte Packung und drehte sie langsam. Dann pfiff er durch die Zähne. »Wo hast du das her?«

»Weißt du, was das ist?«

»Nicht genau, aber ich ahne es. Es soll eine neue Designerdroge auf dem Markt geben - eine rote.« Er hielt das Päckchen gegen die helle, geflochtene Siebziger-Jahre-Lampe über ihrem Esstisch.

Maureen berichtete ihm von Ron und von dem Angebot, die Formel für das seltsame Zeug zu verhökern. Smu kratzte sich mit seinen farbig lackierten Fingernägeln in der bunten Mähne. Er kniff die Augen zusammen, nahm das Päckchen und löste einen der roten Klumpen heraus. Maureen stieß einen Schrei aus und stürzte sich auf ihn, aber er hatte den Brocken bereits heruntergeschluckt.

»Bist du wahnsinnig?«, brüllte sie. »Wer weiß, was das ist!«

Er grinste. »Gleich weiß ich es.«

Maureen raufte sich die Haare. »Komm, kotz es wieder aus!«

»Nö! Jetzt will ich es wissen.«

Maureen schnaufte. Wie wirkte das Zeug? Konnte es sein, dass er in Kürze in ihrer Wohnung durchdrehte? Gott sei Dank besaß sie ihre Kampfkünste. Hatte sie Skrupel diese gegen Smu einzusetzen? Sie schaute ihn an. - Eindeutig nein. Im Notfall würde sie ihn damit gnadenlos schachmatt setzen.

Offenbar ahnte er ihre Gedanken, denn er grinste wieder. Sein Grinsen wurde breiter. Er erhob sich und schritt gemächlich auf sie zu.

»Smu!«

Er kam näher. Sie starrte ihn an, kam dann auf die Idee den Blick tiefer schweifen zu lassen und erstarrte. Die Beule in seiner Hose hatte die Größe eines Baseballschlägers.

»Au Scheiße«, stammelte Maureen. Sie blickte sich hilfesuchend um. Da war der riesige, massive Eichenkleiderschrank, ein Erbstück von ihrer Oma. Der war vielleicht ihre Rettung.

Sie erhob sich aufreizend. »Komm, Smu«, lockte sie und bewegte sich langsam in Richtung des Kleiderschranks. Entsetzt sah sie, dass Smu der Speichel aus dem Mundwinkel tropfte. Himmel! Geistesgegenwärtig riss sie die Kleiderschranktür auf. In dem Schrank verwahrte sie nur ihre Abendkleider. Die Hauptmenge ihrer Kleidung befand sich glücklicherweise in ihrem Einbauschrank im Schlafzimmer. Sie packte ihn mit einem ihrer Karategriffe und warf ihn in den Schrank. Hastig knallte sie die Tür zu und drehte den Schlüssel. Er brüllte! Das war nicht seine Stimme. Es war die eines wilden Tieres!

Er hämmerte mit aller Kraft gegen die Tür. Was, wenn sie nachgab? Maureen schob ächzend eine schwere Kommode vor die Schranktür. Er tobte. Maureen ließ sich aufs Sofa fallen und sah auf die Uhr. Er randalierte noch eine Stunde. Eine der Türen hatte einen kleinen Riss bekommen, aber ansonsten hielt der Schrank stand. Dann war es still. Nur ein ununterbrochenes Keuchen und schweres Atmen war zu vernehmen. Maureen zog eine Wolldecke über sich und schloss die Augen. Sein Schnaufen wirkte langsam einschläfernd. Sie fiel in einen unruhigen Schlaf.

Warum hatte sie auf dem Sofa geschlafen? Maureen öffnete die Augen. Ach du meine Güte! Sie erinnerte sich. SMU! Sie sprang auf. Vorsichtig klopfte sie gegen den Schrank.

»Smu? Lebst du noch?« Ein leises Stöhnen antwortete ihr. Sie schob so schnell es ging die Kommode zur Seite und riss die Schranktür auf.

»Das darf nicht wahr sein!«

Smu hockte mit heruntergezogener Hose auf dem Boden des Kleiderschranks, in ihre schönen Abendkleider verwickelt, über und über mit seinem Sperma besudelt. Die Kleider waren hin. Er blickte mit trüben Augen zu ihr hoch.

»Mensch Smu, mach keinen Scheiß! Geht's dir gut?« Er nickte. Sie griff unter die Achseln und zog ihn aus dem Schrank. Seine Beine knickten weg. Sie zerrte ihn auf das Sofa. Sein rechter Arm hing herunter. Er hob ihn langsam und blickte in seine Hand. Sie war voller Blasen. Er neigte den Kopf und spähte zu seinem Schwanz. Der war knallrot und völlig geschwollen – teilweise fehlte die Haut.

»Au Mann«, stöhnte er. Wurde sich dann Maureens Anwesenheit bewusst und zog einen Zipfel ihrer Sofadecke über sein Glied. Er zuckte zusammen.

»Smu, du musst in ein Krankenhaus.« Er schüttelte langsam den Kopf.

»Das wird schon wieder«, krächzte er. Maureen gab ihm ein Glas Wasser, das er mit der linken Hand nahm. Er trank gierig.

»Verdammte Scheiße, Maureen«, flüsterte er. »Was für ein Teufelszeug! Gott sei Dank, habe ich bisher nur das Frenulum-Piercing. Himmel, wo ist der Ring?« Er spähte unter sein Glied. »Raus gerissen! Oh nein!« Seine Stimme jammerte verzweifelt.

Maureen eilte zuerst in die Küche um Eis zu holen, hastete dann ins Bad und schnappte sich den Verbandkasten. »Hör zu, ich werde dich jetzt verarzten. Keine Widerrede! Leg dich hin! Oder soll ich dich erst verprügeln?«

Er schüttelte den Kopf und lehnte sich zurück. Sie holte frisches Verbandszeug und schmierte ihm die Handfläche mit Wund- und Heilsalbe ein. Danach verband sie ihm die Verletzung.

Er zuckte vor Schmerz, als sie ihn berührte und sein Glied ebenfalls mit Salbe und Verband behandelte. Energisch gab sie ihm einen Beutel zerstoßenes Eis in die linke Hand. »Drück das auf dein bestes Stück!«

Er nickte gehorsam und drückte sich den Eisbeutel zwischen die Beine. »Hör mal, Maureen«, stellte er fest, »das Zeug ist hochgradig gefährlich! Ich hatte vielleicht einen Monster-Rausch. Ich habe noch nicht einmal mitbekommen, dass ich mich so zugerichtet habe. Das macht aus jedem Winzling einen Potenzbären! – Nicht, dass ich winzig wäre«, fügte er hinzu. Sein alter Charme kroch langsam ans Tageslicht.

Maureen atmete auf. Er war wieder im Normalzustand.

»Und der Typ will die Formel für dieses Zeug verkaufen? Weißt du, was das wert ist? Unermesslich viel!«

Maureen schnaufte. Das war ihr jetzt auch klar. Sie stand auf und betrachtete ihre ramponierten Kleider.

»Ich bezahle die Reinigung«, versuchte Smu sie zu trösten.

»Ich glaube nicht, dass ich sie noch einmal tragen will.«

»Maureen, das ist doch nur pures Eiweiß!«

Typisch Mann! Das nun so darzustellen, als hätte sie sich ein Ei über den Rock gekippt! Sie stopfte die Kleider in eine große Tüte und beschloss, zunächst nicht darüber nachzudenken.

Smu war erst einmal schachmatt. Aber sie brauchte ihn. Dieser Sache würde sie nachgehen! Sie wollte sich gar nicht vorstellen, was passiert wäre, wenn sie sich nicht gewehrt hätte. Und er selbst hatte schwer gelitten. In ihr stieg der dringende Wunsch auf, sich diesen Ron zur Brust nehmen.

»Du bleibst erst mal hier«, entschied sie. »Ich gehe jetzt etwas einkaufen.«

Smu nickte ergeben. »Ich hab totale Lust auf ein Thunfisch Sandwich mit Ei und Schinken und Tomate und ...«

»Röstzwiebeln, ich weiß«, beendete sie seinen Satz. Sie kannte seine Vorlieben. »Bis gleich!« Sie schnappte sich ihre

Handtasche, den Autoschlüssel und verließ das Appartement.

Smu lag auf Maureens Sofa und dachte nach. Er betrachtete seine verbundene Hand. Aus dem Verband schauten seine bunt lackierten Fingernägel hervor, wie Puppen in einem Kasperletheater. Jetzt musste er natürlich über sein Erlebnis grinsen. Allerdings verging ihm der Humor, wenn er die Tragweite des Ganzen betrachtete. Das rote Zeug war gefährlich. Er besaß gewiss keine Ambitionen den Polizisten oder Retter der Menschheit zu spielen – dafür hatte er selbst zu viel Dreck am Stecken – aber vor dem, was ihnen fast widerfahren wäre, mussten die Leute bewahrt werden. Nicht auszudenken, wenn diese Formel in falsche Hände geriet!

Er beschloss, nach dem Futterfassen in seine Wohnung zu fahren. Dort hatte er die Möglichkeit das GPS-Signal von Handys auszuspähen. Außerdem, er schaute auf seinen Schwanz, war es in der nächsten Zeit wohl angesagt, einen Rock zu tragen. Er hatte genügend Gothic-Röcke mit Ringen und Schnallen im Schrank, die er sogar sehr gerne trug.

Er hörte Maureen mit dem Essen zurückkommen und nahm dankbar sein Lieblings-Sandwich entgegen.

»Könntest du mich in meine Wohnung fahren? Ich muss mich umziehen. Außerdem können wir von da versuchen, das Handy des Scheißkerls auszumachen.«

»Smu! Das ist verdammt illegal!«

»Ist es?« Er kaute grinsend und zuckte die Achseln.

Nachdem sie satt waren, machte er sich mit Maureen auf den Weg. Smu wohnte in der Nähe des Hafens. Sie hielten vor seinem kleinen Haus, das schien, als beabsichtigten die mächtigen Wohnblocks zu seinen Seiten, es zu zerquetschen. Er schritt so vorsichtig, als würde er Eier auf Löffeln balancieren. Die enge Jeans, die er ja wieder hatte anziehen müssen, machte ihm schwer zu schaffen. Er öffnete die Haustür und ließ Maureen eintreten. Sie blinzelte.

»Hier wohnst du?« Sie lief in seiner ordentlichen Wohnung umher, blieb vor einer blühenden Topfpflanze stehen. Sie blickte die Blume erstaunt an.

»Das ist Melissa«, nickte Smu. Er riss seinen riesigen Einbau-Kleiderschrank auf. Auch die Kleidung darin war ordentlich sortiert. Er zog einen seiner Röcke an. Schwarz, mit etlichen Ringen und seitlichen Schnallen. Dann erst streifte er schamhaft die Jeans nach unten. Maureen grinste. Sie hatte recht. Jetzt hatte sie ihn in seiner Nacktheit gesehen – und sogar in der Hand gehalten.

Er lächelte schief. »Tut mir echt leid, das Ganze«, schnaufte er.

»Nee, lass mal«, sie winkte ab. »Ohne deinen Selbstversuch wüssten wir nicht, womit wir es hier zu tun haben.«

Eine Ecke seines Wohnzimmers war mit technischem Equipment vollgestellt. Smu setzte sich vorsichtig auf einen Drehstuhl und rollte sich zum Rechner. »So! Gib mir mal die Handynummer.«

Maureen reichte ihm Rons Visitenkarte. Er öffnete ein Dutzend Browserfenster, gab etliche Passwörter ein und hatte dann schließlich ein kleines Fenster vor sich, in das er Rons Nummer tippte. Enter.

»Hm«, Smu zupfte an einem seiner Ohr-Piercings, das aussah wie ein Stück Wasserrohr. »Nichts.« Entweder hat er es ausgeschaltet oder er ist nicht mehr in Kanada.«

»Du kannst sicher sein, der ist noch hier! Der Kerl will die Formel loswerden!«

»Okay, dann können wir nur warten, bis er es wieder anschaltet.«

»Sollten wir ihn auf diese Art nicht finden, rufe ich ihn eiskalt an und locke ihn aus seiner Deckung.«

Smu nickte. »Das machen wir aber erst, wenn es nicht anders geht. Ich glaube, der Typ ist gefährlich!«

»Das bin ich auch, Smu!«

Er grinste und dachte an den Schrank. »Stimmt!«

Sie verbrachten den Sonntag gemütlich in seiner Wohnung, während Smu immer wieder versuchte den Handy-Standort zu finden.

»Was machen wir, wenn wir ihn gefunden haben?«, fragte Maureen, die aus Smus Dusche kam und sich die Haare trockenrieb.

»Ich fahre hin, Maureen.«

»Allein?«

»Auf jeden Fall! Versuche mich bitte nicht vom Gegenteil zu überzeugen. Ich mache nichts, sondern checke nur und halte dich ständig auf dem Laufenden. Mich kennt er nicht.«

»Nur bist du so verdammt auffällig.«

»Bin ich das? Maureen, Schätzchen, ich kann auch anders, glaub mir.«

Sie sah ihm forschend in die Augen. »Okay, machen wir es so. - Sollten wir ...«. Sie kam nicht dazu den Satz auszusprechen.

»Bingo!«, brüllte Smu und sprang auf, was er sofort bereute. »Kann ich deine Karre nehmen?«

»Ja, aber mach das Verdeck zu.«

Smu ging zu seinem Kleiderschrank. Als er fertig umgezogen war, sah er in den Spiegel. Er wirkte unscheinbar - wie ein ausländischer Gastarbeiter. Nur, dass der Gothic-Rock nicht so recht dazu passen wollte und auch nicht das Schulterhalfter mit der Smith & Wesson, die er unter der grauen Jacke trug. Er grinste sich ermutigend zu.

»Maureen, der Kerl ist nicht weit weg - Hafenviertel auf der anderen Seite. Bis gleich!« Die Wohnungstür klappte hinter ihm zu.

Die Koordinaten stimmten. Smu stand vor einer alten Fabrikhalle in der Nähe von Harbourview Park und spähte durch die verschmutzten Fenster. Es war nichts zu sehen. Die Halle schien seit ewigen Zeiten verlassen.

Smu schlenderte um die nächste Ecke, so dass er den Bereich der beiden Eingangstüren überblicken konnte, und drückte sich in eine Nische an einer Art Pförtnerhäuschen.

Laut Maureen war Ron ein großer, rothaariger Kerl mit Brille und einem rotblonden Bart. Der Typ, der da die Halle verließ, war jedoch klein, dunkelhaarig und drahtig. Er schloss die Hallentür sorgfältig ab. Smu überlegte, ob er dem Mann folgen sollte. Er war im Moment sein einziger Hinweis, also heftete er sich an dessen Fersen.

Der Kerl hatte sein Auto nicht weit von Maureens Cabrio geparkt. Smu beeilte sich selbst zum Fahrzeug zu kommen und nahm die Beschattung auf.

Der Mann fuhr auf den Upper Level Highway und dann Richtung Upper Lyn. Smu überlegte die Verfolgung aufzugeben, denn es konnte ja sein, dass der Kerl bis Anchorage düste. Urplötzlich bog dieser in einen Waldweg ein. Mit ausreichendem Abstand folgte Smu ihm. Er beobachtete, wie der Mann in einen von zwei Schuppen fuhr. Smu runzelte die Stirn. Der Weg bis zu den Holzschuppen bot kaum Deckung, denn es wogte lediglich hohes Gras um die Gebäude.

Während er noch nachdachte, wurde die Tür seines Autos fast aus der Verankerung gerissen, und ein großer, blonder Kerl mit Stachelhaaren presste ihm einen Dolch an die Kehle.

»Raus aus der Kiste«, zischte der. Er machte nicht den Eindruck, als ob mit ihm zu spaßen wäre. Smu gehorchte.

»Was treibst du hier? Wieso bist du dem Mann gefolgt?« Smu schaute den Blonden stumm an. Er war ja selbst auch kein Kleiner, aber dieser Kerl war ihm kräftemäßig überlegen. Daran gab es keinen Zweifel.

Mit einem Ruck zog der Blonde ihm die Arme auf den Rücken, wobei er den Verband an seiner rechten Hand empfindlich quetschte. Er hörte Handschellen klicken.

Verflucht! Der Blondschopf durchsuchte ihn und nahm sein Handy, seinen Führerschein und die Smith & Wesson an sich – betrachtete sie genau und nickte.

Es raschelte kurz im Gebüsch. Smu traute seinen Augen nicht. Ein monströser Indianer trat hervor. Er maß garantiert zwei Meter und besaß gigantische Muskelpakete. Jetzt kam Smu sich tatsächlich klein vor und die Angst kroch in sein Herz.

Die beiden Männer sahen sich an und Smu hatte den Eindruck, dass sie sich wortlos unterhielten. Der Indianer hob ihn am Kragen hoch und trug ihn wie ein erlegtes Karnickel zu einem Volvo, während sich der Blonde in Maureens Cabrio schwang und damit fortfuhr.

Verdammt, dachte Smu, Maureen wird mich lynchen! Aber er hatte im Moment wahrlich andere Sorgen.

Der Indianer wickelte ihm ein altes Hemd um den Kopf. Die Seitentür öffnete und schloss sich. Dann fuhren sie los.

Kidnapping. Na toll. Wo war er da nur hineingeraten? Sie hatten kein Wort mehr an ihn gerichtet. Allerdings, selbst wenn – er hätte ihnen sowieso nicht geantwortet. Vielleicht ahnten die beiden Kerle das ja.

Smu überlegte fieberhaft. Ohne Waffe und Handy konnte er nur auf einen Zufall hoffen, um seine Freiheit wieder zu bekommen. Sie fuhren eine Weile. Die Männer forderten ihn mit einem groben Stoß dazu auf auszusteigen. Smu horchte. Er hörte kurz das Meer rauschen. Das hieß in Vancouver leider nicht viel.

Jemand packte ihn hart am Arm und führte ihn einige mit Teppich belegte Treppen hinunter. Als man ihm endlich das Hemd vom Kopf wickelte, staunte Smu nicht schlecht.

Er war in einem Labor. Das Ganze entwickelte sich offensichtlich zu einer Art Chemie-Krimi. Er blickte um sich – verstand nicht, was sich da in den Regalen stapelte und in den Reagenzgläsern regte.

Vor ihm auf einem Drehstuhl saß ein Mann in einem Laborkittel und musterte ihn interessiert, als sei er eine neue Laborratte. Neugierig betrachtete Smu diesen ebenfalls und vergaß dabei beinahe in welch prekären Lage er sich befand: Der Mann besaß eine Glatze und intensive Augen in einem fein geschnittenen Gesicht. Das an sich wäre nicht auffällig gewesen, hätte er nicht eine halb durchsichtige, weiße Haut gehabt. Fast meinte Smu, sich unter ihr etwas bewegen zu sehen. Das war sehr unheimlich. Smu zerrte testweise an den Handschellen.

Die Tür schwang auf und zusammen mit den beiden Kerlen, die er bereits kannte, trat ein dritter Riese in den Raum.

Smu hielt den Atem an. Er hatte ja schon viel gesehen, aber das, was der Mann auf dem Kopf hatte, toppte alles. Goldene Haare hingen ihm bis auf die Hüften. Wäre die Situation nicht derartig bizarr gewesen, er hätte einen Anflug von Neid gespürt. Die Kerle sprachen nicht. Gelegentlich blickte einer zum anderen. Eine stumme Unterhaltung. Smu lief eine Gänsehaut über die Arme und dann den Rücken hinunter.

»Okay«, sagte der mit den goldenen Haaren und sah ihn durchdringend an. »Was hast du da draußen gemacht? Wieso bist du dem Mann gefolgt?« Wieder die gleichen Fragen.

Smu sah den Goldenen nur stumm an. Dieser blickte zu dem Weißhäutigen. Der stand auf. Diese Bewegung allein wirkte schon bedrohlich. Der Indianer hob Smu am Kragen hoch und stellte ihn auf die Füße, zog ihm die alte Mütze vom Kopf. Smus bunte Haare fielen bis auf seine Schultern.

Er fühlte, wie der Weiße ihm von hinten den Verband von der Hand wickelte und die Handfläche begutachtete. Er gab dem Blonden ein Zeichen. Der nahm seinen Dolch und schlitzte Smu kurzerhand die Kleider vom Leib. Verdammt, verdammt, dachte Smu. Die Männer betrachteten interessiert den Verband um seinen Penis. Den entpackte der Weiße ebenfalls. Er hörte, wie alle Kerle kurz scharf die Luft anzogen. Na, immerhin hatte er Eindruck gemacht! Die Frischluft am Schwanz tat richtig gut und kühlte – wenigstens ein angenehmer Nebeneffekt.

Smu hoffte nur, dass jetzt nicht noch die ganzen Frauen der Kerle zur Tür hinein kämen – aber niemand kam.

»Das sind ja interessante Verletzungen«, ließ sich der Goldene wieder vernehmen. »Erzähl doch mal etwas darüber. Und vor allen Dingen sag uns, wieso du dem Mann gefolgt bist.«

Smu starrte ihn an. Der Indianer rieb sich die Hände. Der Goldene nickte. Scheiße! Eine dicke Backpfeife schlug ihm den Kopf auf die andere Seite. Trotzdem hatte er das Gefühl, dass der Schlag der Kraft der Rothaut in keiner Weise gerecht wurde. Der Kerl war 100-prozentig fähig, ihm mit einem Finger das Genick zu brechen. Die Männer sahen sich an.

Der Weiße umfasste von hinten seinen Schädel und Smu fühlte etwas sanft durch dessen Hände in seinen Kopf strömen. Es war nicht unangenehm. Er entspannte sich. Er kam sich vor wie in einem Traum. Ein Tagtraum, der ihn auf Watte schweben ließ. Oder war das die Nachwirkung von dem roten Zeug? Die Finger des Weißen verwoben sich mit seinen Schläfen.

Smu schloss die Augen und spürte einen scharfen Schmerz zwischen den Beinen. Sein demolierter Schwanz war dabei sich aufzurichten. Er zuckte. Im gleichen Moment ließ der Weiße die Hände fallen. Smus Glied beruhigte sich augenblicklich.

»Du hast illegale Drogen in dir«, bemerkte Solutosan, aber der bunte Kerl blieb stumm.

»Aus dem bekommen wir nichts heraus«, stellte Patallia fest.

»Wir werden ihn weichklopfen müssen - «, grinste Xanmeran. Er blickte auf den Führerschein, » - *den Samuel Goldstein.«*

»Warte!« Solutosan bremste sie. *»Der Typ ist zäh. Wenn der nichts sagen will, zieht der das durch. Ich habe eine Idee. Meo, hattest du ihm nicht das Handy abgenommen?«* Meodern nickte.

»Du wirst es in seine Reichweite legen und wir werden alle bis auf Pat den Raum verlassen. Mal sehen, was dann passiert.«

»Er hat äußerst seltsame Wunden«, stellte Patallia fest. *»Ich möchte sie gern behandeln.«*

»Hast du eine Idee, wie er dazu gekommen sein könnte?«, fragte Solutosan den Mediziner.

»Du wirst mich wahrscheinlich auslachen, aber ich würde fast sagen, dass das nach exzessiver Onanie aussieht.« Alle Krieger stutzten.

»Kein Mann, egal auf welchem Planeten, verletzt sich freiwillig auf so eine Art«, meinte Meodern gedehnt.

»Es muss ja nicht aus freien Stücken geschehen sein«, bemerkte Pat.

»Du darfst ihn behandeln«, entschied Solutosan. *»Es macht für uns keinen Unterschied. Vielleicht ist er im Nachhinein sogar dankbar und spuckt eher etwas aus.«*

Der Blonde mit den Stachelhaaren zog Smus Handy samt der Smith & Wesson aus der Tasche und zeigte sie den anderen Kerlen. Er checkte dessen Display kurz, zuckte mit den Achseln und legte es auf einen der Labortische. Der Indianer steckte die Pistole ein. Die drei großen Männer verließen den Raum. Er war mit dem Weißen alleine. Smu blickte zu seinem Handy auf dem Tisch. Wie konnte er nur an es herankommen? Der Weißhäutige schien der Friedlichste von den Kerlen zu sein. Vielleicht ließ er sich ablenken.

Dieser trat hinter ihn und nahm seine rechte, von der Handschelle umklammerte, Hand, legte seine eigene kühle Hand in Smus Handfläche. Smu stöhnte. Der Schmerz hörte auf. Wie hatte er das angestellt? Er machte eine Faust und öffnete sie wieder. Alles schien intakt.

Der Mann ging um ihn herum. »Entschuldige«, sagte er, nahm wie selbstverständlich sein Glied und umfasste es. Oh Gott, was kam jetzt? Smu schloss die Augen. Es war für ihn nicht neu, so von einem Mann berührt zu werden – aber das hier war anders. Alle Qual hörte auf. Die Hände des Weißen brachten ihm Linderung.

Smu blickte an sich hinab. Sein Schwanz sah aus wie immer – völlig geheilt. Der Weißhäutige ließ ihn los und sah ihm durchdringend in die Augen. Smu vergaß den Bruchteil einer Sekunde, warum er überhaupt in diesem Raum saß.

Der grau-violette Blick des Mannes besaß eine Tiefe, in die er hätte versinken mögen. Er kam jedoch prompt zu sich. Das hier war eine Prüfung! Der Kerl berührte flüchtig, aber bestimmt, seine Armbeuge. Smu traute seinen Augen kaum. Er hatte kurz Blut in dessen Handfläche gesehen, das jedoch sofort verschwunden war. Der Weiße setzte sich auf einen Drehstuhl und schloss konzentriert die fast durchsichtigen Lider.

Patallia kontaktierte Solutosan telepathisch im Computerraum nebenan. »*Der Junge hat eine außergewöhnliche Droge in sich. Zumindest Reste davon.*«

»*Was soll das für ein Rauschgift sein?*«, fragte Solutosan.

»*Ich weiß nicht*«, gab Patallia zu. »*Ich habe sie nicht analysieren können. Es scheint eine Art Energiedroge zu sein. Die Basis ist offenbar Blut. Aber kein Menschenblut. Gib mir noch eine Minute.*«

»*Okay*«, bestätigte Solutosan. »*Ich bin sofort da.*«

Er verließ den Computerraum, schlich das kurze Stück den Gang entlang und spähte durch den Türspalt der Labortür.

Der bunte Kerl hatte sich von dem Schock seiner Spontanheilung schnell erholt. Er nutzte aus, dass Patallia die Augen geschlossen hielt, und pirschte sich an sein Handy heran.

Er hielt einen Kugelschreiber im Mund, den er nur von einem der Tische geholt haben konnte. Konzentriert tippte er auf dem Display eine Nummer und eine kurze SMS. Mit einem Seitenblick wollte er auf Absenden gehen, als Solutosan ihm blitzschnell das Telefon vor der Nase wegnahm.

»Da ist jemand auf den ältesten Trick der Welt hereingefallen«, stellte Solutosan fest, grinste breit und reichte das Handy an Xanmeran weiter, der hinter ihm durch die Tür kam.

Patallia beendete seine Analyse. »*Das Blut ist wie das von Pan. Das ist der Grundstoff. Restliche Komponenten unbekannt.*

Eine spezielle Art von konzentrierter Energie. Da er nur noch eine geringe Menge davon in sich hat, ist das kaum genau festzustellen. Die Art von Droge würde aber vielleicht seine Verletzungen erklären.«

Solutosan überlegte. Da verfolgte ein Mann einen der Bacani-Stammväter. Dieser Kerl hatte den Schwanz wund gewichst und Spuren von Hybriden-Blut in sich. Wie passte das alles zusammen? Handelten die Bacanis nun mit Drogen? Und war der Kerl deswegen hinter ihnen her?

Der Bunte blickte erwartungsvoll mit seinen grünen Augen zu ihm hoch. Sie waren fast wie Meoderns Augen, dachte Solutosan einen Augenblick. Dazu dieser bizarre Schmuck im Gesicht. Der Mann sah ihn an und fuhr sich mit der Zunge über die trockenen Lippen. Die Spitze war gespalten.

Solutosan runzelte die Stirn. Dieser Samuel war außergewöhnlich für einen Menschen.

Xanmeran gab ihm einen Zettel mit einer Telefonnummer und einem Text: »Bin kidnapped. Orte mich GPS.«

Solutosan grinste. Clever, das Kerlchen.

Der starrte ihn an.

»Eigentlich brauchen wir ihn nicht mehr«, befahl Solutosan telepathisch. *»Xan, sorge dafür, dass er verschwindet - mindestens für einen Tag.«*

»Ist mir ein Vergnügen.« Xanmeran packte den splitterfasernackten Mann und warf ihn sich über die Schulter.

Patallia reichte ihm eine Tüte mit dessen zerschnittener Kleidung. Xan grinste und ging zur Tür.

Sie saßen im Computerraum. Nun wieder zu viert, denn Tervenarius wachte weiterhin an Davids Bett. Das war Solutosan recht. Er wusste, dass sein Freund ihm sofort zur Verfügung stand, sollte er gebraucht werden. Davids Verletzung war schwer und er hatte Glück gehabt noch zu leben. Patallia hatte den tiefen Schnitt in dessen Hals nähen können, aber es waren zwei Bluttransfusionen nötig gewesen, um ihn zu retten. Er bereute, den unbedarften David eingesetzt zu haben. War ihm dieser Fehler unterlaufen, weil er gewohnt war die unsterblichen Duocarns zu koordinieren? Nein, Chrom war in die Sache hineingerutscht. David hatte gewusst, worauf er sich einließ. Tervenarius hatte ihn mit einem vorwurfsvollen Blick bedacht, aber nun war nichts mehr zu ändern.

»So, was haben wir?« Er musste die Ergebnisse zusammenfassen.

»Wir haben die Telefonnummer, an die Goldstein sich in seiner Not gewandt hat«, antwortete Meo. *»Der Besitzer dieser Nummer muss folglich wissen, was Samuel treibt.«*

»Okay«, beschloss Solutosan. *»Gehen wir es von dieser Seite an. Wir schreiben eine SMS wie in etwa „Muss dich sehen, dringend.“«*

Pat, Meo und Xan nickten.

»Dann marschieren wir zum Treffen. Mal schauen, wer uns da erwartet. Das sollten wir sofort morgen früh machen. Wie lang braucht Samuel wohl, bis er aus dem Gebirge zurück ist?«

»Och«, Xanmeran grinste breit. *»Der hat eine weite Wanderung vor sich. Denke nicht, dass er die in einem Tag schafft.«*

Solutosan nickte. *»Gut. Also erst mal alle ab in den Ruhemodus. Wir sehen uns in drei Stunden hier.«*

Nachdenklich lief Solutosan in sein und Aidens gemeinsames Zimmer. Er war froh, sich in Geduld gefasst und die Basis der Bacanis noch nicht hochgenommen zu haben. Dort gingen zu viele interessante Dinge vor sich. Zumal sie in der von Meo beschriebenen Halle nicht fündig geworden waren. Diese war mit einer Staubschicht bedeckt und unberührt gewesen.

Aiden war noch wach und las in einem Buch. Sie sah ihm zu, wie er sich langsam und nachdenklich die Schuhe abstreifte und auf das Bett neben sie legte.

»Willst du dich nicht ausziehen?«

»Nein, Aiden, das lohnt sich nicht. Ich muss in drei Stunden wieder fit sein. Wir haben neue Informationen, die wir verfolgen müssen. Du solltest wirklich schlafen.«

»Ich kann nicht. Die Kleine bewegt sich so wild!« Sie streichelte ihren Bauch, der sich wie eine Halbkugel wölbte. Sie angelte mit beiden Armen nach Solutosan – zog seinen Kopf an ihre vollen Brüste. Sie vergrub die Finger in seinem Haar.

»Ich vermisse dich so, Solutosan«, klagte sie.

Er hob verwundert den Kopf. »Aber ich bin doch hier.«

»Das meine ich nicht.« Sie griff nach seiner Hand und legte sie zwischen ihre Beine.

Solutosan schluckte, blieb regungslos. Die Erdenfrauen waren unglaublich. Niemals hätte er ...

In diesem Moment meldete sich das Sternenkind. *»Daddy?«*

Solutosan riss sich zusammen. *»Ja, Liebes? Geht es dir gut?«*

Die Kleine drehte sich ein wenig in Aidens Bauch. *»Ich schwimme hier wunderbar.«*

»Bekommst du genügend Nahrung?« Er zog seine Hand zwischen ihren Schenkeln fort und begann Aidens Babybauch sanft zu massieren.

»Ja, Dad! Es ist alles gut. Bitte noch mehr streicheln!«

»Solutosan?«, fragte Aiden.

»Einen Moment bitte.«

Das Sternenkind wand sich kichernd und genoss seine liebkosende Hand. *»Wann darf ich hinaus?«*

»Wenn du groß genug bist, um hier auf dem Planeten alleine atmen zu können, Kleine.«

»Dauert das noch lange?«

Solutosan zögerte. *»Ich weiß es, ehrlich gesagt, nicht. Möchtest du gerne mit Patallia über die medizinischen Aspekte sprechen?«*

»Du meinst den Mann mit den sanften Händen?«

»Genau den.«

»Ja, bitte.« Seine Tochter gähnte.

»Das machen wir dann aber morgen, okay?«

Sie gab keine Antwort – war wieder eingeschlafen. Die meiste Zeit schlief sie und wuchs nur. Das war richtig so.

Solutosan wandte sich zu Aiden. Er musste unbedingt mit ihr sprechen. »Aiden, ich kann nicht ...« – er schaute sie an, aber sie war ebenfalls eingeschlummert. Er seufzte. Sie konnte nicht wissen, dass er seit einiger Zeit mit dem Kind sprach und es auch antwortete.

Er würde mit ihr, während sie schwanger war, nicht kopulieren können - das Sternenkind nicht mit ihrer Lust konfrontieren. Der Kleinen vielleicht sogar noch erklären zu müssen, was er da tat. Davor grauste ihm.

Er nahm sich vor, bei nächster Gelegenheit mit Aiden zu sprechen, verschränkte die Arme hinter dem Kopf und starrte durch das große Fenster über dem Bett in den Sternenhimmel.

Bis auf Meo waren am nächsten Morgen alle pünktlich, was Solutosan etwas ärgerlich bemerkte. Der stürmte einige Minuten zu spät mit seinem Kefirglas noch in der Hand in den Computerraum.

»Wenn das Chrom sähe - der würde dich killen«, belehrte Xan ihn auf das Glas deutend.

»Aber Chrom ist nicht da, oder?«, antwortete Meo angriffslustig. *»Über die externe Festplatte, die Pan mitgebracht hat, könnte ich sowieso Kefir kippen - die war ja wohl ein Flop.«*

Da hatte er leider recht. Die Daten auf der Platte waren wertlos gewesen. Sie hatte lediglich einige Sprachkurse für Kinder enthalten.

Solutosan stiefelte im Computerraum auf und ab. Er konnte sich besser konzentrieren, wenn er in Bewegung war.

»Meo, das ist doch jetzt völlig unwichtig. Xan, schick die SMS ab!« Xanmeran tat, wie ihm befohlen.

Es dauerte keine zehn Minuten, bis die Antwort eintraf: »Bin am Arbeiten - kann unmöglich weg. Treffe dich um acht am Dojo!«

Solutosan hechtete an Chroms Arbeitsplatz und öffnete ein Browserfenster. *»Was, zum Vraan, ist ein Dojo?«* Wikipedia erklärte es ihm.

»Und?«, fragte Xan.

»Dojo ist eine Art Trainingszentrum, in dem hauptsächlich eine Kampfsportart namens Karate gelehrt wird.«

Solutosan öffnete YouTube und ließ sich Videos mit Karate-Clips anzeigen. Gemeinsam sahen sie sich die Filme an.

»Die Menschen haben manchmal erstaunliche Dinge drauf!« Xan war begeistert. *»Und wie viele Dojos gibt es in Vancouver?«*

Solutosan surfte weiter. *»Zwei.«*

Er schrieb die Adressen auf kleine Zettel und gab Xanmeran und Meodern jeweils einen. Die zogen sofort ihre Handys hervor und ließen sich die Standorte anzeigen.

»Also haben wir Pause bis heute Abend. Jeder geht zu einem der Dojos und schaut, wer davor wartet. Bringt die Person her zum Verhör. Keine Alleingänge. Verstanden?« Er blickte Xanmeran durchdringend und warnend an.

Er selbst schrieb noch rasch eine SMS an Chrom. »Wo, zum Vraan, steckst du? Wir brauchen dich hier!« Er schickte die SMS ab.

Sein Navigator hätte die Informationen über das Dojo sehr viel schneller verfügbar machen können als er – das ärgerte ihn.

Die Antwort von Chrom kam flotter als erwartet. »Bin in zehn Minuten zu Hause. Bringe einen Gast mit.«

»Besuch?«, staunte Meodern. *»Wen bringt er wohl mit? Und dann noch hierher?«*

Solutosan zuckte mit den Achseln. Chrom wusste immer genau was er tat. Da jeder der Männer neugierig auf den Besucher war, lösten sie ihre Versammlung nicht auf, sondern verlagerten sie nach oben in die Küche zum gemeinsamen Frühstück.

Die Eingangstür fiel ins Schloss, sie blickten von ihren Kefirgläsern hoch. Vor ihnen stand Chrom und an seiner Seite: das Bacani-Weibchen. Xans Glas krachte auf den Boden, zerbrach nicht, aber verteilte seinen Inhalt auf den weißen Fußboden-Fliesen.

»Hi Jungs«, grüßte Chrom gedehnt. *»Darf ich euch vorstellen – das ist Psal!«*

»Hallo!« Psal lächelte die Krieger verlegen an. Solutosan starrte die beiden verblüfft an. Hallo zu sagen war ja eigentlich nichts Ungewöhnliches, aber das Bacani-Weibchen hatte es **telepathisch** gesagt!

Solutosan reagierte augenblicklich. *»Bring deinen Gast bitte ins Wohnzimmer. Ich muss mit dir sprechen! Sofort!«*

Chrom nickte, geleitete Psal in den Wohnraum und kam zurück in die Küche. Solutosan sah Meo und Xan an, die mit finsteren Mienen seinen Blick erwiderten.

»Du schuldest uns eine Erklärung«, donnerte Solutosan.

»Ihr wisst doch, dass sie die Sweet Lady ist, die ich im Internet kennengelernt habe. Krran hatte mich bewusstlos geschlagen und sie hat mich gefunden.« Nun war klar, wieso niemand ihn hatte finden können.

Solutosan seufzte. *»Krran ist einer der Bacanis?«*

Chrom nickte. *»Es sind vier von ihnen auf der Erde: Bar ist der Chef, Krran der erste Offizier, Pok ist Soldat und Psal die Navigatorin.«*

»Und wie kommt es, dass du einen unserer Feinde so einfach mit ins Hauptquartier schleppst - ohne ihr die Augen zu verbinden?«, fragte Xanmeran mit einem ätzenden Unterton.

»Sie ist mein Weibchen. Ich habe mich mit ihr verbunden. Sie steht auf meiner Seite.«

»Und das glaubst du?«, wollte Meodern mit schief gelegtem Kopf wissen. Chrom nickte.

Chrom richtet seinen Blick fest auf Solutosan. *»Ich möchte dich bitten, Psal hier Gastfreundschaft zu gewähren. Sie gefährdet niemanden. Im Gegenteil - sie wird uns helfen.«*

Solutosan zog die Brauen zusammen und schwieg. Das alles passte ihm absolut nicht. *»Wieso beherrscht sie Telepathie? Keiner der Bacanis kann das!«*

Chrom wagte ein Grinsen. *»Doch, ich.«*

Solutosans Miene blieb auf Gewitter. *»Hast du eine Erklärung für ihre Gabe?«*

»Ich bin mir nicht sicher - aber ich denke, es hat mit den violetten Augen zu tun. Normalerweise haben Bacanis ja schwarze Augen.« Das stimmte.

»Ich will selbst mit ihr sprechen.« Solutosan marschierte ins Wohnzimmer. Pan mit Lady an seiner Seite hatte Psal auf der Couch entdeckt. Die Zwei unterhielten sich angeregt, als Solutosan mit Chrom im Schlepptau den Raum betrat.

»Pan, mach die Mücke!«, befahl sein Vater. Pan schob die Unterlippe vor.

»Ich möchte mit ihr sprechen - allein!« Die ganze Situation ging Solutosan auf die Nerven.

Chrom nahm Pan an die Hand und zog ihn vom Sofa hoch. Gemeinsam verließen sie den Raum. Lady trottete hinter ihnen her.

Solutosan beugte sich zu ihr hinab und betrachtete sie durchdringend. Psal starrte ihn ängstlich an, sie zitterte wie ein Lämmchen, das von einem Löwen beäugt wird.

»Ich fresse dich schon nicht«, bemerkte er sarkastisch auf Englisch und richtete sich auf. »Beantworte mir folgende Frage: Warum verrätst du deine eigenen Leute an uns?«

Psal dachte nach. »Chrom ist auch Bacani. Er ist anders als die Bacanis, auf deren Schiff ich Dienst getan habe. Ich hatte lediglich den Auftrag, sie in der Duonalier-Siedlung abzuholen und auf den nächsten Mond zu bringen.«

»Ich erinnere mich«, zischte Solutosan. »Ich war schließlich im Raumschiff hinter euch!«

Psal ließ sich nicht irritieren. »Ich unterscheide zwischen einzelnen Individuen, unabhängig von ihrer Rasse. Es gibt Gute und Schlechte in jedem Volk. Ich mag die Brutalität nicht, mit der Bar sich hier auf der Erde den Weg bahnt. Er ist machtgierig, besessen und geht über Leichen.«

Solutosan blickte sie aufmerksam an.

Psal fuhr fort. »Wir sind alle Gestrandete auf einem fremden Planeten. Auf Duonalia haben wir uns bekriegt.«

»Bekriegt nennst du das?« Solutosan knirschte mit den Zähnen. »Ihr seid Parasiten, die mein Volk aussaugen. Nicht, weil ihr es für euren Fortbestand braucht, sondern weil es für euch Spaß und Droge ist! Unsere gesamte Spezies ist durch die Bacanis bedroht!«

»Ich weiß«, bekannte Psal kleinlaut. »Ich selbst finde das mit den Fortpflanzungsenergien entsetzlich und habe erst ein Mal bei einer Duonalierin gesaugt, was mir schlecht bekam.«

Solutosan fühlte, dass das die reine Wahrheit war.

Psal war noch nicht fertig. »Was wird nun aus den Duonaliern, da ihr auf der Erde gestrandet seid? Können die Bacanis jetzt nicht auf Duonalia machen was sie wollen? Wer sagt dir, dass in dem Moment, in dem wir hier sprechen, überhaupt noch Duonalier auf dem Planeten existieren? Die Bacanis könnten sie längst ausgerottet haben.«

Die Bacani-Frau wagte sich ganz schön weit vor! Solutosan starrte sie an. Das wusste er alles. Aber niemand hatte es bisher derartig auf einen Punkt gebracht.

Er riss sich zusammen. »Und was willst du damit sagen?«

»Ich will damit sagen, dass wir auf der Erde von jedem Volk nur eine Handvoll sind. Okay, jetzt sind die Bacanars noch dazu gekommen, aber deren Vermehrung haben die Stammväter in der Hand.«

Psal machte eine Pause. »Wir sind hier auf einem Gast-Planeten. Jeder sollte versuchen, sich einzuleben, ohne den Menschen zu schaden, denn voraussichtlich werden wir für immer auf der Erde bleiben.«

Solutosan nickte. Er verstand jetzt, was Chrom an Psal fand. Sie war hübsch, soweit er das beurteilen konnte – und hatte ein kluges Köpfchen.

Aber das Gespräch war für ihn noch nicht beendet. »Für mich besteht, was den Schaden hier auf der Erde angeht, ein ungeklärter Punkt: Kann es sein, dass Bar aus dem Blut der Bacanars eine Art Droge herstellt und damit die Menschheit verpestet?«

Psal schluckte.

»Bar produziert eine Droge namens Bax, das stimmt.«

»Die Frage ist, wo er das macht.«

»Er hat eine Fabrikhalle in der Nähe von Harbourview Park.«

»Die kennen wir – die ist leer.«

»Das scheint nur so.«

Solutosan schritt mit den Händen auf dem Rücken vor Psal auf und ab. Wenn er die Basis und die Halle reinigte, wäre dann der Spuk der Bacanis auf der Erde vorüber?

»Hat er noch andere Produktionsstätten?«

»Keine, von denen ich wüsste. – Ich habe nur die eine Bitte: Im Stützpunkt ist meine Assistentin Frran. Ich möchte sie herausholen, bevor ihr zuschlagt.«

Solutosan nickte. »Ich weiß von Frran. Pan hat mich schon um das Gleiche gebeten.«

Er hatte jetzt also zwei Fährten zu verfolgen. Die von Samuel Goldstein und die alte Spur, die in die Basis und die Halle führte. Er konnte beides nicht von Xanmeran sprengen oder durch Meodern pulverisieren lassen. Die Bacanars dort waren unschuldige Lebewesen. Außerdem existierten noch die Menschen mit ihrer Polizei, FBI und anderen Behörden. Die ließen sich nicht einfach mitten in Vancouver ein außerirdisches Feuerwerk gefallen.

Solutosan wandte sich telepathisch an Psal. *»Ich möchte dich hiermit bei den Duocarns willkommen heißen und gewähre dir Gastfreundschaft.«*

Mit diesen Worten verbeugte er sich höflich vor ihr.

Es war kurz vor acht, als sich Maureen dem Eingang des Dojos näherte und missmutig ihren nassen Regenschirm schüttelte. Sie spritzte die Wildlederhose des Mannes neben der Tür des Trainingszentrums mit den sprühenden Tropfen voll.

»Oh! Entschuldigung«, stieß sie hervor, ohne aufzublicken. Wo blieb Smu nur? Sie stellte sich auf die andere Seite der Tür und wartete. Ihr Blick schweifte zu dem Gegenüber. Herrje, wer war denn das?

Ein riesiger Indianer lugte sie unter seinem Cowboyhut an. Er bemerkte ihren Blick und zog den Hut mit einem spöttischen Lächeln. Rote Haut und eine rote Glatze.

Ungewöhnlich, dachte Maureen. Sie trat von einem Fuß auf den anderen. Ich bringe Smu noch mal um, überlegte sie. Wenn der nicht bald mein Auto zurückbringt, mache ich ihn kalt. Sie bemerkte wieder die Blicke des Indianers.

»Warten Sie auf jemanden?«, fragte er mit einem harten Akzent.

»Was geht Sie das an?« Sie war etwas ungehalten.

»Wenn Sie auf Samuel warten, dann wird das vergeblich sein«, teilte er ihr lächelnd mit.

»Was?« Sie hatte wohl nicht richtig gehört. Er lächelte immer noch. Wahnsinn, dachte Maureen, was hat der für absolut schöne Zähne. Sie bildeten einen hellen Kontrast zu all dem Rot.

»Ich habe mich bestimmt verhört?«

»Nein«, antwortete er. »Samuel ist in meinem Gewahrsam.«

Maureen verschlug es kurz die Sprache. »Was soll das denn heißen?«

»Das soll heißen, dass er sich etwas zu weit vorgewagt hat in Angelegenheiten, die ihn nichts angehen.«

Scheiße, dachte Maureen.

»Sie haben ihn gekidnappt!«, stieß sie hervor.

»Nein, er besucht mich freiwillig.« Der Indianer grinste auf sie herunter.

»Wenn Smu etwas passiert dann, dann ...!«

»Dann?«, fragte er lauernd und zog die Brauen über seiner scharf geschnittenen Adlernase zusammen.

»Mache ich dich fertig!«, drohte sie mutig.

Erst zuckte es um den Mund des Indianers, was sie ja schon sehr dreist fand, dann platzte er heraus vor Lachen. »Ein Püppchen wie du?«

Sie baute sich vor ihm auf und drohte mit dem Regenschirm. »Ja, genau!«

Der Kerl schaute auf den Schirm. »Jetzt fühle ich mich wirklich bedroht«, keuchte er, wurde jedoch sofort wieder ernst. »Möchtest du denn nicht wissen, wo er ist?«

»Natürlich!«, geiferte Maureen. »Und vor allen Dingen würde mich interessieren, wo mein Auto ist!«

Der Indianer dachte einen Moment nach. Japsend sah sie zu, wie er in aller Ruhe ein Handy zückte und eine Nummer drückte. »Meo, erinnerst du dich an das Cabrio, in dem der bunte Kerl saß? Wo ist das? Ah, okay.« Er legte auf. »Der Wagen steht in Nord-Vancouver und braucht nur abgeholt zu werden.«

»Und wo ist Smu?« Sie brüllte ihn an.

»Wandern«, antwortete er, immer noch seelenruhig.

Maureen ließ ihren Schirm fallen und stürzte wie eine Furie auf ihn los. Sie trommelte mit den Fäusten auf seiner Brust herum. »Ihr Schweine!", schrie sie. »Lasst ihn sofort frei!«

Sie erregte zu viel Aufsehen. Xan schob sie durch die Tür des Dojos in einen kleinen Vorraum.

»Nur die Ruhe«, versuchte er sie zu beruhigen. »Dem passiert schon nichts.«

Maureen schüttelte seine riesigen, roten Hände ab – hatte plötzlich eine Idee. »Lass uns einen Deal machen«, flüsterte sie heiser. »Wir kämpfen darum.« In seinen dunklen Augen flackerte Interesse. »Wenn ich gewinne, lasst ihr Smu frei.«

»Und wenn du verlierst?«

»Dann zahle ich Lösegeld oder was auch immer.«

»Du bist ganz schön mutig, Frau«, antwortete er gedehnt. »Wie soll so ein Kampf denn aussehen?«

»Keine Waffen!«

Er musterte sie kopfschüttelnd. »Nein, abgelehnt. Bei einem Faustkampf wirst du richtig einstecken müssen.«

»Feigling!«, keuchte sie. »Elender Feigling!«

Er holte tief Luft. »Okay, du hast es so gewollt. Wo und wann?«

»Jetzt und hier!«

Er zuckte die Achseln. »Gut.«

Er folgte ihr ins Dojo. Maureen zeigte ihm die Herren-Umkleidekabinen und den großen, komplett mit Matten ausgelegen Trainingsraum. Sie war fest entschlossen Smu zu retten und ging sich umziehen.

Sie kam in die Halle zurück. Barfuß in einem weiten, weißen Anzug, der mit einem schwarzen Gürtel zugebunden war. Ob der Kerl wohl wusste, was die Farbe ihres Stoffgürtels bedeutete?

Er hatte die Umkleide nicht benutzt, sondern sich in der Halle bis auf seine Wildlederhose und sein dunkles Muskel-Shirt ausgezogen.

»Ich heiße übrigens Maureen«, bemerkte sie schlicht und verbeugte sich. Sie musste sich nun stark konzentrieren, denn sie hatte vor zu gewinnen.

»Ich bin Xanmeran«, knurrte er und verneigte sich ebenfalls.

Ohne weitere Worte rannte er auf sie zu. Sie wich aus. Er versuchte sie zu packen – sie drehte sich gekonnt aus seinem Griff. Er preschte wieder vor und verfehlte sie, dafür schlug er hart auf der Matte auf, denn sie hatte ihm ein Bein gestellt. Mit verdutzter Miene rappelte er sich hoch. Aber Maureen hatte keine Zeit darüber zu lachen. Sie kniff die Augen zusammen. Inzwischen war ihr klar, wie sie ihn flachlegen konnte. Er war unbeherrscht, seine Attacken gingen alle daneben. Er umkreiste sie fortwährend, um einen Angriffspunkt zu erhalten – sie gab ihm keinen. Stürmte er ohne Plan vor, schlug sie ihm ins Gesicht oder traf ihn mit dem Ellenbogen.

Bei seiner nächsten Attacke bekam er nur ein Büschel Haare von ihr zu fassen und riss es ihr aus. Den Bruchteil einer Sekunde starrte er auf das Haarbüschel, als sie ihn mit beiden Füßen im Gesicht traf. Das hatte weh getan! Er hielt sich die Nase.

Jede kleinste Unachtsamkeit seinerseits bestrafte sie mit einem Tritt oder Schlag. Er startete einen weiteren Angriff und sie sah an seiner angestrengten Miene, dass er versuchte im Voraus zu berechnen, wohin sie ausweichen würde. Aber das hatte er falsch kalkuliert. Sie sprang ihm mit beiden Füßen auf den muskulösen Nacken – und war schon wieder weg.

Mit der Zeit merkte Maureen, dass er langsamer wurde und seine Angriffe weniger heftig. Sie sah mit einem Seitenblick auf die große Wanduhr. Sie kämpften bereits seit zwei Stunden. Draußen war es dunkel geworden. Sein Blick zu den Fenstern brachte ihm einen kräftigen Schlag aufs Nasenbein ein.

Maureen überlegte. Es war Zeit, dem Spuk ein Ende zu bereiten. Normalerweise kämpfte sie fair, aber mit einem solchen Gegner ... Sie würde nun einen unschönen Trick anwenden. Xan rannte eben wieder einmal erfolglos an ihr vorbei. Sie benutzte seine eigene Wucht, schnappte sich seinen Arm, stemmte ihr ganzes Gewicht dagegen und warf ihn über die Schulter auf die Matte, wobei sie mit den Füßen hinterher setzte und ihn in die Nieren traf. Das hatte gesessen. Der riesige Indianer keuchte. Sie nutzte die Gelegenheit, flog auf seine Brust und hieb ihm mit dem Ellenbogen mehrmals ins Gesicht. Eine Augenbraue platzte, aber er blutete nicht. Die aufgeplatzte Haut zeigte eine schwarze Unterschicht. Schnell sprang Maureen wieder zurück. Der Mann blieb liegen.

»Ist der Kampf nicht vorbei, wenn einer auf dem Rücken liegt?«, stöhnte er. Maureen setzte noch einmal nach, auf seinen Brustkorb, der sich pfeifend leerte. Sie saß auf seiner Brust.

»Sag mal, was machst du da eigentlich?«, fragte Smu hinter ihr.

»Smu!« Maureen sprang hoch, ohne zu beachten, dass sie dem roten Mann damit noch einen Tritt in den Magen verpasste, rannte zu Smu und klammerte sich an seinen Hals. »Da bist du ja! Ich dachte ich müsste deinen Aufenthaltsort aus dem Kerl herausprügeln!« Der „Kerl“ hatte sich inzwischen stöhnend aufgesetzt.

»Na dann ist ja alles bestens«, grunzte er. »Freund wieder da und Auto ebenfalls.«

»Nö«, protestierte Smu. »So einfach ist es nun auch nicht! Wegen dir Arschloch habe ich jetzt eine monströse Wanderung hinter mir. Außerdem sind meine Klamotten völlig demoliert!«

Maureen staunte. »Was? Du warst wirklich wandern?«

Xanmeran saß auf dem Boden der Halle und schmiss sich weg vor Lachen.

»Immerhin hat dein onanierender Freund eine wundersame Heilung erfahren, stimmt's Smu? Und dann war er wandern!« Er schlug sich lachend auf die Schenkel.

»Sag mal, hat der sie noch alle?«, fragte Maureen. »Kennst du den?«

Smu nickte. »Das ist eine lange Geschichte.«

Maureen baute sich vor Smu auf. »Ich hab Zeit!«

»Au ja, ich auch«, ließ sich Xanmeran von der Matte vernehmen. Er tastete nach seiner Augenbraue.

»Ach, Scheiße.« Maureen ging das Theater mit den beiden auf die Nerven. Jetzt würde sie zuerst dem Indianer die Braue verarzten.

»Setz dich da hin!«, befahl sie Xanmeran und deutete auf eine schmale Holzbank. Tatsächlich gehorchte er. Maureen lief, um den Verbandkasten zu holen.

Als sie zurückkam, saßen Smu und Xanmeran nebeneinander auf der Bank wie zwei arme Sünder. Maureen musste bei dem Anblick lachen. Smu hatte seine Stiefel ausgezogen. An den Zehen prangten drei dicke Blasen.

»Worum geht es hier eigentlich?«, fragte Smu Xanmeran. »Ihr habt mir ständig die Frage nach dem dürren Kerl gestellt, den ich verfolgt habe.«

Xan schaute ihn einen Moment nachdenklich an. Sie sah ihm an, dass er mit sich rang, was er antworten sollte. Maureen wollte ihm ein Pflaster quer über die Verletzung kleben, hielt aber inne und blinzelte. Unter der aufgeplatzten Hautschicht blitzte etwas schwarz und golden. Sie wollte schon mit dem Finger darauf drücken, als Xan rasch ihre Hand festhielt. Die Wunde war geschlossen.

»Siehst du, nichts passiert«, beeilte er sich zu sagen. Maureen betrachtete die Braue. Seltsam, das Loch war tatsächlich weg.

»Was war das vorhin mit der wundersamen Heilung?«, fragte sie irritiert.

Smu nickte. »Bei mir ist wieder alles in Ordnung.«

»Ich dachte du wärst hinter dem Kerl mit der Droge her!« Verflixt! Maureen schlug sich mit der Hand vor den Mund. Nun hatte sie sich verquatscht. Und Xan hatte es gehört.

»Droge?«, fragte Xanmeran. Er seufzte. »Wie wäre es, wenn wir jetzt alle auspacken würden?«

Maureen stöhnte. Der Mann war Teil dieser Geschichte. So viel war offensichtlich. Warum also nicht Informationen austauschen? »Erzähl es ihm, Smu. Er wird sowieso erst Ruhe geben, wenn er es weiß!«

»Unsere Story ist easy«, begann Smu. »Maureen hat von einem Typen, Ron, die Formel für so ein rotes Zeug angeboten bekommen. Sie sollte den Deal ihrem Chef bei Pharmcoran vermitteln. Hat sie aber nicht gemacht. Ich habe einen Eigenversuch mit der Droge gestartet, was echt in die Hose ging.« Smu betrachtete seine rechte Hand und Xan grinste breit. »Ich konnte das Handy von diesem Ron bis in die leere Halle verfolgen. Dann kam das drahtige Kerlchen raus und ich bin dem hinterher - bis ihr mich geschnappt habt.« Er sah Xan an.

»Wir suchen die ganze Zeit die Kerle, die die Droge herstellen und stießen auf die Basis, vor der wir dich ertappt haben«, antwortete er.

»Wer ist wir?«, fragte Maureen. »Bist du von der Polizei oder FBI?«

Xan schüttelte bedächtig den Kopf. »Wir sind eine Art Spezialeinheit.«

Smu nickte. »Das kann ich bestätigen.«

»Und wie geht's jetzt weiter?«, erkundigte sich Maureen.

»Wir haben diesen Ron mit seiner Formel ja noch nicht aufstöbern können. Den sollten wir weiter suchen«, meinte Smu.

Xanmeran kratzte sich am Kinn. »Ich habe eine bessere Idee. Wie wäre es, wenn Maureen Ron anruft und ihm mitteilt, dass ihr Boss interessiert ist, die Formel aufzukaufen. Wir gehen dann hin und kaufen sie.«

»Der Kerl will zwei Millionen Dollar«, gab Smu zu bedenken.

»Ich muss das mit meinem Chef absprechen.« Xan überlegte.

»Dem Typ mit den goldenen Haaren?«

Xanmeran nickte. Er musterte Maureen von der Seite, stupste ihr mit dem Zeigefinger in die Rippen. »Würdest du mir Karate beibringen?«

Maureen wandte sich ihm zu. Sie zögerte. Ein Muskelmann wie er, der zusätzlich Kampfkunst beherrschte, war enorm gefährlich. Aber das war er vermutlich auch ohne dieses Wissen.

»Leute, macht das unter euch aus«, stöhnte Smu. »Ich für meinen Teil fahre jetzt nach Hause. Haltet mich auf dem Laufenden.« Ächzend zog er seine zerfledderte Kleidung über dem Leib zusammen, stieg in seine Stiefel und humpelte zur Tür.

»Und mein Auto?«, fragte Maureen.

»Hol das mit Xanmeran.« Er winkte kurz und war weg.

»Na, wirklich toll! Dem habe ich meine Karre das letzte Mal geliehen!« Sie schaute Xan an. »Würdest du mich vielleicht fahren, um den Wagen zu holen? Du weißt doch, wo es steht. Ich gehe mich nur schnell umziehen.«

Wenig später stand Maureen vor ihm in ihrem hautengen Business-Kostüm. Er musterte ungeniert die Details ihres Körpers von oben bis unten.

»Bist du fertig mit deiner Fleischbeschau?« Maureen errötete. Am liebsten hätte sie ihn sofort wieder verprügelt. Xanmeran grinste und entblößte dabei erneut sein perfektes Gebiss. Ach Scheiße, dachte sie und ging ihren Mantel holen.

Sie fuhren in seinem Volvo Richtung Nord-Vancouver. Sie betrachtete seine Hände auf dem Lenkrad.

»Wieso bist du eigentlich so rot? Bist du wirklich ein Indianer?«

»So was in der Art«, gab er zurück. »Bringst du mir Karate bei?« Er hatte verstanden, dass sie im Dojo unterrichtete.

»Ich weiß nicht recht«, antwortete Maureen zögernd.

»Ich glaube nicht, dass du zu deiner Stärke noch eine asiatische Kampfkunst brauchst. Du kannst dich sicher gut verteidigen.«

»Du hast gesehen, wie weit mich diese Kraft beim Kampf mit dir gebracht hat. Sie war nichts wert.« Das stimmte. Sie hatte seine eigene Stärke dazu benutzt, ihn fertigzumachen. Sein Gesicht verfinsterte sich.

»Bist du sauer, weil ich ablehne?«

»Nein.« Er blickte geradeaus auf die schwach beleuchtete Straße. Was er jetzt wohl dachte?

Nun tat Maureen ihre Absage leid. »Okay, ich gebe dir einige Stunden und erkläre dir zumindest etwas über die Ausgewogenheit von Kräften.«

Er lächelte. »Super! Wann fangen wir an? Morgen?«

Er war auf ein Mal wie die kleinen Jungs in ihrem Dojo.

»Ich muss morgen arbeiten, aber habe am Abend den Anfängerkurs. Da darfst du gern mitmachen.« Dass es sich bei dem Kurs um einen Kinderkurs handelte, verschwieg sie lieber.

Xan hielt neben ihrem Cabrio und sie stieg aus. »Ich habe vorhin mit meinem Boss gesprochen. Er möchte dich gleich am Strand treffen. Ist das okay? Ich fahre voraus.«

Maureen nickte, und bedauerte ein bisschen, nun selbst fahren zu müssen. Sie war müde und es war auf irgendeine Art angenehm, wenn er bei ihr war.

In seinem Penthouse rannte Bar wie ein Besessener hin und her. Wo war Psal? Warum ging Ron nicht ans Telefon? Er schmiss sein Handy in die Ecke, bereute es augenblicklich und hechtete hinterher. Es war glücklicherweise noch intakt. Zusammen mit seinem Laptop, den er ständig mit sich führte, war das Handy sein wichtigster Besitz.

Bar fühlte, dass die Stille um ihn herum oberfaul war. Er musste dringend reagieren. Als Erstes würde er sofort den längst überfälligen Stützpunkt auflösen. Er hatte Pok mit einem Transporter zur Aufzucht-Station bestellt und Krran ebenfalls befohlen, sich dort einzufinden. Aufgewühlt fuhr er in die Basis. Die beiden erwarteten ihn im Computerraum.

Er vergeudete keine Zeit mit Informationen. »Pok, lade die Bacanars und die Welpen in den Transporter. Frran soll dir helfen. Lass die Hündinnen frei.« Er wandte sich zu Krran. »Weißt du, wo Psal ist?«

»Nein«, knurrte Krran. »Ich habe sie nur noch ein Mal nach dem Zwischenfall mit dem Menschen gesehen. Danach nicht mehr.«

Bar nickte. Das hatte er vermutet. »Krran, du hilfst mir, den Computerraum leerzuräumen. Lade alles, was Wert hat, in mein Auto und den Transporter.«

»Was ist los?«, wollte Krran wissen.

»Wenn mich mein Bauchgefühl nicht trügt, ist Psal zu den Menschen übergelaufen, und wir werden hier bald Besuch bekommen.«

»Warum sollte sie das tun?«

»Keine Ahnung«, brüllte Bar. »Liebe oder so eine Scheiße! Ich weiß nur, dass sie nicht mehr bei uns ist – verstehst du das?« Er packte Krran hart an den Schultern. »Und jetzt mach was ich gesagt habe!«

Viel hatte er ja nicht in der Basis. Die wichtigsten Dinge waren schnell eingepackt. Ihm bereitete die Halle mehr Kopfzerbrechen, denn Ron war nicht dort. In dem Gebäude standen größere Werte. Aber zuerst würde er die Bacanars in Sicherheit bringen.

Pok kam angerannt. »Bar!« Er klang total aufgelöst. »Als ich Frran gesagt habe, dass wir umziehen, ist sie einfach so abgehauen und in den Wald gerannt!«

»Ich fass es nicht! Sind die Weiber alle vom Warrantz gebissen?« Wie sollte er jetzt die Bacanar in dem Waldgebiet finden? Die Gegend um die Aufzucht-Station war viel zu weitläufig. »Scheiße!«, brüllte er. Sein Verdacht, dass etwas nicht mit rechten Dingen zuging, wurde durch Frrans Verhalten bestätigt. Er warf die Türen des Transporters zu. »Lasst uns fahren. Soll sie doch im Wald verhungern!«

Sie machten sich nicht die Mühe, die Schuppen noch einmal abzuschließen – ließen die Tore offen und waren aus Nord-Vancouver verschwunden.

Frran hockte zitternd vor Angst und Kälte im Dickicht, Pans Handy an sich gepresst. Ob er irgendwann anrufen würde? Hatte sie das Richtige getan? Wäre sie nicht abgehauen, hätte sie weiterhin den Bacanis dienen müssen. Ob das Telefon in den Wäldern überhaupt Empfang hatte? Musste man Handys nicht aufladen, damit sie funktionierten? Frran wusste es nicht. Und besaß keinerlei Orientierung mehr. Sie war kopflos losgerannt und hatte sich völlig verlaufen. Es dämmerte schon. Sie war gezwungen draußen zu übernachten.

Frran kletterte auf einen Baum und legte sich auf einen dicken Ast. Nur keine Panik, sagte sie zu sich selbst. Morgen, bei Tageslicht, wollte sie versuchen aus dem Wald zu kommen. Vielleicht würde sie die Station ja wiederfinden und das Handy irgendwie laden können. Sie zitterte und schloss die Augen.

Jemand hatte am Strand ein Lagerfeuer aus Treibholz angezündet, das leicht bläulich brannte. Xan sprang aus dem Volvo und öffnete Maureen, die hinter ihm zum Halten gekommen war, zuvorkommend die Tür ihres Cabrios.

Sie zog die Schuhe aus, um im Sand besser laufen zu können und ging dann dem Mann entgegen, der an dem Feuer auf sie und Xanmeran wartete. Er stand auf. Sein langes Haar wehte im Feuerschein. Sein muskulöser Körper in der engen, schwarzen Kleidung wurde eindrucksvoll von den zuckenden Flammen beleuchtet.

Maureen hielt den Atem an. Das war also Xanmerans Chef. Solch ein Wesen hatte sie noch nie gesehen.

Der Eindruck verflüchtigte sich, als er ihre Hand ergriff und sie mit dunkler, melodischer Stimme begrüßte: »Sie sind bestimmt Maureen. Ich danke Ihnen für Ihr Kommen. Ich bin Solutosan.«

Maureen konnte seine Augen nicht sehen, da sie im Schatten lagen. Sie war, entgegen ihrem Wesen, eingeschüchtert.

Sie setzten sich in den Sand. »Es tut mir leid, dass wir einen etwas schweren Start hatten. Uns war unklar, wer Samuel Goldstein ist, und deshalb haben wir ihn zu unsanft behandelt.«

Sie nickte. Die Entschuldigung war fällig gewesen und so akzeptabel.

Er fuhr fort. »Xanmeran hat mir erzählt, dass Sie von einem Mann namens Ron angesprochen wurden, der Ihnen die Formel für die rote Droge angeboten hat. Er sagte mir, dass Sie im Besitz seiner Visitenkarte sind.«

»Ja«, hauchte Maureen. Fast hätte sie »Sir« dazu gesetzt. Solutosan war beeindruckend. Sie schaute hilfesuchend zu Xanmeran, der neben ihr im Sand saß und mit einem Stock im Feuer stocherte.

»Wie Sie vielleicht bemerkt haben, ist diese ganze Sache brandgefährlich.«

»Ich kann Karate«, entgegnete Maureen mit fester Stimme. Xan nickte und bleckte die Zähne.

Solutosan lächelte. Maureens Herz schlug bis zum Hals. Ach du meine Güte! Der Mann war Sex pur. Sie legte die zitternden Hände schnell auf ihre Knie.

»Ich weiß nicht, ob eine Sportart im Kampf gegen diese Leute ausreichen wird – ich befürchte, nein.« Sein Lächeln verschwand.

Solutosan setzte sich ebenfalls ans Feuer und zog die Beine unter den Leib. Nun wurde sein markantes Gesicht mit der geraden Nase und dem sinnlichen Mund voll vom Schein der Flammen beleuchtet.

Maureen hielt kurz den Atem an. Seine Augen funkelten. Sie schluckte und riss sich zusammen. »Ich denke, ich sollte diesen Ron anrufen und ihn aus der Reserve locken.«

»Er will zwei Millionen für das Rezept?«, fragte er.

»Soweit ich weiß ja.«

»Gut, ich werde Ihnen jemanden zur Seite stellen, der als Ihr Chef fungieren und die Formel kaufen wird.« Es schien für den außergewöhnlichen Mann normal zu sein, Dinge schnell und präzise zu entscheiden.

»Ich sehe da ein Problem«, merkte Maureen an. »Fotos meines Chefs sind auf der Homepage von Pharmcoran.«

»Gut zu wissen. Also stellen wir ihre Begleitung als den Anwalt des Unternehmens vor.«

»Haben Sie denn zwei Millionen?«, fragte Maureen atemlos.

»Geld spielt keine Rolle«, antwortete er gelassen.

»Oh!« Nun war Maureen klar, dass nur der kanadische Staat hinter der Spezialeinheit stehen konnte. Sie würde selbstverständlich mithelfen den Fall zu klären.

»Wann soll ich den Mann anrufen? Wo und wann mich mit ihm treffen?«, fragte sie gespannt. Sie kam sich nun selbst fast schon vor wie eine Geheimagentin.

»Soweit ich weiß, sind Sie berufstätig. Bitte rufen Sie ihn im Laufe des morgigen Vormittags an und verabreden sich am Abend mit ihm. Den Ort soll er wählen. Ich möchte Sie bitten, uns dann so schnell wie möglich die Treffpunkt-Daten mitzuteilen. Xanmeran gibt ihnen die Nummer.«

»Okay! Abgemacht! Eine Frage noch: Was machen Sie mit der Formel, wenn Sie sie haben?«

Solutosan sah von den Flammen hoch. »Sie wird vernichtet.«

Maureen glaubte ihm. »In Ordnung.«

Der Chef des Geheimdienstes erhob sich. »Vielen Dank für Ihre Hilfe«, sagte er höflich. Er nickte ihr zu und blickte Xanmeran kurz an. »Und noch einen schönen Abend.« Er entfernte sich in die Dunkelheit.

Maureen starrte auf den Platz, an dem er gesessen hatte. War da ein Flimmern in der Luft? Sie schüttelte irritiert den Kopf. Nein, Blödsinn.

»Er kann ganz schön beeindruckend sein, was?«, stellte Xanmeran fest. Er hatte sich neben ihr auf den Rücken in den Sand gelegt und starrte in den Sternenhimmel.

Was war mit diesen Geheimdienstlern? Maureen betrachtete den roten Mann neben sich prüfend. Sie fühlte etwas, jedoch konnte es nicht greifen. Sie hatte mit ihm gekämpft. Er war aus Fleisch und Blut aber ... Moment, aus Blut? Eigentlich hätte die Platzwunde an seiner Augenbraue bluten müssen wie verrückt. Maureen wusste aus langer Erfahrung, dass besonders diese Verletzungen oftmals gefährlicher anmuteten, nur durch ihre Eigenschaft so heftig zu bluten.

Sie starrte Xanmeran an. »Warum hat deine Wunde an der Braue nicht geblutet?«

Xan kam hoch, stützte den Glatzkopf in eine seiner starken Hände und richtete den schwarzen Blick auf sie. Im Schein des Feuers sah er ganz schön gefährlich aus. »Die Wunde war nicht tief.« Er legte sich wieder hin. Der Wind blies mit einem Stoß in die Glut und ließ blaue Funken stieben – er erfasste Maureens Haar und wehte es zum dunklen Himmel.

Das war eine Ausrede, das fühlte sie. Maureen kniff die Augen zusammen. Sie rutschte näher an ihn heran. Sie nahm seine Hand, die neben ihm im Sand lag. Augenblicklich zog er sie zurück. Hier stimmte etwas nicht.

Maureen blickte in die Flammen. Das würde sie noch herausfinden. Der Moment war einfach zu schön, um ihn mit Grübeleien zu verderben. Wann hatte sie das letzte Mal an einem Strandfeuer gesessen? In ihrer Kindheit mit ihrem Paps, der dann früh verstarb und sie allein zurückließ. Sie erinnerte sich an seine braunen Augen und sein freundliches Lächeln, wenn er ihr Marshmellows über dem Feuer röstete.

Maureen umfasste ihre Knie und fröstelte. Der Wind blies unter den Rock, denn sie trug immer noch das Business-Kostüm mit dem kurzen Mantel. Xanmeran legte ihr seine Jacke um die Schultern. Sie roch gut, nach Leder und Mann. Irgendwie war sie tröstlich.

Sie dachte an die vielen einsamen Tage und Nächte im Waisenhaus. Sie hatte schwer gekämpft, um aus diesem Sumpf herauszukommen. Ihr Sport hatte ihr sehr geholfen, hatte ihr Mut gegeben. Der riesige Mann neben ihr bewegte sich. Ob sie ihm wirklich etwas davon beibringen sollte?

Als hätte er ihre Gedanken gelesen, sagte er leise: »Ich glaube, wir müssen den Start meines Trainings um einen Tag verschieben. Morgen werden wir erst einmal dem Schwein die Formel abknöpfen.«

Maureen sah ihn an. Auch er hatte die Schuhe ausgezogen und seine Füße waren im Sand vergraben. Er saß neben ihr, den Kopf in die Hände auf die Knie gestützt und starrte in die Flammen, die in seinen schwarzen Augen flackerten. Mit einem Mal dachte sie, dass er sehr alt wirkte.

»Wie alt bist du?« Sie konnte ihn seltsamerweise nicht mehr einschätzen.

Xan lächelte sie an. Die weißen Zähne blitzten. »Fünfunddreißig«, antwortete er langsam. Maureen hatte sein Zögern bemerkt. Wenn das mal stimmte.

»Und du?«, erkundigte er sich sanft.

»Siebenundzwanzig«.

»Hast du einen Mann?«, fragte er unvermittelt.

Maureen errötete. »Nein.«

»Und Smu?«, bohrte er weiter.

»Smu ist nur ein Freund.«

Darauf sagte er nichts mehr. Wieso hatte sie den Eindruck, dass er sich darüber freute?

Xan erhob sich geschmeidig. »Ich finde, es ist langsam zu kalt. Und du musst gewiss bald schlafen. Morgen wird ein anstrengender Tag.« Er streckte ihr eine seiner großen Pranken hin, die sie ergriff. Er half ihr aufzustehen.

»Danke.« Sie sah zu ihm hoch.

»Du darfst meine Hand jetzt loslassen«, bemerkte er grinsend. Verflixt. Sie führte sich wirklich zu dämlich auf und lächelte entschuldigend. Zusammen gingen sie durch den kühlen Sand zu den Autos zurück. Xan reichte ihr seine Handynummer.

Schweren Herzens gab sie ihm die Jacke wieder, stieg ins Auto und fuhr los. Als sie auf den Highway rollte, schüttelte sie irritiert den Kopf. Die ganze Geschichte war bizarr und aufregend. Sie hatte sich in eine Geheimdienstsache verstrickt. War Teil eines Plans geworden. Aber mit Xanmeran und ihr ... Irgendetwas war geschehen.

»Bitte Paps«, drängelte Pan. »Lass uns zur Basis fahren und nachschauen! Ich mache mir solche Sorgen um Frran! Ich kann seit Tagen mein Handy nicht mehr erreichen.«

Chrom, der damit beschäftigt war die Sicherheitssysteme des Hauptquartiers neu zu programmieren, blickte genervt hoch.

»Fahr mit Psal, Pan!«

»Aber das ist doch viel zu gefährlich! Was ist, wenn einer der Stammväter sie da sieht? Was soll sie dann sagen?«

Chrom seufzte: »Xanmeran ist mit dem Volvo unterwegs und den Porsche nehme ich nicht. Also schau nach, ob der Pick-Up in der Garage steht.«

»Danke, Paps! Ich wäre ja auch alleine gef ...«

Chrom bleckte die Fangzähne. »Pan, wir haben eine Abmachung. Keine Alleingänge mehr!«

Es dauerte nur zwei Minuten bis Pan wieder in den Computerraum hopste. »Die Kiste steht da. Los, komm!«

Seufzend erhob Chrom sich. Lady sprang ebenfalls auf. Er kontaktierte Patallia im Labor nebenan. *»Pat, ich fahre mit Pan raus zu der Bacani-Basis und schaue nach Frran. Wir haben nichts mehr von ihr gehört.«*

»Okay, passt auf euch auf«, bestätigte Patallia.

»Paps, schau mal, die Türen stehen offen!«, brüllte Pan aufgeregt, als sie den Stützpunkt erreichten. Er wollte sich aus dem Wagen stürzen.

»Ihr Götter! Hiergeblieben!« Chrom zückte sein Handy und wählte Meoderns Nummer. »Meo, hier ist was faul mit der Bacani-Basis. Es scheint, die Vögel sind alle ausgeflogen. Brauche dich zur Unterstützung.«

Sie hatten nur wenige Minuten gewartet. Der Wald rauschte kurz und Meo stand wie aus dem Boden gewachsen grinsend da. Er deutete ihnen leise zu sein und zurückzubleiben, huschte so schnell fort, dass sie es nicht wahrnehmen konnten.

Einige Sekunden später war Meo wieder zurück. Er nickte und zückte sein Handy. »Boss? Die Bacani-Basis ist leer. Ja, keine Spur von ihnen. Alles geräumt.« Er hielt das Telefon ein Stückchen vom Ohr weg, um Solutosans krachende Stimme nicht unmittelbar abzubekommen.

Pan stand mit riesigen, violetten Augen da, die sich langsam mit schwarzen Tränen füllten. »Ob sie Frran auch mitgenommen haben?«

»Es scheint so, Pan«, antwortete Chrom nachdenklich. »Selbst wenn sie abhauen konnte, werden wir sie heute Nacht im Wald nicht aufspüren.«

»Bitte Paps! Lass es uns wenigstens versuchen. Vielleicht finden wir ja irgendwo ihre Witterung.«

Er sah seinen Sohn an. Pan würde keine Ruhe geben, bevor sie es nicht versucht hätten.

Meo kratzte sich am Kopf. »Mir soll's recht sein. Ich sage Bescheid, dass ihr noch länger hier seid. Habt ihr die Handys mit?«

»Ich gebe Pan meins. Aber wir kommen schon klar.« In seiner verwandelten Gestalt konnte er sowieso nicht sprechen.

»Okay!« Meo verschwand.

»Wir brauchen ihren Duft«, stellte Chrom fest.

Kaum hatte er das gesagt, war Pan schon in Richtung der Basis gerannt und winkte ihm. »Ich zeige dir ihr Zimmer.«

Gefolgt von der Wölfin liefen sie durch die stillen unterirdischen Räume zu Frrans Unterkunft. Dort entkleidete und verwandelte Chrom sich. Er schüttelte kurz sein Fell. Sie rochen an Frrans Bett um ihre Witterung aufzunehmen. Er rannte los, Lady nah bei sich, Pan, mit seiner Kleidung unter dem Arm, hinterher.

Es gab vielfältige Spuren. Viele von Hunden. Er zog mit Lady draußen schnüffelnd Kreise. Da war die Fährte! Er hob den dicken Kopf mit der kräftigen Schnauze.

»Hast du was?«, fragte Pan aufgeregt.

Chrom nickte und zeigte mit der Klaue in nördlicher Richtung.

»Na dann mal los!«

Als Nachtjäger machte es ihnen keine Schwierigkeiten im Dunklen den Wald zu durchstreifen. Sie verfolgten die Fährte eine ganze Stunde. Chrom immer mit der Schnauze am Boden – Lady neben sich. Er blieb abrupt stehen und lief im Kreis.

Augenblicklich verwandelte er sich zurück. »Hier hört die Spur auf!«

Pan blickte aufgeregt um sich. »Frran«, flüsterte er. »Frran!«

Zuerst fiel das funktionsuntüchtige Handy vom Baum und dann Frran hinterher. Sie stürzte in Pans Arme und schluchzte. Dicke schwarze Tränen sprangen aus ihren Augen.

Pan streichelte ihren Kopf. »Schon gut! Paps hat dich gefunden.«

Chrom sah sich die Szene gerührt an, während er sich ankleidete. Er konnte es nicht abstreiten – aus seinem Sohn war ein junger Mann geworden. Er war ein toller Junge, mutig und warmherzig. Chrom streichelte Ladys dicken grauen Kopf und blickte in ihre gelben Augen. »Das haben wir gut gemacht, Lady«, flüsterte er. »Lasst uns nach Hause gehen«, verkündete er laut.

Frran warf sich vor ihm auf die Knie. »Vater von Pan, ich möchte mich bedanken! Du hast mich gerettet. Ich hätte nicht zurückgefunden. Die Bacanis und Bacanars haben den Ort verlassen und ich konnte nur fliehen.« Sie drückte ihre Stirn auf den Boden.

»Schon okay«, entgegnete Chrom heiser. Er hatte lange kein devotes Rudelverhalten mehr erlebt. »Lasst uns gehen.«

Pan betrachtete Frran mit offenem Mund, als sie aus der Dusche kam und in sein Zimmer schritt. In ihrem Fell mit den weißen Spitzen glitzerten kleine Wassertröpfchen. Sie war wunderschön. Sie lächelte. Etwas rührte sich unter seinem Lendenschurz. Au weia. Er schlug rasch die pelzigen Beine übereinander.

»Komm, lass uns anhören, was dein Vater zu sagen hat«, forderte Frran ihn auf. Sie liefen zu Chroms Zimmer und klopften an. Psal öffnete die Tür – freundlich lächelnd.

Chrom hockte mit angezogenen Beinen auf einer schwarzen Ledercouch in der Ecke des Raumes und winkte ihnen. »Ich möchte mich kurz fassen. Ich mache mir schon seit einiger Zeit Gedanken um unsere Zukunft. Jetzt ist Frran zu uns gestoßen und wir sind zu viert.« Pan strahlte. Chrom hatte Frran akzeptiert.

»Wir werden etwas Neues beginnen. Aber das sollten wir unabhängig von den Duocarns tun.«

Pan staunte. »Du willst ausziehen?«

Chrom nickte. »Solutosan braucht uns nicht, um den restlichen Stammvätern hinterherzujagen. Das Kräfteverhältnis steht sowieso schon mit fünf Kriegern zu drei Bacanis zugunsten der Duocarns. Außerdem sind Aiden und David noch bei ihnen. Ich finde, es ist an der Zeit, dass wir etwas Eigenes schaffen.«

»Und was schwebt dir vor?« Psal setzte sich auf die Lehne von Chroms Sofa und schmiegte sich an ihn.

»Lacht mich bitte nicht aus, aber ich dachte an eine Art Tierklinik oder Tierheim. Je mehr Tiere umso besser. Zwischen ihnen werden unsere beiden Bacanars und auch Lady kaum auffallen«, lächelte Chrom. Was für eine Idee!

»Hast du schon mit Solutosan darüber gesprochen?«

»Nein«, Chroms Miene verfinsterte sich. »Ich hatte den Einfall erst im Auto auf der Rückfahrt. Ich muss es ihm darlegen.«

Pan sah an seinem Gesicht, wie schwer ihm das fallen würde.

Solutosan schlug die Augen auf. Das Morgenlicht strahlte golden in ihr Bett. Irgendetwas stimmte nicht. Er blickte zu Aiden, die noch tief schlief, und nahm sofort zu dem Sternenkind Verbindung auf. Sein Eindruck hatte ihn nicht getäuscht. Es weinte.

»*Was hast du denn?*« Sie hörte ihn nicht oder wollte nicht hören. Prompt begann sie zu strampeln und weckte damit Aiden.

»Was ist los?«, fragte sie schlaftrunken.

»Der Kleinen geht es scheinbar nicht gut.«

»Woher weißt du das?«

Er schluckte. Irgendwann musste sie es sowieso erfahren. »Weil ich mit ihr spreche.«

Aiden nickte. »Das weiß ich.«

»Aiden, sie antwortet auch seit einiger Zeit.«

Aidens Augen weiteten sich erstaunt. Nun war sie völlig wach. »Was?«

»Wir haben eine telepathische Verbindung.«

Sie blickte in sein besorgtes Gesicht. »Was sagt die Kleine?«

»Sie weint – ich weiß noch nicht warum.«

Solutosan richtete seine Worte wieder an das Sternenkind: *»Nur wenn du mir sagst, warum du weinst, kann ich dir helfen.«*

»Daddy! Ich habe solches Bauchweh!«

»Sie hat Bauchweh«, übersetzte Solutosan. »Was hast du gestern gegessen, Aiden?«

Seine Frau dachte nach: »Chinesisch, und sonst eigentlich nur Wasser.« Das Sternenkind strampelte.

»Lass uns zu Patallia gehen.« Er kontaktierte den Mediziner in seinem Zimmer *»Bist du wach, Pat?«*

»Was gibt's? Schon Zeit für das Treffen?«

Beim Vraan, den Termin wegen der Formel hatte er völlig vergessen. Erst die Aufregung die leere Basis betreffend, dann Frrans Verschwinden und nun das.

»Nein, Pat, das Sternenkind hat Bauchweh.«

»Was hat Aiden gegessen?«

»Chinesisch.«

Von Pat kam keine Antwort mehr.

»Patallia?«

»Ich dachte, sie hätte ihre Ernährung umgestellt.«

»Sie mag den Kefir nicht.«

»Sie sollte an das Kind denken.«

Solutosan seufzte. Aiden blickte ihn mit gerunzelter Stirn von der Seite an. »Solutosan, ich höre nicht was Patallia und die Kleine sagen. Können wir nicht vielleicht zu ihm gehen?«, erinnerte sie ihn.

»Entschuldige«, beeilte sich Solutosan zu antworten. *»Danke, Pat, ich versuche noch einmal mit ihr zu reden.«* Das Sternenkind weinte weiterhin leise. »Wir brauchen nicht zu Patallia, Aiden. Er sagt, du solltest deine Ernährung auf Kefir umstellen, dann wäre alles in Ordnung.«

Aiden zog die Nase kraus. »Das Zeug ist mir so ekelig. Es kommt mir immer wieder hoch.« Sie streichelte ihren Bauch. »Aber ich kann es ja noch einmal probieren.«

Solutosan zog einen grauen Trainingsanzug an, Aiden ihren Morgenrock und sie liefen Hand in Hand in die Küche. Er schüttete ein Glas Kefir ein und reichte es ihr. Aiden trank tapfer. Sie verzog das Gesicht und presste die Hand auf den rebellierenden Magen.

Voll Mitleid sah er, wie sie würgte und den Kefir ins Spülbecken erbrach. Solutosan kontaktierte Patallia erneut. *»Ent-*

schuldige die nochmalige Störung, aber Aiden behält den Kefir nicht bei sich.«

Pat überlegte. *»Kann nur mit den Enzymen zu tun haben. Ich müsste neue entwickeln. Das wird eine Weile dauern.«*

»Danke Pat, gib mir Bescheid, wenn du etwas erreichen konntest.«

Xanmerans Stimme kam in seinen Kopf. *»Solutosan? Du denkst noch an das Treffen?«* Ach ja, die Formel!

»Schafft ihr das auch ohne mich? Ich will bei Aiden bleiben.«

»Kein Problem, Chef.«

Solutosan sah fast, wie Xan grinste.

»Geht hier ja um einen Menschen. Wenn Pat, Meo und ich bei Maureen sind, ist das sowieso schon, wie mit Kanonen auf Spatzen zu schießen.« Das stimmte allerdings.

»Okay, haltet mich auf dem Laufenden.«

Aiden klammerte sich weiterhin ans Spülbecken.

Solutosan nahm sie in seine Arme. Das Sternenkind in ihrem Leib weinte leise. Es tat ihm weh, seine beiden Frauen nicht beschützen zu können. »Pat entwickelt Enzyme, die dir helfen den Kefir zu verdauen. Das dauert nur eine Weile.« Er streichelte ihren runden Bauch. *»Halte durch, Kleines!«*

Ron fuhr völlig verkatert auf der langen, bewaldeten Straße von Nord-Vancouver Richtung City, als sein Handy klingelte. Umständlich fummelte er es aus seiner Tasche.

»Ja?«, krächzte er in den Hörer.

»Ron? Hier ist Maureen Silverman!«

Sofort war Ron hellwach! »Hallo Maureen! Schön, dass Sie anrufen. Was kann ich für Sie tun?«

Maureen holte tief Luft. »Sie baten mich, mit meinem Boss über Ihr Medikament zu sprechen.«

»Ja?« Wahnsinn, sie hatten doch noch angebissen! Damit hatte er so schnell nicht gerechnet!

»Ich habe ihm sofort die Probe gegeben und er ist sehr interessiert.«

»Okay«, entgegnete er bedächtig. »Ihr Boss kennt den Preis?«

»Selbstverständlich! Er bittet Sie, einen Termin für abends zu machen. Er schickt dann seinen Anwalt, Dr. Martin, mit den Vertragsunterlagen.«

Ron schluckte. Eigentlich hätte ihm klar sein müssen, dass es einen Vertrag geben würde. Auf der anderen Seite – was interessierten ihn Vereinbarungen, wenn er auf den Bermudas saß? »Selbstverständlich«, antwortete er schnell. Er überlegte verzweifelt, wo er den Mann hin bestellen konnte. Ihm fiel nur die Halle ein. Er fluchte innerlich, denn das war keine seriöse Adresse. Ihm blieb nichts anderes übrig als zu antworten: «Ich beabsichtige, einen Firmensitz zu gründen und sehe mir deshalb heute Abend eine Fabrikhalle an. Würde es Herrn Martin etwas ausmachen, wenn wir uns zum Gespräch dort träfen?« Er gab Maureen die Anschrift. »Neunzehn Uhr?«

»Fein«, bestätigte Maureen. »Ich sehe sie dann da, denn ich werde Dr. Martin begleiten.«

Das war Ron recht. Er mochte die süße Blondine. Vielleicht konnte er sie ja hinterher noch zu einem Drink einladen.

Ron verabschiedete sich und legte auf. Schweiß stand ihm auf der Stirn. Seine Hände zitterten. Er war für das Telefonat glücklicherweise an den Straßenrand gefahren. Er riss die Autotür auf und übergab sich.

Inzwischen war er selbst sein bester Bax-Kunde. Die Nacht zuvor war der Hammer gewesen! Er hatte dieses Bordell besucht, in dem man ein Mal achtzig Dollar bezahlte und dann den ganzen Abend so oft ficken durfte, wie man konnte. Ron grinste in sich hinein. Er hatte die Damen alle gehabt. Einige sogar mehrfach. So einen Hengst wie ihn hatten sie dort noch nie erlebt.

Jedoch, so geil die Nacht gewesen war, so bitter war nun der Morgen: Entzugserscheinungen, Schüttelfrost, Erbrechen. Er fühlte sich wie durch die Mangel gedreht.

Ron suchte mit zitternden Fingern nach dem Bax in seiner Tasche. Er würde nur einen winzigen Krümel nehmen, um den Entzug zu dämpfen. In einer absolut minimalen Menge machte das Zeug auch nicht derartig scharf. Okay, mit einem Ständer musste er rechnen, aber das nahm er hin. Er schob sich einen kleinen Brocken Bax in den Mund, legte den Kopf auf das Lenkrad und wartete.

Als sein Schwanz erigierte, verzog sich der Dunst in seinem Schädel und der Brechreiz verschwand. Bald würde er Geld haben und die Russen für immer los sein. Was für herrliche Aussichten! Er ließ den Motor an und fuhr in seine Wohnung um zu duschen.

Ron war zu früh in der Halle. Er nahm den verschlungenen Weg zu den unterirdischen Räumen und öffnete den Wandtresor. Er überlegte kurz, ob er die Formel kopieren sollte, aber entschied sich dagegen. Was wollte er mit dem Rezept ohne die Bacanars? Er musste sich auf sein Verhandlungsgeschick verlassen. Scheinbar hatte Pharmcoran seine Probe durchleuchtet und für tauglich befunden. Immerhin waren sie auf dem Weg zu ihm. Ron überlegte, welche Komponente sie wohl für lohnend hielten. Ach verdammt, was interessierte ihn das jetzt noch? Sie sollten zahlen! Und das war das Wichtigste.

Ron entfernte alle Verbindungen zwischen den Kompressoren, zog die Schläuche ab, so dass nur die einzelnen Geräte im Labor verblieben, denen kein offensichtlicher Zweck zugeordnet werden konnte. Sämtliche Kleinteile entsorgte er in den Müllcontainer des Nachbarbetriebes, nicht ohne vorher zu prüfen, ob ihn jemand beobachtete.

Bar saß mit Pok angespannt in dem kleinen Pförtnerhäuschen vor der Fabrikhalle, dessen Fenster sie mit Pappe und schwarzen Folien zugeklebt hatten. Eigentlich wollte er die am Tag zuvor installierten Kameras testen. Was er nun sah, erstaunte ihn.

»Jetzt schau dir das mal an, Pok«, grunzte Bar auf bacanisch. »Der Scheißkerl bricht die Zelte ab.«

Pok nickte. So viel verstand sogar er.

»Na, wollen wir mal sehen, wie die Show weitergeht.« Gebannt blickte Bar auf den Bildschirm, der acht Kamerabilder in kleinen Ausschnitten wiedergab.

Ein dunkler Volvo fuhr vor. Ihm entstiegen eine hübsche Blondine, ein bleicher Mann im Maßanzug und ein riesiger Kerl, ganz in hellem Wildleder. Bar runzelte die Stirn, als er diese Drei in das Gebäude kommen sah. Seine inneren Alarmglocken schrillten. Was waren das für Leute? Ein seltsames Gefühl machte sich in seinem Magen breit.

Leider hatte er auf die Überwachung des oberen Hallentrakts wenig Wert gelegt, und deshalb nur eine einzige Kamera dort installiert. Er sah nur Ausschnitte von dem, was sich nun darin abspielte.

»Verdammt! Pok, die Halle hat im Dach Oberlichter. Sieh zu, dass du da oben rauf kommst und die Sache beobachtest. Nimm dein Handy mit für eventuelle Fotos.«

»Warum denn ich?«, motzte Pok. »Geh doch selbst.«

Bar fletschte die Zähne und fuhr die Krallen aus. Pok schob die Unterlippe vor, lief aber los.

Meodern, der das Treffen mit dem Bax-Dealer von oben absicherte, hatte recht bequem auf dem Hallendach gesessen. Er horchte. Irgendetwas tat sich am seitlichen Regenrohr der Halle. Das Rohr bebte und er hörte Kratz-Geräusche auf dem Metall. Da wollte jemand an dem Ding hochklettern! Und das war bestimmt keiner von ihnen!

Meo erhob sich leise und schlich an den Rand, wobei er die Oberlichter tunlichst mied. Bingo! Erst krallte sich eine klauenbewehrte Hand an die alte Dachpappe, dann folgte das gespannte Gesicht eines Bacanis, der sich auf das Hallendach schwingen wollte. Er schaffte es nicht einmal einen Blick auf das Dach zu erhaschen, da hatte Meodern ihn am Hals gepackt.

Meo fackelte nicht lange. Es durfte in der Situation keine Störung geben. Augenblicklich versetzte er seine Hand in Vibration und trennte das Haupt des Bacanis von seinem Körper. Das Blut spritzte, Meo wich ihm geschickt aus. Bevor der Kopf auf dem Dach aufschlagen konnte, hatte Meodern ihn mit der anderen Hand gepackt und aufgefangen. Leise legte er den Leichnam auf das Hallendach und ging sofort zurück auf seinen Beobachtungsposten. Ungeziefer brauchte eben einen tüchtigen Kammerjäger. Endlich konnte er wieder seinen Job machen.

Er beobachtete vorsichtig durch ein Oberlicht, wie sich Maureen, Patallia und der rothaarige Dealer in der Halle gegenüberstanden. Xanmeran hatte sich in den Hintergrund zurückgezogen.

Patallias Schrank gab nur wenig her, als er darin ein geeignetes Outfit für das Treffen suchte. Glücklicherweise hatte Aiden ihm seinerzeit einen langweiligen, aber für diese Gelegenheit passenden, Armani-Anzug gekauft. Er schritt, einen Metallkoffer in der Hand, in die Halle. Maureen war an seiner Seite. Xanmeran folgte ihnen in einigem Abstand – wie es sich für einen Leibwächter gehörte. In dem großen, verschmutzen Raum hatte der Bax-Produzent einen improvisierten Tisch aus zwei Holzböcken und einer Spanplatte aufgestellt.

Der rothaarige Kerl musterte den Koffer mit Wohlgefallen. Ein gutes Zeichen. Die Geldgeilheit stand ihm ins Gesicht geschrieben. Er schien einfach gestrickt und leicht zu durchschauen. Er reichte zuerst Maureen und dann ihm höflich die Hand. »Mister Martin?« Patallia nickte.

»Danke für Ihr Kommen. Wie ich sehe, hat Miss Silverman meine Grüße und die Probe überreicht.«

Patallia sah ihm forschend ins Gesicht. »Die Firma Pharmcoran hat mich dazu ermächtigt, mit Ihnen einen Handel wegen der Medikamentenformel abzuschließen. Allerdings sind noch einige Fragen offen. Zum Beispiel ob Sie Ihrerseits überhaupt autorisiert sind, die Formel zu verkaufen, Mister Bauer.«

»Natürlich«, beeilte sich der Mann zu sagen. »Ich bin derjenige, der sie entwickelt hat.«

»Können Sie das beweisen?«

Der Rothaarige zögerte und überlegte.

»Sie werden verstehen«, sagte Patallia sanft, »dass meine Zeit begrenzt ist. Haben Sie nun einen Nachweis oder nicht?«

Dem Kerl stand sein Unmut ins Gesicht geschrieben. »Wenn ich Ihnen mein Labor zeige, wird das als Beweis reichen?«

Patallia nickte. Das war sehr gut, denn er wollte so viel wie möglich erfahren.

Der Mann führte ihn und Maureen einen verschlungenen Weg in einige tiefer liegende Räume – Xanmeran folgte ihnen gemächlich.

»Hier haben Sie die Formel entwickelt?«, fragte Patallia und betrachtete das Bax-Labor. Er verstand genau, was sich ihm da präsentierte – bemerkte allerdings auch die fehlenden Verbindungsstücke zwischen den Geräten. »Wie ich sehe, bauen Sie bereits das Labor ab.«

Ron Bauer zog die buschigen Brauen zusammen. Xanmeran hinter ihm hatte die Wildlederjacke ausgezogen und ordentlich auf einen der Kompressoren gelegt. Er trug ein Muskelshirt darunter.

Der Bax-Dealer blickte irritiert zur Seite. »Sind Sie zufrieden?«

»Noch nicht ganz«, antwortete Patallia. »Wo ist Ihr Kompagnon?«

»Sie denken, ich habe einen Teilhaber? Wie kommen Sie denn auf so etwas?« Im selben Moment war Xanmeran bei ihm und setzte ihm ein Messer an die Kehle. Der Rothaarige erbleichte, wehrte sich aber nicht.

»Wir wissen«, sagte Patallia langsam, »dass Sie einen Partner haben. Die Formel ist nur ein Bruchteil des Ganzen.«

Der Drogenproduzent wurde noch bleicher. Pat sah ihm an, dass er panikartig überlegte, wie er der Situation entkommen konnte.

»Durchsuche ihn nach Waffen, Xan!« Patallias Instinkte schrien Alarm.

Ron Bauer machte eine Bewegung nach links. Ein Fehler! Xans Dermastrien umschlangen blitzschnell seine Hand, seinen Arm und seinen Hals. Xan hatte nur die Dermastrien der Arme benutzt, die nun unbedeckt schwarz-golden schillerten. Der Dealer keuchte und riss die Augen auf.

»Wo ist Ihr Partner?«, fragte Patallia eindringlich. *»Keine Säure, Xan!«* Er warf Xanmeran einen warnenden Blick zu.

»Ich weiß nicht was ...« Der Mann verdrehte die Augäpfel.

»Xan!«, brüllte Pat. Ron Bauer sank zuckend zu Boden.

Xanmeran zog blitzschnell die Dermastrien zurück. Seine Arme waren sofort wieder intakt. Rons Hals hatte lediglich eine zarte rosa Farbtönung.

»Ihr Götter!« Patallia stürzte zu dem Bax-Produzenten und riss ihm Jacke und Hemd vom Leib. Der Kerl hatte wirklich eine Waffe in einem Schulterhalfter getragen. Patallia legte seine Hände auf Rons Brustkorb und massierte sein Herz. »Herzinfarkt, Xan!«

Xan stand bestürzt und regungslos neben ihm.

»Meo, hier läuft was schief!« Während er Ron Luft in die Lungen blies und seinen Brustkorb rhythmisch presste, kontaktierte er Meodern telepathisch.

»Allerdings! Habe hier oben eine Bacani-Leiche, Pat!«

»Was?«, brüllten Patallia und Xanmeran gleichzeitig.

»Komm auf keinen Fall mit dem Bacani in die Halle«, zischte Xan.

Er gab seine Wiederbelebungsversuche auf. *»Er ist tot. Ich glaube, der Kerl hat etliches von der Droge intus. Scheint ein Abhängiger zu sein. Das plus Xans Angriff hat er nicht ausgehalten.«*

»Pat, kümmere dich um Maureen, die bricht gleich zusammen.« Xanmeran wollte auf sie zugehen, aber sie wich mit aufgerissenen Augen zurück an die Wand.

»Nein, Xan!«, blaffte Patallia. *»Ich bringe sie hier heraus. Meo, wo bist du?«*

»Über dir auf der Halle.«

»Verschwinde und verdampfe den Bacani - komm dann sofort zurück.«

»Okay!«

»Xan, kümmere dich um die Leiche des Dealers. Gib sie Meo, wenn er wieder hier ist. Durchsuche sie nach der Formel.«

Xanmeran nickte. *»Mensch Pat, das tut mir so ...«*

»Keine Zeit jetzt!« Patallia blickte die erstarrte Maureen an. »Das war natürlich nicht geplant. Der Mann ist ein Süchtiger und hat wahrscheinlich die Belastung nicht ausgehalten.«

Maureen deutete mit dem Finger auf Xanmeran. »Mörder!«, keuchte sie. »Elender Mörder!«

»Nein«, versuchte Pat sie zu beschwichtigen. »Er hatte einen Infarkt. Lassen Sie uns gehen, Maureen. Wir erledigen das hier.« Er näherte sich ihr langsam. Maureen sah ihn in Panik an. Das hatte so keinen Zweck. Sanft lächelnd legte Patallia eine Hand auf ihren Handrücken und verabreichte ihr ein Beruhigungsmittel. Augenblicklich verschleierten sich Maureens Augen.

»So ist es schon besser. Lassen Sie uns nun gehen.« Er legte einen Arm um sie und führte sie aus dem Labor.

Bar saß in dem Pförtnerhäuschen, starrte auf den Bildschirm - unfähig sich zu rühren. Alles, was er wusste, war, dass er soeben seinen Chemiker, sein Labor und auch die Bax-Formel an die Duocarns verloren hatte.

Ihr Götter, dachte er, die Krieger sind auf der Erde!

Trianora zog ihren Schleier tiefer, als sie das Windschiff bestieg, um ins Silentium zurückzufahren. Sie hatte ihren alten Vater auf dem östlichen Mond besucht. Er würde nicht mehr lange leben, das fühlte sie.

Nun war es höchste Zeit ins Silentium zurückzukehren. Immer wenn Ulquiorra allein im Labor war, machte sie sich Sorgen. Er war fanatisch geworden, seit Marschall Folderan ihrer Forschung seine Unterstützung zugesagt hatte. Das war nun schon eine ganze Weile her. Inzwischen hatte sich die politische Situation geändert und sie bekamen keine Förderung mehr, was Ulquiorras Eifer die Anomalie zu rekonstruieren, nicht geschmälert hatte. Folderan war offiziell weiterhin der Marschall von Duonalia. Trianora hatte den Eindruck, dass er nur noch die vorgeschobene Puppe der Bacanis war, die inzwischen die Regentschaft an sich gerissen hatten. Die Bacanis legten keinerlei Wert auf Ulquiorras Forschung – im Gegenteil. Die verhassten Parasiten wollten ihre Erzfeinde nicht wieder auf den Planeten haben. Würden sie von Ulquiorras Bemühungen erfahren, gerieten sie beide in Gefahr.

Trianora kümmerte sich aufopfernd um Ulquiorra. Hätte sie nicht die ganze Zeit darauf geachtet, dass er wenigstens gelegentlich etwas aß – da war sie sich sicher – er wäre bereits verhungert.

Trianora seufzte und musterte unter ihrem Schleier die Mitfahrenden. So viele Bacanis! Früher sah man kaum welche auf den Windschiffen. Inzwischen breiteten sie sich aus wie ein Virus. Nur wenige Duonalier wohnten weiterhin auf dem Land. Dort war nun das Revier der Bacani-Rudel. Die Duonalier hatten sich fast völlig von den Monden zurückgezogen und produzierten nur noch so viel Dona wie unbedingt nötig. Unzählige Nahrungskondensatoren waren der Zerstörungswut der Bacanis zum Opfer gefallen, die ihnen so die Lebensgrundlage nehmen wollten. Zusätzlich dezimierten sie die kampfunfähigen Einheimischen weiter, indem sie diese ihrer Energien beraubten.

Mit den Duocarns waren alle ihre kriegerischen Gene vom Planeten verschwunden. Nur Ulquiorra besaß, als Sohn des Kriegers Xanmeran, noch einige davon. Diesen Kampfgeist setzte er zu einem alleinigen Ziel ein: seinen Vater zu finden.

Trianora glitt vom Windschiff. Sie nahm ein Transportband zum Silentium. Man hatte sie in die hinterste Ecke des großen Bauwerks verbannt, worüber Trianora gar nicht böse war, hieß es doch, dass sie unbehelligt blieben. Sie schritt durch die langen, weißen Flure des Silentiums und öffnete die Tür zum Labor. Irgendetwas stimmte nicht. Das Surren und Brummen der üblichen Geräte war verstummt. Totenstille herrschte.

»Ulquiorra?« Beunruhigt drückte sie die Tür zum Hauptlabor auf. Der größere Laborbereich hatte eine abgeteilte Isolationsecke mit dicker, durchscheinender Materialpolsterung. Dort konnte sie schemenhaft Ulquiorras Gestalt erkennen. Er stand an einen der Simulationscomputer gelehnt. »Ulquiorra?« Sie war nicht fähig, die Angst in ihrer Stimme zu dämpfen.

»Triasan?«, fragte er undeutlich. »Triasan, ich habe es geschafft!« Sie sah seinen schlanken, verschwommenen Leib beben.

»Was ist passiert?«

»Ich habe die Anomalie rekonstruiert. Ich weiß jetzt, was gefehlt hat: meine Energie, Trianora! Meine eigene Kraft!«

»Ihr Götter! Was hast du getan?«

Schleppend kam er aus dem Isolationsbereich. »Ich habe die Anomalie geschaffen. Sie war nur groß wie ein Kindskopf, aber sie war da.« Er trat vor – die bleiche Brust entblößt, der Oberkörper golden strahlend.

Trianora starrte ihn fassungslos an.

»Die Anomalie ist gewaltig, Triasan«, flüsterte er leise und wankte. »Ich wusste nicht **wie** mächtig und habe sie leider zu früh berührt.« Er ging langsam zu Boden – wollte sich an einem Labortisch festhalten, aber konnte es nicht.

Trianora stieß einen schrillen Schreckensschrei aus. Ulquiorra besaß am linken Arm nur noch einen Stumpf. Die Anomalie hatte ihm die Hand fortgerissen ins Universum.

Aidens Zustand war unverändert. Das Kind wimmerte und Solutosan war hilflos. Auch Streicheln nützte nichts. Er überlegte fieberhaft. Was tat ihm gut, wenn es ihm schlecht ging? Er sah auf die langsam im Meer untergehende Sonne. »Ich glaube, ich weiß, wie ich der Kleinen helfen kann. Komm mit!« Solutosan half Aiden aufzustehen. »Zieh einen Badeanzug an.«

»Baden? Jetzt?« Aiden blickte entsetzt auf das graue Meer. »Das hat höchstens fünfzehn Grad.«

»Du musst dich warm schwimmen, Aiden. Lass es uns doch wenigstens versuchen.«

Die Frau nickte tapfer. Sie streifte einen Badeanzug über, der sich über ihrem Bauch enorm dehnte, und zog dann einen dicken Bademantel darüber. Sie lief an Solutosans Hand aus dem Haus und zum Strand. Die rote Sonne war soeben hinter den grauen Horizont getaucht und hatte die wenige, verbliebene Wärme des Sandes mitgenommen. Fröstelnd tauchte Aiden einen Fuß in die kleinen Brandungswellen.

Solutosan hatte sich seiner Kleidung entledigt und die Sternenstaub-Schicht verdickt. Er half ihr aus dem Bademantel und führte sie vorsichtig weiter ins Meer. Das Wasser stieg ihr bis an den Bauchnabel.

»Ich glaube, es hilft«, flüsterte sie tapfer, aber ihre Zähne klapperten aufeinander.

Solutosan nahm sie auf die Arme und trug sie langsam tiefer in die schäumende Flut. Sie entspannte sich in seinem Arm, ließ sich treiben. Löste sich von ihm und schwamm, um sich aufzuwärmen.

»Daddy?«

»Ja, Kleines?«

»Was macht Mama da?«

»Sie badet im Meerwasser.«

»So fühlt sich das Meer an?« Die Kleine staunte. *»Das ist wunderbar!«* Sie lachte und Solutosan merkte, wie sich das Ster-

nenkind entkrampfte. Sein Handy, das er am Ufer gelassen hatte, klingelte. Er spürte, dass es dringend war. Langsam stapfte er Richtung Strand zurück, ließ jedoch Aiden nicht aus den Augen.

Er nahm das Handy und sah auf das Display. Meo. »Ja?«

»Wir haben die Formel und das Labor, Solutosan, aber leider ist der Bax-Dealer tot und Maureen hat Xanmerans Dermastrien in Aktion gesehen. Auch wollte uns ein Bacani bei dem Treffen überraschen. Ich habe ihn erledigt. Was sollen wir mit dem Zeug aus der Halle machen?«

Solutosan hörte konzentriert zu. »Beim Vraan! Nein, erzähle die Details nachher. Werdet die Leichen los! Meo, komm den Pick-Up holen und ladet sofort das ganze Equipment auf. Wenn wir es nicht machen, tun es die Bacanis. Xan hilft dir. Soll ich euch noch Terv schicken?«

»Nein, das wird nicht nötig sein. Das schaffen wir alleine.«

»Okay. Bis nachher.« Er beendete das Gespräch, warf das Handy auf seine Kleider und raufte sich mit beiden Händen das Haar. Sie hatten den Bacanis eine empfindliche Schlappe verpasst, aber zum einen war der Chemiker tot und zum anderen war ein Mensch Zeuge von Xanmerans Aktion geworden. Der tote Bacani interessierte ihn nicht weiter.

Er sah zu Aiden, die noch glücklich im Wasser schwamm, und kontaktierte das Sternenkind. Keine Antwort. Das war gut – es war eingeschlafen. »Du kannst herauskommen. Die Kleine schläft.« Er nahm den Bademantel, half der zitternden Aiden aus dem Fluten und wickelte sie warm ein. Erst Aidens Blick in seine tieferen Regionen brachte ihm zu Bewusstsein, dass er selbst immer noch nackt war. Er versuchte ihren Blick zu deuten. Sie sollte ihn nicht so ansehen. Sein sexuelles Interesse war komplett erloschen. Er machte sich nur Sorgen um sie und das Sternenkind.

Aiden sah die letzten Wochen ständig müde aus. Sie war im sechsten Monat. Für ein humanoides Kind allemal zu früh, um auf die Welt zu kommen. Aber das Baby war nur zur Hälfte menschlich. Was, wenn es Aiden schaden würde? Er überlegte, während er mit ihr ins Haus zurückging. Die Kleine besaß Sternenstaub. Und sie hatte voraussichtlich keine Kontrolle über ihn. War es möglich, dem Kind den Umgang mit dieser Waffe beizubringen? Nein, dachte er, denn sie konnte im ungeborenen Zustand keinerlei Versuche machen. Er wollte überhaupt nicht daran denken. Solutosan brachte Aiden in ihr Zimmer, zog sich an und ging ins Labor, um auf Patallia zu warten.

Der kam mit der etwas schläfrig wirkenden Maureen im Schlepptau.

»Hallo Maureen«, grüßte Solutosan freundlich. »Erinnern Sie sich noch an mich?«

»Natürlich«, nuschelte Maureen, »der sexy Chef.«

»Ich hoffe, Sie haben sich nicht erschreckt. Wie ich hörte, hatte der Mann mit der Formel einen Herzinfarkt.«

Die blonde Frau hob den Kopf. »Nein!« Sie schrie es fast. »Es war der mit der Peitsche! Mit der roten Peitsche! Der Indianer! Xanmeran!«

Ihr Götter, dachte Solutosan. Immerhin hatte sie seine Dermastrien als Schlagwerkzeuge wahrgenommen – etwas sehr irdisches. Es bestand noch Hoffnung.

»Ist das in Ordnung, wenn **ich** das mit Xan kläre?«

Maureen blickte starr vor sich hin. Dann nickte sie. »Ich will jetzt nach Hause.«

»Ich fahre sie.« Patallia erhob sich.

»Okay, bitte nimm den Porsche und komm sofort wieder«, befahl Solutosan telepathisch. *»Die Jungs räumen mit dem Volvo und dem Pick-Up bereits die Halle.«* Irgendwie war das ein beschissener Tag – daran änderte auch der Sieg über die Bacanis nichts.

Pat und Maureen waren mit dem Porsche verschwunden, als Meo und Xanmeran mit den ersten Laborteilen ankamen und in die Garage fuhren. Sie stapelten die Sachen in eine Ecke. Solutosan hatte sich inzwischen beruhigt und gesammelt.

»Tja«, grinste Meo. »Jetzt können wir auch Bax herstellen.«

»Den Teufel werden wir«, blaffte Solutosan.

Meo kicherte. Genau diese Antwort hatte er offensichtlich erwartet.

Solutosan wandte sich an Xan. *»Muss mit dir reden, wenn ihr gleich wieder da seid. Räumt erst mal die Halle ganz leer.«* Xanmeran nickte mit zerknirschter Miene.

Pat fuhr den Porsche in die Garage und folgte ihm ins Labor.

»Alles in allem gute Arbeit«, lobte Solutosan ihn.

Patallia wiegte leicht zweifelnd den Kopf. *»Na ja, bis auf den kleinen Unfall. Meiner Meinung nach war der Typ ein Bax-Süchtiger. Er hatte sein Herz offensichtlich etwas zu viel mit dem Zeug strapaziert. Dazu kam, dass er eine Waffe ziehen wollte. Xan musste ihn bremsen. Er hatte nur zwei Möglichkeiten: die Kehle durchschneiden oder die Dermastrien. Wie ich an der Hautfärbung gesehen habe, hat er nur wenig Säure eingesetzt. Es muss dem Kerl nur ein bisschen am Hals gebrannt haben. Ich für meinen Teil war froh, dass er das gemacht hat.«*

Solutosan nickte. *»Ich denke, wir haben Glück. Maureen erzählt etwas von einer roten Peitsche. Lassen wir sie in dem Glauben.«* Er räusperte sich, erhob sich von dem niedrigen Drehstuhl, auf dem er gesessen hatte, und begann im Raum umherzuwandern.

»Was ist noch?« Patallia schaute interessiert.

»Aiden!«

Pats Gesicht verfinsterte sich augenblicklich. *»Hast du inzwischen verstanden, was auf uns zukommt? Der Sternenstaub wird ein riesiges Problem sein. Ich kann ihn der Kleinen bis zu einem gewissen Prozentsatz herausziehen, aber sie bildet ihn ja sofort neu. Unter Garantie hat sie das Fruchtwasser bereits damit überschwemmt. Ich weiß nicht, was passiert, wenn sie sich zu sehr eingeengt fühlt.«*

»Können wir ihren Geist auf irgendeine Weise bis zur Geburt ruhigstellen?«

»Ihr Götter! Solutosan! Dann fehlt ihr massig geistige Entwicklung! Was möchtest du für eine Tochter haben?«

»Eine Lebendige«, knirschte Solutosan. *»Und eine lebende Frau.«* Sie starrten sich an.

Meo und Xan traten ins Labor. *»Alles erledigt. Die Halle ist jungfräulich und die organische Masse atomisiert.«*

»Danke, Freunde.« Solutosan wandte sich an Xanmeran. *»Habe eben von Patallia gehört, wie die Geschichte abgelaufen ist. Du hast richtig reagiert. Maureen denkt, du hättest eine rote Peitsche.«*

Meo wieherte.

»Da gibt es nichts zu lachen«, grollte Xan. *»Ich habe sie zu Tode erschreckt. Ich werde das wieder gutmachen.«*

»Okay, mach das.« Solutosan erhob sich. *»Ich muss jetzt allein sein.«* Er verließ das Labor. Er spürte die verblüfften Blicke der anderen Männer in seinem Rücken. Diesen Satz hatte er in all den gemeinsamen Äonen noch nie zu ihnen gesagt.

Solutosan lief wie betäubt aus dem Haus und zurück zum dunklen Strand. Er zog die Schuhe aus, setzte sich und grub die Füße in den kalten Sand. Sein Gehirn arbeitete auf Hochtouren. Er überlegte, wie er das fast Unabänderliche doch noch abwenden konnte.

Patallia musste die Kleine aus Aidens Bauch holen, bevor sie diese verletzten konnte, denn, inzwischen war sich Solutosan sicher, sie würde es tun. Besonders Patallias Verhalten machte ihn nachdenklich. Der Mediziner war normalerweise immer positiv und zuversichtlich. Was das Sternenkind anging, war er es nicht.

Wie hatte ihm ein solcher Fehler passieren können? Er hatte sein Sperma überprüft und als harmlos eingestuft – aber jeder Bauer wusste, dass aus einer Kopulation Nachwuchs entstehen konnte. Eine Kompatibilität zwischen Mensch und Duonalier war ihm einfach als absolut unwahrscheinlich erschienen.

Er hatte die unbekannte Größe der göttlichen Fügung nicht mit einkalkuliert, die Aiden und ihm eine Seele geschickt hatte. Solutosan dachte an die Nacht in Vancouver mit Lady am Meer. Dass er sich nicht mehr richtig im Detail an diesen Abend erinnern konnte, verunsicherte ihn. In dieser Nacht war das Sternenkind entstanden. Sollte Aiden nun etwas aus seinem Versäumnis zustoßen – er würde es sich nie verzeihen. Was konnte er in dieser Situation überhaupt noch tun?

Ich werde ihr einen Namen geben, dachte Solutosan. Dann kann ich sie besser ansprechen, wenn es so weit ist. Ihm gefiel Halia. Ob seinen beiden Frauen der Name gefallen würde? Er stützte den Kopf in die Hände. Er war ein Versager. Es war so armselig, dass er nichts anderes tun konnte.

Solutosan nahm ihn wahr, noch bevor Chrom das Wort an ihn richten konnte. »Setz dich«, bat er leise. Der Bacani hockte sich neben ihn in den Sand. *»Was gibt's?«* Er fühlte, dass Chroms Anliegen wichtig war.

»Wir werden ausziehen«, sagte Chrom offen. *»Psal, Frran, Pan und ich. Wir möchten gern eine Tierklinik oder Tierheim eröffnen.«*

»Wollt ihr in Vancouver bleiben?«

»Ja, uns gefällt es hier.«

»Ich verstehe dich. Dieser Kampf ist nicht mehr der Deine. Viel wichtiger ist, dass du jetzt dein Rudel schützt und ernährst.«

Chrom blickte ihn erstaunt von der Seite an. Er hatte offensichtlich nicht mit so wenig Widerstand gerechnet, aber Solutosan war zu frustriert, um seinem Navigator den Entschluss auszureden. Dass die befreundeten Bacanis das Weite suchten, passte zu der verfahrenen Situation. *»Wenn du mich brauchst, bin ich sofort da«*, versprach Chrom.

»Komm morgen zu mir. Der nächste Platin-Deal ist sowieso fällig. Mach ihn und behalte das Geld.«

Chrom schluckte. *»Das ist sehr großzügig! Ich danke dir«*, stieß er hervor.

Solutosan stand auf. *»Lass uns gehen.«*

Xan konnte nicht schlafen. Immer wieder dämmerte er sanft ein und erwachte mit einem Ruck. Unruhe plagte ihn. Er blickte auf sein Handy. Beim Vraan, sechs Uhr! Er reckte die steifen Glieder, streifte einen Jogginganzug über und tigerte zum Garagentor, in das er seinen Code eingab. Obwohl Sommer, empfing ihn das Meer mit einem kalten, grauen Atem. Das war ihm recht.

Er lief zum Strand, kurz bis vor die Dünung und dann an ihr entlang. Er rannte am Country-Club vorbei bis hin zur Spitze der Landzunge. Schwer atmend ließ er sich in den Sand fallen.

Für Meodern wäre die Strecke nur ein Augenzwinkern gewesen. Er hatte nie hinterfragt, wie dieser sich eigentlich auf der Erde fühlte. Als seltene Hybriden waren sie durch ihre Unsterblichkeit immer auf sich allein gestellt – es sei denn, sie schlossen sich zusammen, wie bei den Duocarns. Niemals wäre einer der Krieger auf den Gedanken gekommen, sich innerhalb dieser Gemeinschaft einen Partner zu suchen. Am wenigsten die Hetero-Männer.

Xanmeran dachte an Maureen. Er fand sie anziehend. Eine Kämpferin auf der einen, aber ein schwaches Weib auf der anderen Seite. Er wollte gern noch mehr von der sensiblen Frau sehen – so wie letztens an dem Lagerfeuer am Strand. Da war sie nachdenklich und besinnlich gewesen.

Na super, tadelte seine innere Stimme ihn. Hattest du das Thema schwache Frau nicht schon mal? Und was ist daraus geworden?

Wie immer versuchte er den Namen Tarania in seinem Kopf zu verdrängen. Seine Ehefrau auf Duonalia, die er so schwer verletzt hatte. Seit so langer Zeit lebte er bereits mit dieser Schuld.

Xan erhob sich und rannte zurück Richtung Seafair. Er hatte alles versucht, um diesen Schmerz in den Griff zu bekommen – hatte gehungert, gekämpft, bis ihm die Dermastrien vom Leib hingen und sich fast nicht mehr fügen wollten, hatte seinerseits Blutbäder verursacht. Er konnte nicht sterben und Schuld und Pein waren geblieben.

Er dachte wieder an Maureen. Jetzt fürchtete sie sich vor ihm, hielt ihn für einen Mörder. Ihr Götter, er war ja auch einer. Und er war jemand, der unschuldige Frauen verletzte. Ob Maureen sich denn überhaupt zu ihm hingezogen fühlte? Sie hatte Solutosan angehimmelt.

Xanmeran kam vor dem Hauptquartier an, riss sich den Jogginganzug vom Leib und rannte ins Meer. Die Gischt spritzte. Vielleicht konnte er versuchen sich zu ertränken? Er tauchte ab, atmete das salzige Wasser ein. Er wartete. Nichts passierte. Es war nur ein bisschen ungewohnt, Flüssigkeit in den Lungen zu haben. Er stieg den Strand hinauf, mit der Ausatmung kam das Salzwasser aus seinem Mund und das Organ füllte sich ganz normal mit Luft. Er musste lediglich ein wenig husten. Beim Vraan, das klappte auch nicht. Xan beschloss, sich der Problematik mit Maureen zu stellen. Am Abend würde er erst einmal ins Dojo gehen um an dem Anfängerkurs teilzunehmen.

Der dünne, blonde Junge nickte. »Klar, ich bin auch im Anfängerkurs!« Stolz sah der Kleine an seinem weißen, aus einer weiten Hose und Jacke bestehenden, Karateanzug herunter. »Suchst du Maureen? Die ist noch nicht da!«

»Nein, ich will bei dem Kurs mitmachen.«

»Du?!« Der Junge lachte ungläubig und zeigte seine riesige Zahnlücke.

Er packte Xans große, rote Hand und zog ihn in den Trainingsraum, den Xan ja schon sehr gut kannte. »Hey Leute«, brüllte er. »Ich hab hier noch einen Anfänger für unseren Kurs!« Die raufende und balgende Horde Kinder hielt inne – dann lachten alle laut.

»Hey, hey«, beschwichtigte Xanmeran sie. »Jeder hat mal angefangen!« Die Kids hörten auf zu lachen. Das stimmte wohl.

Es war offensichtlich selten, dass sich ein Erwachsener dem Kinderkurs anschloss. Xanmeran setzte sich auf eine der schmalen Bänke, die die Halle säumten.

Der Blonde blieb mit seiner Fragerei am Ball. Er hüpfte auf die Bank und betrachtete Xans massive Halsmuskulatur unter seinem engen Shirt. »Bist du ein Bodybuilder?«

Xan nickte. »Aber Stärke allein hat mich bisher noch nicht weiter gebracht. Mit Karate kann man mich fertigmachen.«

»Boah!« Der Junge staunte. »Echt?« Er sah wohl plötzlich ungeahnte Möglichkeiten in seinem Sport. Die anderen Kids kamen neugierig näher.

»Den kann man mit Karate flach legen«, prahlte der kleine Blonde mit seinem Wissen. Allgemeines Erstaunen spiegelte sich in den kugelrunden Kinderaugen. Der nächste Junge hüpfte auf seine Bank, dann noch einer. Alle wollten ihn betrachten. Einer hatte sogar den Mut seinen Halsmuskel anzufassen. Xan knurrte. Das fanden die Kinder herrlich.

Als Maureen in ihrem Karateanzug die Halle betrat, betrachtete sie mit großen, verwunderten Augen die sich ihr bietende Szene: Der komplette Anfängerkurs turnte auf Xanmeran herum, während er ruhig und gelassen auf der Bank saß.

»Was machst du hier?«, fuhr Maureen ihn an. Sie hatte ihr hartes Urteil über ihn offenbar noch nicht revidiert.

»Du hattest versprochen mir Karate beizubringen – schon vergessen?« Er blickte sie von unten an und lächelte spitzbübisch.

»Au ja! Au ja!«, schrien die Kids und erwarteten eine ungeheuer aufregende Unterrichtsstunde.

»Nichts da!«, brüllte Maureen. »Aufstellen, wie immer!« Die Kinder gehorchten.

Xan stand ebenfalls auf und stellte sich ans Ende der Reihe. »Zieh dir wenigstens einen Anzug an«, knurrte Maureen.

Er nickte und verschwand. Er würde sich nicht abschütteln lassen. Jetzt war er bockig. Glücklicherweise fand er in einer Holzkiste einen Karateanzug in seiner Größe. Er zog ihn an und kehrte in die Halle zurück.

Da er mit den Kleinen keine Übungen machen konnte, saß er die meiste Zeit im Schneidersitz auf der Matte und prägte sich ein, was Maureen den Kids erzählte. Er beschloss, die Bewegungsabläufe zu Hause mit Meo ausprobieren. Xan betrachtete Maureen, deren hübsches Gesicht vor Konzentration glühte. Gelegentlich richtete sie ihre braunen Augen auf ihn, ignorierte ihn aber die meiste Zeit. Die Stunde war vorüber. Alle, auch Xanmeran, verbeugten sich. Maureen ließ ihn einfach stehen und ging sich umziehen. Sie hatte ihn also auf „ignore" gesetzt. Das wird ihr nichts nützen, dachte er trotzig.

Die Wochen vergingen und Xan erschien immer pünktlich ein Mal wöchentlich zum Kinderkurs. Die Jungs hatten sich inzwischen an ihn gewöhnt.

Maureen stand in der Hallenmitte und versuchte einen Schulterwurf zu erklären. Die Kids kapierten es einfach nicht. Maureen verzweifelte allmählich. Zum ersten Mal richtete sie das Wort an Xan. »Hast du das verstanden?« Xanmeran nickte. »Dann komm her und zeige es.« Sie winkte ungeduldig mit der Hand. »Aber langsam, damit sie es sehen können.«

Sie baute sich vor ihm auf und verbeugte sich. Er tat es ihr gleich. Die Kinder waren augenblicklich mucksmäuschenstill und hielten die Luft an. Er trat näher an sie heran, schnappte sie und warf sie, wie von ihr gefordert, über die Schulter auf die Matte. Maureen sprang hoch. »Du hast die Schulter zu weit gedreht! Noch einmal!« Er umkreiste sie federnd, packte sie wieder und schleuderte sie auf den Rücken. »Genau so!«

Die Kinder jubelten. Ihre Lehrerin auf dem Rücken liegen zu sehen, war doch mal etwas ganz Neues.

Xan verbeugte sich mit regungslosem Gesicht und nahm wieder Platz. Er war zu viel Profi, um sich anmerken zu lassen, wie ihn diese Übung mit ihr gefreut hatte. Maureen setzte den Unterricht unbeeindruckt fort.

Der Herbst hatte inzwischen Einzug in Vancouver gehalten. Die Bäume flammten in allen Farben und die fahle Sonne verabschiedete sich früh.

Maureen betrat das Dojo. Sie hatte sich daran gewöhnt, Xan an diesem Tag in der Woche dort vorzufinden. Sie sah kurz in die Halle und stutzte. Xanmeran, in seinem weißen Karateanzug, putzte die Hallenfenster, während der kleine Steven ihm den Eimer hinterher trug. Maureen fiel die Kinnlade herunter. Sie war sprachlos.

Er sah ihren Blick und grinste. »Bin da nicht sonderlich gut drin«, meinte er, »aber langsam wird die Schmutzschicht zu dick.« Er schwenkte einen fast schwarzen Lappen.

Es zuckte um Maureens Mundwinkel, dann musste sie laut lachen. Ob er doch kein Mörder war, und es stimmte, was Patallia vom Geheimdienst ihr gesagt hatte? Vielleicht sollte sie einmal mit ihm über die Sache sprechen.

Am Ende des Unterrichts rief sie ihn zu sich. »Ich glaube, wir haben Redebedarf.«

Xanmeran nickte. »Jederzeit. – Beim Abendessen?«

Maureen ging im Geist die ihr bekannten Restaurants durch. Sie zögerte. »Picknick am Strand? Oder zu kalt?« Nein, das war eine gute Lösung. »Okay, treffen wir uns an der alten Stelle in Seafair um acht.«

Er nickte wieder und lief in den Umkleideraum um sich umzuziehen.

Sie war pünktlich. Xan hatte einen Wall aus Sand geschaufelt, um den starken Wind zu brechen und das Feuer zu schützen. Er sah ihr entgegen. Maureen hatte sich in einem Parka gut vermummt und stapfte in Gummistiefeln auf ihn zu. Sie entdeckte das auf einer Decke angeordnete Essen.

»Himmel! Hast du das Restaurant leer gekauft?«

»Ich wusste nicht, was du magst«, bekannte er.

Maureen kniete sich auf die Unterlage und schaute in jede der Warmhaltetüten und roch daran. »Alles!«, meinte sie und lächelte.

»Gut!« Er setzte sich im Schneidersitz auf die Decke. Sein rotes Gesicht mit den scharf geschnittenen Wangenknochen leuchtete im Feuerschein wie das eines Teufels. Er schlug die Augen nieder, was den Eindruck entschärfte.

»Du willst bestimmt mit mir über den Vorfall in der Halle sprechen.« Maureen schluckte und griff nach einer Tüte. Sie nahm sich ein Paar Ess-Stäbchen, die sie auseinanderbrach.

»Ich höre.« Sie begann zu essen.

»Ich war an dem Tag euer Leibwächter und musste so agieren. Ron hatte in der linken Tasche eine Smith & Wesson. Ich musste ihn daran hindern, sie zu ziehen.«

»Und deshalb hast du eine Peitsche benutzt?«

Er nickte. »Damit konnte ich ihn festhalten. Patallia hat ihn untersucht – er ist definitiv an einem Herzinfarkt gestorben.«

»Ich dachte, er wäre Anwalt«, warf sie ein.

»Nein, Patallia ist Mediziner. Er war wegen seines Aussehens für den Job am besten geeignet. – Mir hätte man den Juristen ja wohl kaum abgekauft.« Xanmeran grinste schief. Er fuhr fort. »Patallia hat festgestellt, dass der Kerl von der roten Droge selbst etliches intus hatte.«

Maureen schaute ihn bestürzt an. »Ach du meine Güte! Smu hat es genommen. Es ist ein Teufelszeug!«

»Patallia nimmt an, dass sein Herz die Belastung nicht ausgehalten hat. Tatsache ist, dass ich ihn nicht umgebracht habe.«

»Ich habe das geglaubt«, stieß sie hervor. »Es tut mir leid.«

Xanmeran nahm seinen Becher und schob den Strohhalm zwischen die Zähne. »Möchtest du nichts essen?« Er schüttelte den Kopf.

Maureen betrachtete die vielen Tüten »Puh!« Sie war eigentlich schon satt. »Was ist denn in deinem Becher?«

»Kefir.«

»Hast du noch mehr davon?«

Xan riss die Augen auf. »Jetzt sag nicht, du magst den?«

»Na klar, strahlte sie, »Kefir und Joghurt sind meine Grundnahrungsmittel!«

Xanmeran klappte den Mund wieder zu. »Cool!« Er reichte ihr seinen Pappbecher. »Ich habe für dich Cola und Wein gekauft. Sorry, ich lag wohl völlig daneben.« Er legte sich auf die Decke und stürzte den blanken Schädel in seine rote Hand. »Danke noch mal, dass du mir trotz deines Verdachts Unterricht gegeben hast. Ich habe schon einiges mit meinem Freund geübt. Es hat uns wirklich etwas gebracht.«

Sie sah ihn nachdenklich an, nahm nach einem kurzen Zögern den Strohhalm ebenfalls in den Mund und trank einen Schluck Kefir. Er hatte das, was sie ihm beigebracht hatte, zu Hause umgesetzt.

»Ich würde das gern sehen.«

»Jetzt?« Er überlegte. »Ich weiß nicht, ob mein Sparringspartner im Moment fit dafür ist, aber ich kann ihn fragen.« Er hielt einen Augenblick inne. »Das geht klar«, bestätigte er. Sie runzelte die Stirn. Wie hatte er das denn so schnell gecheckt?

»Ich wohne dort drüben«. Er zeigte auf ein großes, langgestrecktes Gebäude nahe am Strand.

»Oh! Geniale Lage!«

»Ja.« Er federte hoch und streckte ihr die Hand hin. Maureen ignorierte sie. Das mit der Hand kannte sie nun schon. Im Dämmerlicht lief er vor ihr her zum Haus.

Verdammt, er war wirklich beeindruckend. Die breiten Schultern, die schmalen Lenden und kein Gramm Fett zu viel. Reiß dich zusammen, Maureen, dachte sie.

Er gab an der Garage einen Code ein, und das Tor schwang auf. In dem großen Raum parkte eine beachtliche Autoflotte.

»Sind das deine?«

»Nein. Ich benutze meistens den Volvo.« Er führte sie einen Gang entlang, von dem mehrere Türen abzweigten, und öffnete eine Flügeltür. Die Trainingshalle bot alles, was ein Sportlerherz begehrte. Von den neusten Geräten bis zu einem mit Matten ausgelegten Bereich.

»Ich habe meinem Freund Bescheid gesagt. Er kommt gleich.«

Seinem Freund, dachte Maureen. Mit dem lebt er wohl zusammen. Ob er schwul ist?

Ein großer, blonder Mann betrat den Raum. Er trug bereits einen Karateanzug. »Wir kennen uns noch nicht«, informierte er sie zur Begrüßung. »Ich bin Meodern. Ich war der zweite Bodyguard letztens bei dem Hallen-Event.« Er sagte das so, als hätten sie das Konzert einer Boy-Band besucht.

Sein Anblick verschlug Maureen die Sprache. Wieso sahen diese ganzen Geheimdienst-Typen aus wie Models? Seine Haut leuchtete zart golden. Seine grünen Augen glitzerten herausfordernd. Wohl nicht so riesig wie Xanmeran, war sein Körper doch ebenfalls sportlich und trainiert.

Er grinste, sich seiner Ausstrahlung voll bewusst. »Na, dann wollen wir mal deiner Lehrerin zeigen, was wir bereits gelernt haben.«

Xan hatte sich inzwischen umgezogen. Die beiden verbeugten sich voreinander und begannen sich zu umkreisen. Maureen lehnte sich an eine Wand und schaute gebannt zu. Zum ersten Mal sah sie einen Kampf wie diesen – ihr geliebter Kampfsport ausgeführt von brachialer Männlichkeit. Die Männer führten die Bewegungen weitgehend fehlerfrei aus. Xan hatte in Meodern einen gleichwertigen Gegner, den er richtig heftig auf die Matte krachen lassen konnte. Sie bewegten sich fließend wie Raubtiere – wie ein roter Panther und ein goldener Leopard. Sie schenkten sich nichts.

Maureen starrte, begriff aber sehr schnell, wo es bei den beiden noch haperte. Etliche wichtige Karategriffe fehlten. Ein bisschen bereute Maureen es nun doch, Xan in die Kindergruppe gesteckt zu haben. Xan und Meodern verneigten sich wieder und sahen sie erwartungsvoll an. Maureen nickte anerkennend.

Aus den Augenwinkeln sah sie, dass sich die Hallentür geöffnet hatte und zwei fremde Männer an der Wand lehnten. Sie hatten den Kampf ebenfalls gespannt beobachtet.

»Wir wollten nicht stören«, lächelte einer der beiden. Maureen blieb der Mund offen stehen. In was für ein Haus war sie da geraten? Auch er war atemberaubend schön mit sanfter, milchweißer Haut und einer weiß-silbernen Löwenmähne. Der dunkelhaarige, blauäugige Mann an seiner Seite lächelte freundlich.

»Wir wollten eine Kleinigkeit essen gehen. Kommt jemand mit?« Jetzt erst fiel sein Blick auf sie. »Hallo, ich bin Tervenarius – das ist David«, stellte er den Mann neben sich vor.

»Ich komme mit«, ließ Meodern vernehmen. »Lass dir noch mehr erklären, Xan.« Er zwinkerte Maureen zu. Gemeinsam verließen die Drei den Trainingsraum.

»Und?«, fragte Xan. »Viele Fehler?«

»Nein.« Sie legte den Parka ab und strich ihren dicken Pulli glatt. »Wenn du hier diese Bewegung machst«, sie hob den Arm. »Ach, verdammt, ich zeige es dir!« Sie zog den Pullover aus und stand in ihrem schwarzen Shirt vor ihm.

Er griff zu, nahm ihren Arm und drehte ihn über seine massive Schulter.

»Ah! Zu fest!« Maureen hielt sich das schmerzende Schultergelenk. Sie versuchte den Arm zu bewegen, was nur mit Mühe gelang. »Verdammt, musst du so grob zupacken?«

Die Bestürzung stand ihm ins Gesicht geschrieben. »Beim Vraan! Das tut mir wirklich leid. Du musst das untersuchen lassen. Wir haben doch Patallia im Haus.«

Maureen erinnerte sich, dass der Weißhäutige ja kein Anwalt, sondern Mediziner war. »Um diese Uhrzeit?«

»Er arbeitet gern nachts. Komm mit!« Er nahm sie an der Hand des unverletzten Armes.

Xanmeran führte sie zwei Türen weiter. Er klopfte und trat ein. Patallia begrüßte sie. Etwas irritiert sah sie in seine silbern-violetten Augen. Hatte er nicht blaue gehabt? Aber der Schmerz hatte nun Vorrang.

»Ähm, ihre Schulter«, gestand Xan.

Patallia betastete sie. »Ausgekugelt! Xanmeran, du Flusch!«

Maureen kannte den Ausdruck wohl nicht, fand ihn aber passend. Sie hatten die Labortür nur angelehnt gelassen.

Solutosan kam den Gang entlang und streckte seinen Kopf ins Labor. Er erkannte sie und trat ein. Ihr rationaler Verstand verabschiedete sich, als sie ihn ganz zu Gesicht bekam. Sie sah ihn mit offenem Mund fasziniert an. Er hatte das lange goldene Haar mit einem Lederband im Nacken zusammengebunden, trug nur eine schwarze, enganliegende, Lederhose, den muskulösen Oberkörper nackt. Sein Leib glitzerte leicht. Er blickte sie mit seinen Sternenaugen an und sein Mund zuckte ein wenig spöttisch, als er ihren Gesichtsausdruck bemerkte. »Jemand verletzt? Hallo Maureen!« Zu allem Überfluss entblößte er noch seine blitzenden Zähne.

»Nichts, was wir nicht in Griff bekommen würden«, meinte Xan schnell und schob Solutosan energisch aus dem Labor.

»Okay!«, grinste der und ließ sich von Xanmeran hinauskomplimentieren. »Bye Maureen!«

Sie war durch Solutosans Erscheinen regelrecht hypnotisiert. Sie nahm erst jetzt wahr, dass Patallia ihr die Schulter wieder eingerenkt hatte. Sie bewegte den Arm. Es tat noch ein bisschen weh. Der Mediziner legte ihr lächelnd die Hand auf den Unterarm. Der Schmerz verschwand.

»Oh!« Sie drehte versuchsweise die Schulter. »Klasse! Alles in Ordnung! Vielen Dank!« Patallia setzte sich zurück an seinen Labortisch und vertiefte sich in die Formeln auf dem Bildschirm. Es sah so aus, als hätte er sie sofort vergessen.

Sie verließ mit Xanmeran das Labor.

Vor der Tür holte er tief Luft. Er war total wütend. »Sag mal, starrst du alle Männer so an?« Sie kamen im Trainingsraum an. Diese Zurechtweisung war eine Frechheit!

»Und du? Bist du zu allen Frauen derartig grob?« Sie funkelten sich an.

Er trat die Tür hinter sich ins Schloss, jetzt richtig wütend. »Du hättest Solutosan ja eben fast angesprungen!«

Maureen schnappte nach Luft. »Und wenn? Was ginge dich das an?«

»Der Mann hat schon eine Partnerin – und wird bald Vater!«

Okay, das war ein Argument. Aber das dämpfte nicht ihren Unmut. »Zum einen geht dich das nichts an, zum anderen kann ich mir nicht vorstellen, dass ein Mann wie er zu Frauen genauso brutal ist wie du.«

Xanmeran schnaufte. »Du hast dich benommen wie eine läufige Hündin!«

Maureen überlegte nicht lange. Sie schlug ihm mit dem Ellenbogen ins Gesicht und trat ihn mit den Füßen sofort von den Beinen. Saß blitzschnell auf seiner Brust und holte nochmals mit dem Ellenbogen aus. Knallte ihm eins vor die Schläfe. Die Haut platzte auf, zeigte eine schwarze Unterschicht. Er blutete wieder nicht.

Xan schloss die Augen. »Läufige Hündin!«, wiederholte er. Er wollte es wohl so! Der nächste Schlag ging voll auf die Nase.

Sie sah, wie es in ihm arbeitete. »Notgeil!«, stieß er hervor. Ihr Ellenbogen krachte auf seinen Wangenknochen.

Schwer atmend saß sie über ihm, blickte ihm in die Augen. In ihnen war ein ungeheurer Schmerz. Auf einmal verstand sie das Spiel. Dieses Leid saß tief in seiner Seele. Er provozierte sie, ihn zu schlagen.

»Schlag mich«, flüsterte er. »Bitte!« Sie starrte ihn weiter an. »Es tut dann nicht mehr so weh.« Was er sagte, bestätigte ihr Gefühl.

Xanmeran fasste sie an den Oberarmen. »Ich meine es ernst. Du kannst alles von mir haben – aber bitte schlag mich!«

Maureen traten die Tränen in die Augen. Was musste er erlebt haben, dass ein solcher Satz aus ihm herausbrach? Sie fühlte eine Träne ihre Wange hinablaufen. Er streckte die Hand aus, um sie zu fangen, zog sie aber sofort, wie erschreckt, zurück. Maureen beugte sich zu ihm herunter. Ihr Mund schwebte über seinem. Er drehte den Kopf zur Seite.

So war das also! Maureen sprang auf die Füße. Sie kniff die Augen zusammen. Er wollte sich nicht küssen lassen. Aber er wollte Schmerzen.

»Du bekommst deine Schläge«, verkündete sie und der Teufel ritt sie, als sie fortfuhr, »und dafür kriege ich einen Kuss!«

Xanmeran schluckte. »Wann? Wo?«

Sie zog sich den Pulli vorsichtig an. Er war schon auf den Beinen und half ihr in den Parka.

»Ich rufe dich an. Bring die rote Peitsche mit!«

Er begleitete sie zu ihrem Cabrio. Wortlos stieg sie ein und fuhr los. Sie schaute in den Rückspiegel. Einsam stand er im hellen Karateanzug auf der menschenleeren Straße und sah ihr mit starrem, schwarzem Blick nach.

Was für eine Schlappe! Was für eine verfluchte Scheiße! Wie lange waren seine Erzfeinde schon hinter ihm her? Aufgebracht lief Bar in seinem Penthouse auf und ab – trat auf ein quiekendes Spielzeug der Welpen und kickte es mit dem Fuß wütend zur Seite. Und Pok? Der war nicht wiedergekommen. Inzwischen war Bar sicher, ihn verloren zu haben. Die Duocarns hinterließen keine Spuren.

Er zog Bilanz. Er hatte immerhin die Firma auf die Beine gestellt. Die Bacanars waren dort untergebracht, die er zwischenzeitlich mit Dosenfutter ernährte. In den Dosen war ja nichts anderes als Schlachtabfälle. Darauf hätte er auch schon früher kommen können! Er hatte das Zeug selbst probiert, bevorzugte jedoch die blutwarmen Gehirne der Menschen.

Krran war ebenfalls zur Dosennahrung gewechselt und lebte scheinbar ganz gut damit. Das war Bar nur recht – je weniger menschliche Verluste, umso besser. Der von ihm engagierte Privatdetektiv war fündig geworden und hatte zwei Männer aufgetan, die mit gefälschten Papieren und unter anderen Namen Chemie studiert hatten. Die würde er sich zur Brust nehmen.

Die Bax-Produktion musste dringend weiterlaufen. Das neue Equipment war bestellt. Er fluchte laut. Die Duocarns hatten ihn schlappe einhunderttausend Dollar gekostet!

Krran fütterte in der Küche die Welpen. Die kleinen Scheißer waren nun bereits ganz schön mobil. Er hatte sie glücklicherweise an den Fernseher gewöhnt, wo sie meist ihre Kindersendungen anschauten. Er fand das lehrreich.

Bar schnappte sich seine Lederjacke und verließ die Wohnung. Er würde im Westend schnüffeln. Vielleicht taten sich ja neue Chancen auf. Er hatte schon am Tag zuvor bei seinen Dealern abkassiert. Aber er suchte weitere Abnehmer. Er hatte den Drogenmarkt an den Schulen und Hochschulen im Auge, denn auf Dauer konnte es im Westend mit der russischen Mafia Ärger geben. Er musste auf der Hut sein. Die ließen sich nicht gern das Wasser abgraben.

Bar drückte die demolierte, schwarze Tür der Pussybar auf. Er zog seinen knochigen Po auf einen Barhocker. Hier wusste man schon, dass er nur Wasser trank und dafür so viel bezahlte wie für Whiskey – also war das in Ordnung.

An der Theke saß – Bar blinzelte – die Tussi kannte er doch! Das war die Hure, an der er das Bax getestet hatte. Wie sah die denn aus? Er musterte sie. Sie machte nicht mehr den Anschein einer Süchtigen. Mit ihrer aufgetürmten, dunklen Hochfrisur, den stark geschminkten Augen und den dunkelroten Lippen wirkte sie wie ein Vamp aus einem alten Stumm-Film. Ihre tadellose, schlanke Figur hatte sie in ein nachtschwarzes Lederkorsett gezwängt, was Bar anerkennend zur Kenntnis nahm. Ihre monströsen Brüste quollen daraus hervor. Schwarze Nylons und Heels komplettierten ihr Outfit. Wirklich lecker, fand Bar.

Er zwinkerte ihr zu. Sie stutzte, lächelte dann. Natürlich wusste sie, wer er war. Er war inzwischen ein großer Fisch im Teich. Sie erhob sich lasziv und stöckelte zu ihm herüber.

»Na, du hast dich aber gemacht«, bemerkte er. »Wo sind denn deine ganzen Scheiß-Drogen?«

»Hier«, grinste sie und zeigte auf ihren Ausschnitt, in dem sie das Bax aufbewahrte. »Der Müll ist nur für diese Trottel. Ich nehme das Zeug nicht mehr.«

»Wenn du klug bist«, meinte er und legte den Kopf schief.

»Ich heiße übrigens Daisy.«

»Hi Daisy, ich bin Bar.« Er spendierte ihr eine Cola und staunte über ihre Art. Daisy war nicht dumm – im Gegenteil. Sie war auf dem aufsteigenden Ast.

»Ich habe bald die Kohle zusammen und mache mich selbständig«, meinte sie in diesem Moment.

»Und womit?«

»Ein Bordell«, lachte sie. »Das ist das Einzige, wovon ich etwas verstehe.«

Ein Puff, soso. Bar betrachtete sie. Nicht schlecht. Er hatte eine kurze Vision.

»Lass mich eine Minute nachdenken.« Versonnen nippte er an seinem Wasserglas. Ihn plagte weiterhin das Problem, die Bacanars zu den Menschenfrauen bringen zu müssen, um die Energien zu saugen. In ein Bordell kamen nur wechselnde Männer, das war ungeeignet. Aber Swingerclubs wurden auch von Frauen besucht, geilen Frauen.

Geld hatte er genug für so ein Projekt – jedoch hatte er, verdammt noch mal, keine Leute.

»Was hältst du davon, statt einem Bordell einen exklusiven Swingerclub aufzumachen? Ich würde ihn finanzieren. Aber ich brauche eine tüchtige Geschäftsführerin, die Ahnung vom Fach hat. Auf prozentualer Gewinnbasis versteht sich. Deine sauer verdienten Kröten kannst du behalten und auf die hohe Kante legen fürs Alter.« Er grinste.

Daisy überlegte und musterte ihn eingehender.

»Ich weiß in etwa, was du so treibst. Du solltest dir einen Bodyguard zulegen.«

»Kenne keinen Geeigneten.«

»Aber ich! Er heißt Buddy. Ich gebe dir mal seine Nummer.« Sie kritzelte etwas auf eine Serviette und reichte sie ihm. »Was dein Angebot angeht – das muss ich überschlafen. Außerdem will ich den Laden einmal sehen.«

»Ganz klar.« Natürlich sagte er ihr nicht, dass diese Idee eben erst geboren war. »Gib mir deine Nummer, ich rufe dich an, wenn ich Genaues weiß.«

Sie nahm ihm die Serviette aus der Hand und schrieb eine weitere Info darauf. Dann blickte sie sich um. In den Ecken der Kneipe lungerten einige Huren. Sie winkte eine von ihnen heran. »Hey Rosi! Der Mann hier ist heute mein Gast. Du weißt schon. Mach, was er dir sagt, okay?«

Rosi poppte eine dicke rosa Kaugummiblase vor ihren aufgespritzten Lippen. »Alles klar, Daisy.« Sie lächelte Bar an.

Er musterte sie kritisch. Die Hure hatte nicht annähernd die Klasse von Daisy. Aber für einen kurzen Energiestoß und einen Fick würde sie reichen.

Er klopfte auf das klebrige Holz der Bar und nickte Daisy zu. Die zeigte ihm grinsend den Mittelfinger.

Er verließ mit Rosi die Kneipe. »Na, du bist ja ein hübsches Geschenk«, meinte er, legte die Hand auf ihren wackelnden Po und fuhr in Vorfreude die Krallen aus.

»In den Park?«

Er nickte. In den Parkanlagen war man nachts weitgehend ungestört. Die herumlungernden Schwulen interessierten ihn nicht.

Er suchte eine Bank in einer dunklen Ecke aus. »Nun zeig mal, was du zu bieten hast!«

Rosi klebte ihren Kaugummi unter die Parkbank und zog den Ausschnitt ihres Shirts herunter. Ihre Brüste sprangen hervor. Sie wollte ihren Rock nur hochziehen.

»Nein, zieh ihn ganz aus!« Sie tat wie befohlen und legte sich, nur mit dem Shirt bekleidet, rücklings auf die Bank.

Bar agierte wie immer blitzschnell. Bevor sie überhaupt verstand, was er machte, hatte er ihr mit einem Fangzahn den Unterleibschnitt verpasst. Um sie von dem geringen Schmerz abzulenken, packte er brutal ihre Brüste. Sie stöhnte. Oha, eine kleine Maso-Hure! Er bearbeitete ihre Titten, gleichzeitig fuhr er die Spiralvene aus und führte sie durch den Schnitt ein. Er achtete darauf, dass sie seinen Mund nicht sehen konnte, während er saugte. Er zog an den Warzen und kniff sie. Ihre Energie schmeckte lecker. Sanft zog er die Spiralvene aus ihrem Bauch und ließ sie verschwinden. Er richtete sich auf.

»Komm, piss mich an! Da steh ich total drauf«, keuchte sie. Sie räkelte sich, fasste sich an ihr Geschlecht.

Bar zuckte die Achseln. Das hatte er noch nie gemacht, aber warum nicht? Er öffnete die Hose – fing oben an. Spülte ihren geöffneten Mund, gab ihr einen Strahl auf die Brüste, auf den Bauch und zwischen die Beine. Rosi krampfte orgiastisch, rieb dabei wild mit einem Finger ihre glänzende Öffnung.

Bar betrachtete sie. Es hatte ihn kalt gelassen. »Okay, nun lutsche ihn ab!«

Sie hob gehorsam den Kopf.

Er stand breitbeinig vor der Bank. Das konnte sie, das musste man ihr lassen. Auf Bacani Art ringelte sich sein

Schwanz vor Erregung und hakte sich in ihrer Kehle fest. »Nur ruhig«, keuchte er. »Das geht gleich vorbei.« Sie röchelte. Er wusste, dass sie noch genügend Luft bekam. Sein Unterleib spannte sich und er ergoss sich in ihren Hals. Bar stand zuckend da. Mit dem Erguss verschwand auch der ganze Stress der letzten Tage. Er schwemmte einfach alles fort. Er legte beruhigend die Hand mit den ausgefahrenen Krallen auf Rosis Kopf. Sein Glied wurde wieder gerade und er konnte es aus ihrem Schlund ziehen.

»Verdammte Scheiße! Was für ein Pimmel!« Rosi wischte sich den Mund mit dem Handrücken. »Junge, du bist stahlhart!«

Bar nickte. – Das wusste er bereits.

Es geschah plötzlich in der Nacht. Solutosan riss den Kopf hoch. Ein durchdringender Schrei hatte ihn geweckt. Halia schrie! Kurz darauf kam ein röchelndes Stöhnen von Aiden. Bei Solutosan schrillten sämtliche Alarmglocken. Sie befand sich im achten Monat – ihr Leib war stark geschwollen. Er nahm sich nicht die Zeit, telepathisch bei ihm anzuklopfen – er sprengte Patallia regelrecht aus seinem Ruhemodus.

»Bin sofort im Labor«, antwortete Pat kurz.

Solutosan packte Aiden in eine Decke und trug sie hinunter. Er ließ sie sanft auf einen der Labortische gleiten. Sie stöhnte laut.

Halia schrie schrill und voller Panik!

»Halia, beruhige dich! Sofort!«, donnerte Solutosan. Patallia stand neben ihm, entblößte Aidens Bauch und legte seine Hände darauf. Das Sternenkind beruhigte sich.

»Daddy«, jammerte sie. *»Bitte, darf ich raus?«*

Patallia schüttelte langsam den Kopf. Er antwortete ihr: *»Halia, jede Sekunde, die du länger in deiner Mutter verbringst, ist gut und heilsam für dich!«*

»*Patallia*«, heulte sie. »*Du weißt nicht, was du da verlangst! Bitte befreie mich. Ich kann mich nicht mehr bewegen. Ich bin eingesperrt. Es ist dunkel!*«

Solutosan starrte Pat an. Dessen weiße Hand war mit Aidens Unterleib verschmolzen. Solutosan fühlte, wie Halia sich entspannte.

Aidens angestrengtes Gesicht löste sich ebenfalls. Sie ergriff Solutosans Hand.

»Es kann sein, dass ich das nicht überlebe, Solutosan«, flüsterte sie.

»Wir beruhigen sie – du wirst sehen«, beschwor er sie.

»Kümmere dich gut um sie«, hauchte Aiden. »Und wirf ihr das um Gottes Willen niemals vor.«

»Aiden!«

Die Frau erbleichte.

»*Halia! Was tust du?*«

»*Sie sondert Sternenstaub ab*«, presste Patallia hervor. »*Eine große Menge!*«

»*Halia!*«, ermahnte Solutosan das Sternenkind. »*Lass das sein!*« Sie hörte nicht.

»*Halia!*«

Aiden stöhnte tief in der Brust.

»*Ihr Götter!*« Patallia legte seine Hände auf Aidens Herz. »*Sie pumpt den Sternenstaub in die Venen!*«

»*Halia! Hör auf damit! Oder wandle den Staub um!*«, schrie Solutosan.

Jetzt war Halias Stimme wieder leise zu vernehmen. »*Wie denn, Daddy?*«

Das war die Situation, vor der er sich am meisten gefürchtet hatte. Er konnte es ihr nicht erklären.

»Schneide sie heraus, Pat!«, brüllte er.

Patallia, die Hände weiterhin auf Aidens Brustkorb, zitterte am ganzen Leib. »*Zu spät! Das Herz steht!*«

Mit schierem Entsetzen stand er neben Patallia und betrachtete Aidens Leib, dessen Bauchdecke immer dünner wurde und mit einem trockenen Laut riss – wie Papier.

Das Sternenkind hatte sich befreit.

»Maman?« Ihre zittrige Stimme klang hoch im Raum. Sie hob das Köpfchen mit den rotgoldenen Locken. »Maman?« Sie schaute ihm in die Augen. Der Blick war grün, seegrün mit Sternen. Sie streckte ihm die Ärmchen entgegen.

Solutosan wich zurück. Bebend betrachtete er das Sternenkind in dem zerstörten Leib seiner Mutter. Er war nicht fähig sich zu rühren.

»Solutosan!« Noch nie hatte er Patallia derartig brüllen hören. »Reiß dich zusammen! Sofort!«

Mit zitternden Händen trat Solutosan an den Tisch und nahm Halia aus dem Leib ihrer Mutter.

Klein und nackt schmiegte sie sich an ihn. »Daddy!«

Er war fassungslos. Sein schlimmster Alptraum war Wirklichkeit geworden! Aiden lag in einer sich ausbreitenden Blutlache, bleich und tot. Das Sternenkind lebte. Er hatte es im Arm. Seine Knie wurden weich, so dass er sich gegen den Tisch lehnen musste. Er versuchte, einen klaren Gedanken zu fassen.

»Halia.« Seine telepathische Stimme bebte. *»Patallia durchtrennt nun die Verbindung zu deiner Mutter. Er wird sich um dich kümmern. Versprich mir, ganz lieb zu sein und zu tun, was er dir sagt.«*

Halia nickte. Ihr Kopf mit den feuchten Locken schmiegte sich kurz an seine Brust. Er übergab Patallia das Sternenkind, der die Kleine abnabelte und sie liebevoll in ein sauberes Tuch wickelte.

»Hast du Hunger?«

»Oh ja!«, strahlte das Kind.

Ohne sich weiter um Solutosan oder Aiden zu kümmern, verließ Patallia den Raum. Sein Rücken war ein einziger Vorwurf. Pat hatte recht ihn jetzt allein zu lassen. Was da auf dem Tisch lag, war das Ergebnis von dem, was er verursacht hatte. Seine Frau war tot!

Wie betäubt bewegte sich Solutosan hoch in ihr Schlafzimmer und zog das Laken vom Bett. Zurück im Labor wickelte er Aidens Leichnam sorgfältig darin ein. Er trug sie aus dem Haus Richtung Strand. Steif lief er durch die Brandung ins Wasser. Schritt weiter, noch tiefer. Atmete das eisige Meerwasser ein. Ging vorwärts in die Dunkelheit. Jegliches Gefühl war in ihm gestorben.

In der Tiefe, wo der Sog der Meeresströmung am stärksten war, gab er Aiden frei. Der kalte Strom trug ihren Leib davon und mit ihr seine drei Herzen.

Er ließ sich in den Abgrund sinken, in die Schwärze weit unten auf dem Meeresgrund. Dort blieb er reglos liegen. Er erstarrte. Mit offenen Augen blickte er in die Dunkelheit – und so verharrte er.

Xanmeran war gutgelaunt, als er mit Meo ins Haus zurückkam. Die Bacanis und Bacanars samt der Wölfin waren gut untergebracht. Die von Aiden besorgten Papiere hatten sich zum ersten Mal bewährt. Chrom war es doch tatsächlich gelungen, dem kanadischen Militär für einen winzigen Preis den alten Stützpunkt abzukaufen. Er plante, vorläufig in den unterirdischen Räumen zu kampieren, um danach ein schönes Haus auf dem weitläufigen Gelände zu errichten. Das Tierheim in Vancouver war überfüllt. Deshalb hatten die Behörden ihm sehr gerne die Erlaubnis gegeben, ein Tierasyl einzurichten.

Tervenarius und David machten Urlaub auf den Bahamas. Also halfen Meo und er, die Sachen von Chroms kleiner Familie in der Basis unterzubringen. Die Zuversicht und Fröhlichkeit in den Gesichtern ihrer Freunde nach dem Umzug hatte richtig ansteckend gewirkt.

Meo runzelte die Stirn, als sie mit dem Volvo vor dem Duocarns-Anwesen vorfuhren. Das Garagentor stand weit offen. Das war mehr als ungewöhnlich.

»Xan! Da ist etwas passiert!«

Sie rannten ins Haus. Aus der Küche hörten sie Patallias sanfte Stimme und ein hohes Stimmchen, das ihm antwortete. Sie stürzten in den Raum.

Patallia saß fast durchsichtig auf einem der Küchenstühle, ein kleines in ein Tuch gehülltes Wesen auf dem Schoß, dem er aus einem Glas Kefir einflößte.

Das Kind strahlte Meo und ihn mit grünen Sternenaugen an. Rotgoldene Locken ringelten sich um sein Köpfchen.

Xanmeran hielt sich überrascht an der Küchentür fest.

Meo stand zur Salzsäule erstarrt.

Das Sternenkind war geboren!

»Schau, da sind Meodern und Xanmeran, deine Onkel«, klärte Patallia das Kind auf.

Halias Strahlen verstärkte sich. *»Hallo Onkel«*, grüßte sie telepathisch.

Xans Überraschung wich. *»Wo sind Aiden und Solutosan?«*

Patallia schüttelte traurig den Kopf.

»Ihr Götter!« Jetzt verstand Xan, was das offene Garagentor zu bedeuten hatte! Er rannte ins Labor. Auf einem der Labortische schwamm eine enorme Blutlache. Er stürmte zurück.

»Meo!« Der stand immer noch wie angewurzelt in der Küche. *»Komm mit!«*

Meodern nickte wie gelähmt – ließ Halia nicht aus den Augen.

»Los!«

Xan rannte zum Strand. Meo war sofort an seiner Seite.

»Wir müssen sie suchen!«

»Aber wo denn?«

Das Meer schäumte mit vielen kleinen, weißen Krönchen. Er hatte recht. Wo sollten sie suchen? Wo war Solutosan nur mit Aidens Leichnam hingegangen? Den Strand entlang? Ins Wasser?

Xan spurtete das kurze Stück zur Garage zurück. Der Porsche stand darin. Meo war sofort neben ihm. Hatte es einen Sinn Solutosan telepathisch zu rufen? Nein.

Langsam ging Xan wieder in die Küche und ließ sich auf einen Stuhl fallen. Meo folgte ihm und schüttete sich erst einmal eine riesige Menge Kefir aus seinem Glas in den Mund. *»Was hat Onkel Xanmeran denn?«*, erkundigte sich Halia. *»Bist du traurig?«*

Xan hob den Kopf. *»Weißt du, wo dein Daddy ist?«*, fragte er intuitiv.

»Ja.« Halia nickte. *»Er ist im Meer.«*

Xan sprang auf. *»Bist du sicher? Und deine Mami auch?«*

»Ich glaube«, flüsterte Halia. *»Sie kann ich nicht fühlen.«* Sie verzog das kleine Gesicht zu einem Weinen. Riesige, glitzernde Tränen strömten über ihre Wangen.

»Deiner Mami geht es ganz gut«, beruhigte Patallia sie. *»Die ist nur weiter weggefahren, um sich zu erholen.«*

»Wirklich?« Halia schnüffelte.

»Ja«, bestätigte Pat seine Lüge.

»Halia!« Xanmeran beugte sich näher zu ihr. *»Wie genau kannst du ihn spüren?«*

»Ganz viel!«

»Könntest du mich zu ihm führen, wenn wir an den Strand gehen?«

Halia nickte.

»Kannst du mich auch auf irgendeine Weise fühlen?«

»Ja, Onkel Xanmeran!«

Xan rannte ins Wohnzimmer und holte eine Felldecke.

»Patallia, hilf mir! Wir müssen zum Meer!«

Sie wickelten die Kleine dick in die Decke und Patallia trug sie zum Strand. Es war dunkel geworden und der Sternenhimmel breitete sich über ihnen aus. Halia lachte und streckte die Händchen nach den Sternen aus.

»Schätzchen«, beschwor Xan sie. *»Ich gehe jetzt ins Wasser. Bitte führe mich zu deinem Daddy.«*

»Das mache ich, Onkel Xanmeran.«

Xan nahm sich nicht die Zeit sich auszuziehen. Er wusste, Solutosan war nicht fähig zu sterben – ebenso wie er sich nicht hatte ertränken können. Ihm war jedoch klar, dass es tief unten im Meer eisig kalt sein würde. Solutosan konnte erstarren und abtreiben. Dann war er für immer im Ozean verschollen.

Halia leitete ihn gut. Xan atmete das Meerwasser ein und schritt den Meeresgrund hinab.

»Jetzt links! Weiter hinunter! Jetzt rechts!« Er hörte die Stimme der Kleinen deutlich. Er war nun sehr tief. Ihr Stimmchen wurde leiser.

Xanmeran versuchte die Dunkelheit zu durchdringen. Er sah nichts mehr. Er zerrte sich die vollgesogene Kleidung vom Leib – ließ sie los. Er löste seine Dermastrien vom ganzen Körper und schickte sie im Wasser umher. Lang wehten sie in der Strömung. Er ging weiter. Der Boden war zerklüftet. Halias Stimme war nur noch ein Hauch. Er streckte die Dermastrien weiter aus – so lang wie möglich. Berührte eine organische Masse. Ein Fisch?

Langsam näherte er sich. Nein, er hatte ihn gefunden. Solutosan trieb bewegungslos dahin. Xanmeran umschlang ihn fest mit seinen Dermastrien und versuchte Wärme in sie zu pumpen. Aber er war selbst schon viel zu weit abgekühlt. Er musste dringend aus dem Wasser, sonst waren sie beide verloren!

Mühsam und schleppend schritt er den Meeresboden hinauf, zog Solutosan in seinen Dermastrien hinter sich her. Halias Stimme wurde wieder lauter. Er war auf dem richtigen Weg. Instinktiv sprach sie weiter. Führte ihn. Er trug Solutosan auf den Armen durch die Brandung und brach im Sand zusammen.

Sofort war Meo bei ihm und wärmte sie mit seinen Vibrationen. Er breitete das strahlende Feld um ihre beiden Körper aus. Erst jetzt konnte er die unterkühlten Dermastrien wieder zurückziehen.

Solutosan fiel in den Sand. Er zitterte. Meodern verstärkte seine wärmende Kraft.

Patallia saß erstarrt daneben, das Sternenkind auf dem Arm.

Solutosan erbrach Wasser und hustete. Er schlug die Augen auf. *»Warum habt ihr mich nicht sterben lassen?«*

Xanmeran sah ihn durchdringend an. *»Weil du nicht sterben kannst, Solutosan.«*

»Und weil dich hier jemand braucht!« Patallia drückte ihm mit eisiger Miene das Fellbündel mit dem Sternenkind in den Arm.

Solutosan blickte wie betäubt auf das Kind, musterte seine Freunde einen nach dem andern mit verwirrtem Gesicht. Xan sah, wie seine Benommenheit allmählich wich. *»Ich danke euch.«* Seine Zunge lallte schwer. *»Ich bin entgleist und fast wäre ich desertiert. Dabei ist der Kampf noch nicht vorbei. Das wird nie wieder vorkommen.«* Er musterte die vor Erschöpfung eingeschlafene Halia. *»Ich danke euch von Herzen.«*

Solutosan erhob sich schwerfällig und trug das schlafende Kind ins Haus.

Bar blickte über den Küchentisch und staunte. Daisy sah auch ohne das viele Make-up ansehnlich aus – und wesentlich jünger. Der weiße Satin-Morgenrock spannte sich über ihren schweren Brüsten. Sie hatte sich zum Frühstück ein Steak gebraten, das nun halb blutig auf ihrem Teller lag.

Sie schnitt ein Stück davon ab. »Möchtest du?«

Bar überlegte kurz. Warum eigentlich nicht? Vielleicht war er ja auch mit dem Fleisch der hiesigen Kühe kompatibel, solange es roh war. Er öffnete den Mund und ließ sich von Daisy füttern, kaute. Nicht übel. Nur den angebotenen Kaffee lehnte er ab. So etwas bekam ihm nicht. Daisy schenkte ihm ein Glas Wasser ein. Er betrachtete mit Vergnügen ihr pralles Hinterteil, als sie zur Spüle ging, um den Teller wegzubringen.

In der vergangenen Nacht hatte er mordsmäßig viel Spaß mit diesem Arsch gehabt. Sie hatten sich regelrecht im Bett geprügelt, aber er hatte dann doch ihre sämtlichen Öffnungen lustvoll erkundet.

Daisy war eine stahlharte Gegnerin und er musste ständig aufpassen, dass sie ihm nicht etwas abriss oder abbiss. Sie war abgekocht durch ihren Nutten-Job. Sie war so tolerant, dass sie sogar sein Irokesen-Haar bis zum Steiß als Gen-

Defekt akzeptiert hatte und seine Fangzähne und Krallen als Bereicherung empfand. Dass eine Menschenfrau ihn so nehmen würde wie er war, hatte Bar niemals erwartet.

Er tätschelte ihr den Po, nahm sein Handy und ging nackt ins Wohnzimmer. Er wollte seinen Leibwächter Buddy direkt an der neuen Baustelle treffen. Bar hatte in der Nähe seiner alten Produktionshalle, eine weitaus interessantere Immobilie gefunden, die er im Moment zum Swingerclub der gehobenen Art ausbauen ließ. In seiner Firma Finalmedicals ging es ebenfalls voran. Das Equipment war da und am Nachmittag würde er die beiden Chemiker Juan und Leon treffen.

Er wählte Buddys Nummer: »Hey, Buddy! Termin um elf Uhr im neuen Club. Adresse kommt per SMS. Alles klar, bis nachher!« Zufrieden legte er auf. Bar hörte Daisy mit dem Geschirr in der Küche klappern. Er hatte Krran befohlen, nicht ins Penthouse zu kommen, wenn Daisy da war. Krran konnte sich einfach nicht benehmen. Sein zweiter Offizier hatte den Befehl mit den Welpen bei den Bacanars in der Firma zu bleiben.

Bar ging ins Schlafzimmer um sich anzuziehen. Daisy hatte ihn überredet, doch auch mal andere Kleidung zu tragen – nicht immer nur Leder. Also war er zu Hugo Boss marschiert und hatte sich drei Anzüge gekauft. Er blickte in den Spiegel und zog das Sakko vorne etwas herunter. Er sah wirklich gut darin aus. Diese Bekleidung war passend für einen Geschäftsmann. Inzwischen ging er nicht mehr in die schmuddeligen Bars zum Abkassieren. Das machte Buddy für ihn. Er musste jetzt nur zusehen, die Bax-Produktion wieder zum Laufen zu bringen, denn die Vorräte würden in Kürze aufgebraucht sein.

Daisy zwängte sich in eines ihrer Latexkorsetts, was er mit Wohlgefallen bemerkte. Er küsste sie auf den Ansatz ihrer Brüste und fuhr mit dem Lift in die Tiefgarage. Sein schwarzer VW-Passat CC, mit dem er in letzter Zeit fuhr, war unauffällig und trotzdem zweihundertzehn PS stark.

Buddy, wie immer in dunklem Boss Anzug, erwartete ihn bereits vor der Tür des neuen Swingerclubs. »Tach, Chef!« Er grinste von oben auf Bar herab. Mit seinen fast zwei Metern Körpergröße, zweihundertachtzig Pfund Gewicht und seinen enormen Schaufelhänden, wirkte er ganz schön imposant.

Bar fand die Diskrepanz zwischen seinem mächtigen Körper und seinem Vogelgehirn immer wieder faszinierend. Daisy hatte ihn mit Buddy gut beraten. Er war treu wie ein Hund und gutmütig, bis Bar ihm befahl zu beißen.

Da Bar den Schlüssel zu dem geplanten Etablissement hatte, konnten sie die Räume ungehindert betreten. Er zeichnete mit Kreide weitere Mauern auf den Fußboden und plante im Geist schon die vielen Spiegelwände. Er würde ein Vermögen für Spiegel ausgeben müssen. Das ganze Ding sollte MIRRORCLUB heißen und seinem Namen alle Ehre machen. Zusätzlich zeichnete Bar seine Änderungen in die vorliegenden Pläne. Der Bauunternehmer musste seine Wünsche dann umsetzen. Zufrieden verließ er mit Buddy den Club, um sich mit den Chemikern zu treffen.

Sie hatten sich in einem Pub am Westend verabredet. Bar gab Buddy vor der Tür knappe Verhaltensmaßregeln. Die beiden Chemiker saßen abseits in einer abgetrennten Ecke und unterhielten sich leise.

Bar legte den Kopf schief und lauschte. Sie sprachen spanisch – wie erwartet. Er klopfte kurz auf den Tisch, stellte sich vor und setzte sich. »Meine Herren, ich will es kurz machen. Ich möchte ihnen ein lukratives Angebot unterbreiten. Meine Firma produziert ein Potenzmittel, das den blauen Pillen scharfe Konkurrenz machen wird. Ich würde Sie gern als Chemiker in meinem Unternehmen begrüßen.«

Die beiden Mexikaner wirkten interessiert und ließen sich die Details darlegen. Bar beschrieb den Job als eine normale Tätigkeit mit Festgehalt. Nie wieder würde er jemanden prozentual an seinen Bax-Geschäften beteiligen. Die Einzige, die, wie versprochen, Prozente am Swingerclub bekommen sollte, war Daisy.

»Selbstverständlich werden Sie einen Vertrag unterschreiben müssen und sich zum Schweigen verpflichten – wie in unserer Branche üblich.« Die beiden nickten. »Ich gebe Ihnen einen Tag Bedenkzeit und bitte um Ihren Anruf.«

Natürlich war Bar nicht so dumm, genaue Details zu nennen, und den Männern zu offenbaren, dass er sie in der Hand hatte. Das würden die beiden noch früh genug erfahren, sollten sie jemals auf die Idee kommen, sich Gedanken über die Verwendung des Produkts zu machen oder höhere Gehälter zu fordern. Jetzt ging es erst einmal darum, sie vertraglich festzunageln.

Buddy, der sich während der Verhandlungen mit steinernem Gesicht im Hintergrund gehalten hatte, trat zu Bar. Wie vereinbart flüsterte er ihm etwas ins Ohr. Dann musterte er die beiden Männer bedrohlich.

Juan und Leon betrachteten den menschlichen Kleiderschrank ängstlich und konnten es nicht erwarten, sich zu verabschieden. Sie würden zustimmen, da war Bar sich sicher.

Gemächlich schlenderte er aus dem Pub. Buddy folgte ihm mit einigen Schritten Abstand. Nun wollte er Daisy im Sadomaso-Studio besuchen, in dem sie an diesem Tag als Gast-Domina arbeitete. Buddy hielt ihm die Autotür auf und chauffierte ihn durch Vancouver. Das war genau das Leben nach Bars Geschmack. In der Nacht würde er für einen kleinen Jagdausflug kurz nach Seattle fliegen und sich ein saftiges Gehirn suchen.

»Ihr Götter!« Trianora stand einen Moment fassungslos da und starrte auf Ulquiorras blutenden Armstumpf. Die Hand war nicht sauber abgeschnitten, sondern wirkte eher wie abgequetscht. Das Blut pulsierte aus mehreren kleinen Öffnungen. Ulquiorra schwankte bleich. Er musste sich hinsetzen, sonst fiel er um. Sie drückte ihn auf einen der Laborstühle, rannte los um einen Verbandkasten zu holen und überlegte fieberhaft, ob ihre Telepathie bis in die medizinische Abteilung reichen würde.

»Hilfe! Ich bin Trianora in Labor 8! Hier ist ein Unfall passiert! Ich brauche Hilfe!« Sie riss den Kasten auf und fand glücklicherweise sofort den Blut-Stiller, den sie auf die Verletzung träufelte. Während sie die sterile Kompresse auf die Wunde drückte, wickelte sie einen Verband dick um den Stumpf.

Ulquiorra stöhnte. Seine Brust strahlte immer noch.

»Bring es dazu aufzuhören«, flüsterte Trianora. »Dämme es ein.« Ulquiorra hob schwerfällig die Lider. »Hast du mich verstanden? Zieh deine Energie zurück!«

Bebend legte er die intakte Hand auf seine Brust, die sich normalisierte.

»Gleich kommt Hilfe.«

Trianora stellte sich hinter ihn, um seinen Kopf zu stützen. Sie streichelte sein dunkles, glattes Haar. Er lehnte sich an sie, vertrauensvoll und erschöpft.

»Sie war da, Triasan! Ich muss sie nur noch vergrößern. Dann kann ich die genetische Suche starten.« Er drehte den Kopf zu ihr hoch und blickte sie mit seinen schwarzen Augen an. Zitternd fielen ihm die Lider zu.

Trianora streichelte seine Wange. Ihre Brust füllte sich mit unendlicher Zärtlichkeit. Er war so schön, so talentiert und er brauchte sie. Gerne hätte sie in diesem Moment ihr Gesicht an seines geschmiegt. Und hätte ... Was dachte sie denn da? Sie zog die Hand rasch fort. Er war doch wie ihr Bruder! *Ach wirklich?*, meldete sich eine Stimme in ihr. *Solche Gefühle für einen Bruder?* Sie bemerkte, dass sie ihre Scham an seine Schulter gepresst hielt, mochte sich aber nicht lösen. Wollte ihn stützen bis Hilfe kam. Ihr Götter, hoffentlich hatte man ihren Hilferuf gehört!

Maureen zog eins der dicken Gummibärchen zwischen ihren Zehen hervor und steckte es in den Mund. Dann betrachtete sie ihre frisch lackierten Fußnägel. Schwarz, sie hatte sie schwarzglänzend lackiert – passend zum Anlass. An diesem Tag wollte sie es stilecht angehen lassen.

Die Rachegefühle brodelten bereits viele Tage in ihr. Endlich hatte sie sich den Ruck gegeben und Xanmeran angerufen. Sie hatte schon vor einiger Zeit den riesigen Dachboden des Dojos entdeckt. Er war ebenso groß wie die darunter liegende Trainingshalle. In dem Raum türmte sich etliches Gerümpel, das dem Besitzer des Dojos, Chen, gehörte. Mit Entzücken hatte sie die starken, rohen Dachbalken des Speichers registriert. Maureen fand, dass dies genau der richtige Ort war, um Xanmeran einen Denkzettel zu erteilen.

Sie hatte ihn für den Abend dorthin bestellt und kräftige Seile, Eisenketten, Karabinerhaken und Kerzen besorgt. Er wollte Schläge? Die würde er bekommen!

Sadistische Gelüste waren schon immer ein kleiner Teil von ihr. Bisher hatte sie ihnen in ihrem Leben noch keinen Raum gegeben. Xanmeran war genau der richtige Kandidat, um auszuprobieren, was in ihr steckte. Er hätte sie besser nicht provoziert!

Xanmeran legte den Hörer auf. Er kaute auf seiner Lippe. Was hatte er da angezettelt? Seine Bitte an Maureen war aus der Situation heraus entstanden. Wollte er wirklich für eine Sache bestraft werden, die vor Äonen auf einem anderen Planeten geschehen war? Er rieb sich die samtige Glatze und dachte an ihre Schläge mit den Ellenbogen. Das war angenehm gewesen, schmerzhaft und klar. Damit konnte er umgehen. Vielleicht würde es ihm helfen. An den Kuss wollte er im Moment nicht denken. Er hatte noch nie geküsst – hatte auch keine Vorstellung, was die Menschen an dieser Praktik fanden. Er zog seinen Lammfellmantel an und lief kurz durch die Küche.

Solutosan und Halia machten Kefir-Wettlöffeln. Grinsend sah er zu, wie Solutosan die Kleine gewinnen ließ und dann als Verlierer irgendeinen Quatsch machen musste. Dieses Mal sollte er grunzen wie ein Warrantz.

Halia amüsierte sich königlich. Ihre rotblonden Locken waren enorm gewachsen. Xan legte den Kopf schief – das ganze Kind war größer geworden. Solutosan brachte ihr viel bei. Oftmals stand sie mit ihm in dem Isolationsraum, den er immer benutzte, um sein Platin zu filtern, und lehrte sie, ihren Sternenstaub zu beherrschen. Niemand hatte je wieder seine Kurzschlussreaktion nach Aidens Tod erwähnt. Halia hatte die dauernde Abwesenheit ihrer Mutter scheinbar akzeptiert.

Xanmeran nahm den Volvo. Der Winter hatte Vancouver inzwischen wieder voll im Griff. Der Wind trieb Eiskristalle von den kahlen Bäumen und der schaukelnden Straßenbeleuchtung, als Xan zum Dojo fuhr. Auf dem Beifahrersitz lag in einem Karton eine rote Peitsche aus Leder, die er in einem Erotikshop besorgt hatte.

Xanmeran stieß die Tür des Dojos auf. An der Tür hing ein Schild: »Bitte abschließen«. Er tat wie gefordert. Die große Trainingshalle lag im Dunklen, aber der schmale Treppenaufstieg nach oben auf den Dachboden war erleuchtet.

Xan stieg die Treppen empor. Bei jedem Schritt schlug sein Herz heftiger. Er ging durch das sich stapelnde Gerümpel in Richtung des Flammenscheins. Maureen hatte Kerzen angezündet. Viele Kerzen. In der Mitte der flackernden Beleuchtung saß sie in einem alten Ohrensessel. Xan stutzte. War das wirklich Maureen?

In ihrem hautengen, schwarzen, knöchellangen Kleid mit ihrer blonden Hochsteckfrisur wirkte sie elegant und unnahbar. Die tief ausgeschnittene Robe ließ den Ansatz ihrer vollen Brüste erkennen. Nachtschwarze, lange Handschuhe betonten die weiße Haut ihrer Schultern. Ihre Beine waren ausgesprochen sexy in den hohen Schuhen mit gefährlich wirkenden Absätzen. Xanmeran schluckte trocken.

»Du brauchst nichts zu sagen«, zischte sie zur Begrüßung. »Ich denke, zwischen uns ist alles klar.«

Xan nickte.

»Zieh dich aus!«

Xanmeran blickte prüfend in ihr Gesicht mit den blutrot geschminkten Lippen. Sie meinte es ernst. Er gehorchte. Aber er würde es ihr nicht ganz so einfach machen.

Langsam zog er den Lammfellmantel von den Schultern und ließ ihn auf den Boden gleiten. Er entledigte sich der Stiefel und der Strümpfe und zog betont zögernd den braunen Pullover aus. Er drehte ihr den Rücken zu und streifte sein Muskel-Shirt gemächlich über den Kopf. Sorgsam achtete er darauf, im Licht der vielen Kerzen die starken Rücken- und Armmuskeln zu bewegen und zu präsentieren. Er hörte, wie Maureen die Luft anzog.

Lasziv drehte er sich wieder zu ihr und öffnete die Front-Schnürung der Wildlederhose. Er blickte sie fragend an. Sie nickte. Erneut wandte er sich von ihr ab und zog geruhsam die Stoffhose über die Lenden – entblößte sein strammes, rotes Hinterteil. Er stieg aus der Hose. Nicht ohne bei dieser Bewegung auch auf ein Spiel seiner ausgeprägten Muskulatur geachtet zu haben. Nun trug er lediglich einen Lendenschurz wie ein Indianer. Er drehte sich zu Maureen um und erhaschte schnell noch einen Blick auf sie, wie sie die zitternden Hände hinter ihrem Rücken verschwinden ließ. Dem Zittern zum Trotz blickte sie ihn fest an.

Xanmeran bückte sich und holte das Päckchen mit der Peitsche aus seiner Manteltasche. Er wandte sich ihr wieder zu und öffnete es langsam – entnahm gemächlich die rote Lederpeitsche.

Xan kniete sich vor ihr in den Staub und senkten den Kopf. Das Kerzenlicht verzerrte seinen Schatten auf dem Fußboden. Er reichte ihr mit beiden Händen die Peitsche.

Maureen, der bei Xanmerans Striptease immer heißer geworden war, schlug das Herz bis zum Hals. Haltung bewahren, Maureen, sagte sie zu sich. Sie nahm das Schlagwerkzeug entgegen. Er hatte glücklicherweise keine schwer zu handhabende Bullen-Peitsche mitgebracht, sondern eine etwa sechzig Zentimeter lange, neunschwänzige Geisel.

Fachmännisch strich sie über den glatten Griff mit der Schlaufe und prüfte die Lederriemen. Diese fühlten sich stabil und leicht scharfkantig an. Damit würde sie klarkommen.

»Steh auf!«

Er tat wie ihm befohlen.

Maureen nahm seine Hand und führte ihn zu dem Balken, an dem sie bereits Ketten befestigt hatte. Auch in den Holzfußboden hatte sie ebenfalls Haken gedreht. Sie legte ihm Handfesseln aus Leder an und gab ihm lederne Fußfesseln, die er selbst festschnallen musste. Sämtliche Lederfesseln waren mit stabilen Ringen versehen. Maureen verband die Ketten und die Fesseln mit den Karabinerhaken. Er war nun mit erhobenen Armen und gegrätschten Beinen in dem Gebälk gefangen. Bereit für sie.

Sie setzte sich wieder auf den Sessel und schlug die Beine übereinander. Diesen Anblick wollte sie nun erst einmal entspannt genießen. Außerdem sollte er ruhig noch etwas auf seine Folter warten. Sie blickte auf die Uhr. Maureen, reiß dich zusammen, versuchte sie sich zu beruhigen. Sie zitterte vor Ungeduld. Du gehst jetzt nicht sofort zu ihm! Er stand still und bewegte sich nicht. Nur die starken Muskeln seiner Lenden strafften sich kurz und entspannten sich wieder. Allein sein Anblick in den Fesseln machte sie heiß!

Sie schaffte es, ganze fünf Minuten sitzenzubleiben, erhob sich dann doch, schneller als geplant, mit der Peitsche in der Hand. Die Gier ihn zu berühren und zu quälen trieb sie mit Macht zu ihm hin.

Sie ließ ihm von hinten die Lederriemen von der Schulter bis zu den Schenkeln rieseln. Ganz sacht. Augenblicklich riss sie ihm mit einem Ruck ihre langen Nägel über die Wirbelsäule, fügte ihm genussvoll tiefe Spuren zu. Er zitterte kurz.

Mit den Händen fuhr sie sanft streichelnd über seine schmalen, harten Lenden. Kaum geschehen, schlug sie ihm fest den Griff der Peitsche zwischen die Schulterblätter.

Xan stieß den Atem aus.

Sie schaltete ihren Verstand völlig ab. Instinkt und Begierde soufflierten ihr genau, was sie zu tun hatte. Sie wollte ihn quälen, das ja, aber gleichzeitig auch Lust entfachen.

Geschickt tauchte sie unter seinem Arm durch und kam von vorne. Er hielt die Augen geschlossen. Mit der einen Hand streichelte sie seine Wange – mit der anderen riss sie die Nägel über seine Brust, verschonte nicht die Brustwarzen.

Sie blickte tiefer an ihm hinab. Ihre Behandlung zeigte Wirkung. Sein Lendenschurz hatte sich gehoben.

»Zu viel Freude«, zischte sie und schritt wieder hinter ihn. Sie schwang die Peitsche. Der erste Schlag traf ihn auf die Schultern. Er zuckte kaum. Maureen strich die Peitschenriemen glatt und holte erneut aus. Sie schlug ihn mit all ihrer Kraft. Die Geisel hagelte auf seine rote Haut: auf Schultern, Rücken, Hinterteil und Oberschenkel.

Xanmeran stöhnte. Was für ein angenehmer Schmerz! Er zerrte an den Ketten vor Wohlbehagen. Maureen schlug ihn mit all ihrer Kraft. Er betete, sie möge niemals aufhören.

Plötzlich befand er sich wieder auf Duonalia. Tarania stand vor ihm, blond und schön. Sie lächelte ihn liebevoll an, bereit sich mit ihm zu vereinigen. Er umfasste sie. Nicht nur mit seinen Armen. Er war ein Hybrid. Er löste die Dermastrien von seinem Körper und hüllte seine geliebte Frau damit ein. Drang in sie ein. Umschlang sie in Ekstase. Hörte sie schreien. Sie schrie entsetzlich in seinen Armen. Er zog die Dermastrien zurück. Betrachtete zitternd ihre verätzte Haut. Er hatte sie mit Säure übergossen.

Die Schläge prasselten weiter auf ihn nieder.

»Bitte Maureen, hör nicht auf«, stöhnte er. Wieso hatte er Tarania damals verletzt? Warum hatte er nicht eins seiner Aphrodisiaka gewählt und sie damit befeuchtet?

Maureens Hiebe ließen nach, wurden schwächer. Ihre Kraft war verbraucht.

Sie kam von vorne. Hob mit der Hand seinen Kopf und schlug ihm heftig ins Gesicht.

Schneller als sein eigener Verstand reagieren konnte, hatte er die Dermastrien gelöst, Maureen umschlungen und an seinen Körper gezogen. Nein, nein, es durfte sich nicht wiederholen! Er schloss die Augen und konzentrierte sich. Er dachte an Maureen, wie sie ihn am Feuer angesehen hatte. Wie sie auf ihm gesessen hatte in ihrem Kampfanzug. Er floss. Er hielt sie umschlungen, gab ihr Wärme und Liebe. Sein geschundener Leib verströmte ein starkes Liebeselixier - er hielt sie in seinem erotischen Kokon gefangen.

Maureen schrie nicht. Sie seufzte und klammerte sich an ihn. Ihre Hände, die ihn eben noch geschlagen hatten, umfassten seinen Kopf und bogen ihn zu ihr hinunter. Er spürte ihre warmen Lippen auf seinen, gab ihr nach, löste auch die Dermastrien aus seinem Gesicht und umhüllte ihres, streichelte sie unendlich sanft. Xanmeran stand in den Ketten, entblößte seine wahre Haut, schwarz und golden schillernd. Er hielt Maureen in seinem roten Kokon vor sich und verschmolz mit ihr in einem grenzenlos langen Kuss.

Wo war sie? Was war geschehen? Xanmeran hielt sie umfangen. Maureen zitterte vor Lust und Verlangen nach ihm. Alles war rot. Es gab nur ihn. Sie schlang die Arme um ihn. Sie wollte ihren Kuss - die Belohnung für ihre Mühe. War das ein Kuss? Sie fühlte etwas unter ihr Kleid kriechen, sanft. Das war er. Aber wie konnte das sein? Er war doch gefesselt. Er umfasste ihre nackte Haut, schob sich unter den Stoff, streichelte sie überall. Sie spürte ihn zwischen ihren

Beinen. Sie versuchte die Augen zu öffnen. Es gelang nicht. Sie holte tief Luft. Das ging ihr zu schnell.

»Nein!«, stieß sie hervor. Alles löste sich. Das Kleid lag wieder auf ihrer Haut. Seine angenehme, warme Zunge war aus ihrem Mund verschwunden. Er hing vor ihr: gefesselt, zerschlagen, den Kopf gesenkt. Wie in Trance nahm sie sein Kinn und zwang ihn sie anzusehen. In seinen schwarzen Augen tanzten goldene Funken.

Erschreckt ließ sie die Hand fallen. »Was bist du?«

Xanmeran löste die Dermastrien an den Hand- und Fußgelenken und glitt aus den Lederfesseln. Er stand vor ihr und schüttelte bedächtig den Kopf. Ebenso ruhig lief er zu seinen Kleidern.

Maureen starrte ihm ungläubig hinterher, ging die paar Schritte zum Sessel und sank hinein. Sie sah ihm wortlos beim Anziehen zu. Er schwang sich den Lammfellmantel über die Schultern und kam zu ihr. Kniete sich vor den Sessel und neigte ergeben den Kopf.

»Danke. Danke, Maureen.« Er kam näher, hob ihr Gesicht mit zwei Fingern und küsste sie zärtlich auf die Lippen. Sein Mund war hart und verführerisch und Maureen dachte einen Moment, sie würde in dem Sessel versinken. Er stand auf – die Kerzen flackerten kurz, als er vorbeiging.

Chrom stand im fahlen Morgenlicht auf der gefrorenen Wiese vor der Basis. Er zog seine Jacke enger um sich, denn der Wind pfiff bis auf die Knochen. Trotzdem wollte er nicht ins Warme gehen. Im Kopf plante er schon, wo das neue Haus stehen würde und die Ställe für die Tiere. Die Tür des alten Schuppens wurde langsam aufgedrückt und Ladys dicker Schädel erschien in der Öffnung. Sie erspähte ihn, kam näher, setzte sich vor ihn hin und schaute ihn mit schief gelegtem Kopf fragend an.

»Lady, mein Mädchen, das wird alles spitze. Sobald der Boden aufgetaut ist, fangen wir an! Wir müssen uns nur noch nach einer guten Tierärztin umsehen.« Lady blickte verständnislos mit ihren gelben Augen. Chrom kraulte ihr liebevoll mit zwei Krallen den dicken Pelz am Hals.

Neben den Schuppen knackte etwas. Ein Tier? Chrom ging ein paar Schritte und sah neugierig um die Ecke. Es knisterte in der Luft, eine atmosphärische Verdichtung. Das Knistern verstärkte sich. Chrom wich zurück. Die Luft verdichtete sich kreisförmig. Das Innere der Erscheinung füllte sich mit Nebel.

Chrom trat vorsichtshalber noch weiter nach hinten. Lady an seiner Seite knurrte. Der Kreis stabilisierte sich. Jetzt konnte er sehen, dass der Ring golden war und sich in einer wahnsinnigen Geschwindigkeit drehte. Er erreichte fast den Durchmesser der Schuppentür.

»Ihr Götter!« Chrom hatte so etwas schon einmal gesehen, auf Bildern, während seiner Ausbildung als Navigator auf Duonalia. Er starrte auf die rasende Erscheinung. Es war der Ring eines Energetikers. Auf der Erde? Lady sprang wie verrückt und bellte das Gebilde hysterisch an.

Der Nebel im goldenen Kreis verdichtete sich weiter, von weiß zu grau – zu schwarz. Die Anomalie! Fast so hatte die Anomalie ausgesehen. Chrom machte einen Schritt auf den Ring zu. Sein Herz raste! Die Anomalie vor seinen Augen! Aus dem Dunkel in der Mitte trat ein Wesen. Ein Mann! Seine Brust strahlte in einem goldenen Licht. Arme hielten ihn umfasst. Er war nicht allein. Jemand klammerte sich an seinen Rücken. Der Mann machte einen Schritt nach vorne, fiel aus dem Ring – riss die an ihn geklammerte Gestalt mit – stürzte auf das gefrorene Gras. Er wollte sich mit den Händen abstützen. Nein, auf der linken Seite war keine Hand, sondern nur ein Stumpf. Die intakte Hand sowie der Stumpf erstrahlten in goldenem Licht. Der blendende Schein verblich langsam und erstarb dann ganz. Der Ring hinter ihm fiel zusammen, als hätte es ihn nie gegeben.

Lady bellte immer noch hysterisch. Chrom legte ihr wie betäubt die Hand auf den dicken Kopf. Sie hörte auf zu bellen, stand aber bebend neben ihm, die Lefzen gehoben. Beide Gestalten lagen vor ihm, in zerfetzte Gewänder gehüllt. Chrom erkannte sofort aus welcher Faser sie hergestellt waren. Die Kleidung bestand aus Donafaser. Dona! Allmählich kam sein Gehirn in Bewegung. Ihr Götter! Zwei Duonalier, hingestreckt zu seinen Füßen – schwer atmend. Ein Mann und eine Frau!

Chrom näherte sich ihnen langsam. »Geht es euch gut?«, fragte er auf duonalisch. Seine Stimme hörte sich fremd an. Der dunkelhaarige, schlanke Ankömmling hob den Kopf.

»Wo sind wir?«, antwortete er auf duonalisch.

Chroms Hände zitterten. »Ihr seid auf der Erde!« Er konnte vor Aufregung kaum sprechen. Die Frau strich ihr langes, blondes Haar aus dem weißen Gesicht und blickte ihn mit silbernen Augen an.

»Ein Bacani!« stieß sie hervor. »Ulquiorra! Ein Bacani! Wo sind wir?«

Chrom fasste sich als Erster. Er verbeugte sich und grüßte langsam und klar: »Willkommen auf der Erde! Ich bin Chrom, der Navigator der Duocarns.« Er wechselte zur Telepathie. »*Ihr habt einen langen Weg hinter euch.*«

Der Energetiker rappelte sich hoch und half der Frau auf die Beine. Er verbeugte sich ebenfalls. »*Ich bin Ulquiorra und das ist Trianora. Wir haben die Duocarns gefunden?*« Er schwankte, griff sich an die Brust und begann zu zittern.

Jetzt wurde Chrom erst klar, wie kalt den beiden sein musste. »*Entschuldigt meine Unhöflichkeit. Darf ich euch in mein Haus einladen?*« Er zeigte auf einen der Schuppen. »*Das hier ist übrigens eine Freundin von mir*«, er deutete auf die Wölfin. »*Sie heißt Lady.*«

Ulquiorra und Trianora verneigten sich vor dem Tier.

»*Wir freuen uns dich kennenzulernen.*«

»*Sie kann nicht sprechen*«, erklärte Chrom. »*Bitte folgt mir.*«

Er ging voran durch den Schuppen, in dem Psals und sein Auto parkten, passierte die demolierte Stahltür. Die beiden

Duonalier folgten ihm in die Basis, aus der ihnen wohlige Wärme entgegenschlug.

Chrom und Psal hatte sich in einem der Räume ein improvisiertes Wohnzimmer mit einer Küche eingerichtet. Dorthin führte er die Fremdlinge. Psal, Frran und Pan saßen in der Essecke und frühstückten Katzenfutter. Pan erklärte Frran, warum sie für die kommenden Tiere in Zukunft kein Dosenfutter mehr benutzen würden, als sie die beiden Duonalier hinter ihm bemerkten.

Einen Augenblick lang herrschte Totenstille.

Psal verstand als Erste, wen sie da vor sich hatte. Sie stand auf und lächelte den beiden zu. »*Willkommen!*«

Verblüfft sah Chrom sie an und bewunderte gleichzeitig, wie schon so oft, ihre Klugheit.

Rasch stellte er die duonalischen Gäste vor. »*Das sind Ulquiorra und Trianora. Sie haben es geschafft, die Anomalie herzustellen und sind durch ein energetisches Tor zur Erde gekommen.*«

Frran und Pan waren sprachlos.

Psal sprang auf, lief um eine Decke vom Sofa holen und umhüllte Trianoras zitterte Schultern. »*Bitte setzt euch! Ihr müsst viel durchgemacht haben!*« Sie benutzte automatisch Telepathie.

»Wir verstehen nichts!« Endlich bekam Pan den Mund auf.

Chrom und Psal blickten sich an. »Leider ist mein Sohn Pan der Telepathie nicht mächtig und auch seine Freundin Frran nicht. Die beiden sind Bacanars. Wir möchten euch bitten, in ihrer Anwesenheit laut zu sprechen.«

Ulquiorra musterte Pans Gestalt erstaunt. »Bacanars?«, fragte er auf duonalisch.

»Ja, die Mischlinge von Bacanis und den hiesigen Säugetieren nennen sich so«, antwortete Chrom.

Psal hatte Trianora zum Sofa geführt. Sie ließ sich erschöpft in die Polster gleiten. Ulquiorra hatte sich bereits wieder im Griff. Er stand aufrecht, fast zwei Meter groß, schlank mit lang auf den Rücken herabfallendem Haar. Er blickte sich mit seinen schwarzen Augen aufmerksam in dem Wohnzimmer um.

Er wandte sich an Trianora. »Bitte Triasan, geh in den Ruhemodus. Wir haben die Reise überstanden. Ich werde ohne dich nichts Wichtiges besprechen. In Ordnung?«

Trianora nickte und schloss erschöpft die Augen. Ihr Gesicht wurde ruhig. Sie war eingeschlafen.

Ulquiorra wandte sich wieder zu ihm. »Wo sind die Duocarns?«

»Nicht weit von hier.« Chrom versuchte die Fragen, die in seinen Kopf umherschossen, zu ordnen. »Wie habt ihr uns gefunden? Die Anomalie war riesig und hätte uns überall ausspucken können.«

»Ich habe mich auf deine Bacani DNA verlassen, die ich in den Unterlagen über dich in der Raumbasis fand. Sie diente als Grundlage für die Suche. Deswegen sind wir bei dir gelandet.«

Ulquiorra ließ sich nun ebenfalls auf einen Sessel sinken. »Es liegen Äonen Forschung hinter uns. Wir haben schon fast nicht mehr daran geglaubt.« Er bebte. Auch ihm war die vergangene Anstrengung anzumerken.

»Ich würde vorschlagen, dass du auch in den Ruhemodus gehst, Ulquiorra. Ich werde Solutosan kontaktieren. Wenn du wieder aufwachst, wird er hier sein.« Ulquiorra fiel der Kopf auf die Brust. Er konnte nur noch schwach nicken und blieb dann ebenfalls reglos sitzen.

Chrom holte sein Handy und wählte Solutosans Kurzwahl.

»Solutosan? Bitte sag jetzt nichts, sondern höre mir einfach zu. Es ist etwas Unglaubliches passiert! Wir haben Besuch aus Duonalia! Ein duonalischer Energetiker hat offensichtlich die Anomalie rekonstruiert und hat es geschafft, ein Tor zur Erde zu öffnen. Sie sind zu zweit. Beide befinden sich im Moment im Ruhemodus. Also lass dir Zeit. Ich denke, sie schlafen jetzt einige Stunden.« Er wartete Solutosans Antwort nicht ab, sondern legte auf. Er war komplett aufgewühlt. Die Gedanken rotierten ungeordnet in seinem Kopf.

Er starrte Psal an, im Moment völlig unfähig zu begreifen, was dieser Besuch für Folgen hatte. Konnten sie nun alle heimkehren? Würden sie das überhaupt wollen? Chrom sah zu Pan und Frran. Wohl eher nicht. Er war darauf vorbereitet, sich auf der Erde eine Existenz zu schaffen – war auf dem Weg. Das wollte er nicht einfach loslassen. Duonalier standen Hybriden kritisch gegenüber. Ein Problem für die Bacanars.

Er nahm Psal in den Arm. »Es hat sich nichts geändert«, flüsterte er. »Ich liebe dich und gemeinsam werden wir alles schaffen.« Psal sah ihn mit riesigen Augen vertrauensvoll an und nickte.

Maureen schlief kaum in dieser Nacht – warf sich in den Kissen umher, bis sie völlig in ihr Bettzeug verstrickt war. Sie war mächtig wütend auf Xanmeran! Sie hasste es, wenn er immer so geheimnisvoll tat. Und es ärgerte sie maßlos, dass es sie störte, wie er sich verhielt. Er war ihr ein Rätsel. Was war das mit ihm? Er zog sie magnetisch an und stieß sie in fast dem gleichen Maß ab. Es hatte sie so heiß gemacht ihn zu schlagen. Aber fühlte sich dann plötzlich ausgeliefert. Er hatte sie auf eine spezielle Art in Besitz genommen, die sie im Nachhinein nicht einmal mehr nachvollziehen konnte.

Sie strampelte ihre Decke weg und starrte auf die Uhr. Sechs Uhr morgens. Sie musste eigentlich später am Tag arbeiten, aber wusste schon, dass sie dazu nicht fähig war. Sie schnappte ihr Handy vom Nachttisch und sprach ihrem Chef auf die Mailbox. Es ginge ihr ja so schlecht. Sie würde zum Arzt gehen und am nächsten Tag wieder in der Firma sein. Fast war es ihr egal, ob er das glaubte.

Wütend starrte sie auf das Display des Handys und dachte an Xans gestrigen Abgang. So kam er ihr nicht davon! Er würde endlich alles auspacken und wenn sie ihn zu Brei schlagen musste! Kurz entschlossen rief sie ihn an. Es war ihr egal, wie spät es war. Sollte er aufwachen. Aber es schien, als hätte auch er nicht geschlafen.

Seine Stimme klang hellwach. »Ja? Maureen?«

Sie schloss die Augen, ihr Herz schlug bis zum Hals.

»Wir haben zu reden«, presste sie hervor.

»Ja?«

»Ja!«

»Dann sprich!«

»Nein, nicht am Telefon – ich komme vorbei! Jetzt!«

»Maureen, ich ...« Sie hatte schon aufgelegt. Hatte keine Lust, sich Ausreden anzuhören.

Sie zog sich Jeans, Shirt und Pulli an und warf sich ihren Parka über. Die Straßen waren stark gefroren und noch nicht gestreut. Aber auch das war ihr im Moment egal.

Sie fuhr zum Haus am Strand.

Er stand in seinem Lammfellmantel vor der Haustür.

»Maureen, ich weiß nicht, ob das eine gute Idee ist.«

»Ist es! Ich kann so nicht weitermachen!«

Er führte Maureen ins Wohnzimmer.

»Hast du kein eigenes Zimmer?«

Er wand sich, nahm ihr den Parka ab, als wolle er Zeit gewinnen.

»Doch.«

»Ich will es sehen!«

»Es steht nicht viel darin, Maureen.«

»Mir egal!« Sie wollte nicht, dass einer seiner Mitbewohner vielleicht in ihr Gespräch platzte.

Er zog seinen Mantel aus. Darunter trug er eine weite Jogginghose und ein dunkelblaues Shirt.

Wortlos ging er voran. Er öffnete eine Tür im ersten Stock. Zuerst dachte sie, er hätte sich vertan. Das Zimmer war kahl. Weiß gestrichen mit grauem Teppichboden ausgelegt. In der Mitte des Raumes stand ein kleiner Tisch mit einem Laptop, einer Tischlampe und ein Stuhl. Der Raum besaß einen eingebauten Kleiderschrank.

Das verschlug ihr die Sprache. Sie ging zu dem Schrank und öffnete dessen Türen. Ja, eindeutig, das waren seine Indianer Sachen. Er hatte nicht viel.

»Kein Bett? Ist das alles?«

Er nickte. Er schien auf dem Boden zu schlafen.

Maureen seufzte. An dem Mann war alles ungewöhnlich.

Sie ließ sich auf den Teppichboden sinken.

»Maureen«, begann er sanft. »Wo soll das hinführen?«

»Zu einer Art Verständnis?«, zischte sie.

Xan setzte sich ihr im Schneidersitz gegenüber mit dem Rücken an die Wand gelehnt. »Dann frag.« Sein rotes Gesicht erschien steinern.

»Warum bist du rot?«

»Ich bin so geboren.«

»Wann bist du geboren?«

»Ich weiß es nicht.«

»Wo wurdest du geboren?«

»Auf Duonalia.«

Der Name sagte Maureen nichts. »Wo ist das?«

»Weit weg.«

»Was machst du hier?«

»Ich wohne hier.«

So kam sie nicht weiter. Sie rutschte näher an ihn heran. »Magst du mich, Xan?«

Er nickte.

»Sehr?«

Er hob den roten Kopf und blickte sie nachdenklich an.

»Der letzte Abend hat mich irritiert«.

Ach wirklich? Na, da war er ja nicht der Einzige.

»Inwiefern?«

»Ich habe mich gehenlassen. Das tut mir leid.«

Maureen starrte ihn sprachlos an. Sie hatte ihn mit der Peitsche verdroschen und er sagte, dass **er** sich hatte gehenlassen?

»Maureen, ich bin so müde.« Er blickte sie gequält an.

Was sollte sie jetzt noch sagen? War es sinnvoll weiter in ihn zu dringen?

Sie selbst war nach der schlaflosen Nacht auch todmüde. Sie seufzte.

Xan zog ihren Parka und seinen Fellmantel, die er auf den Fußboden hatte fallenlassen, näher. Dann legte er sich mit dem Rücken auf den Boden und streckte die Hand nach ihr aus.

Seufzend ließ sie sich neben ihn gleiten und legte den Kopf auf seine breite Brust. Er zog die Kleidungsstücke über sie beide und schlang den Arm um sie. Mit der anderen Hand streichelte er sanft ihr Haar. Es war einfach wunderschön seine Wärme zu spüren, seine Berührung zu fühlen. Die Müdigkeit überwältigte sie.

Jetzt konnte sie schlafen. Er war da und das war gut.

Wenn Solutosan es nicht mit eigenen Augen gesehen hätte, er hätte Chrom für verrückt erklärt. In der ehemaligen Bacani-Basis saßen zwei Duonalier im Ruhemodus. Der Mann, den Chrom Ulquiorra nannte, hatte feingeschnittene, aristokratische Gesichtszüge, rabenschwarzes, hüftlanges Haar, war sehnig und schlank. Seine Begleiterin, eine zierliche Blondine mit einem langen Zopf bis auf die Hüfte, hatte ebenfalls die milchweiße, auf Duonalia übliche, Haut und sanfte Züge mit vollen Lippen. Chrom hatte ihren Namen mit Trianora angegeben. Die Gewänder aus Donafaser hingen ihnen in Fetzen am Leib. Besonders das des Mannes, das seinen glatten, weißhäutigen Oberkörper freigab.

»*Ein Energetiker*«, flüsterte Patallia neben ihm ehrfürchtig. »*Ich wusste nicht, dass es auf Duonalia noch welche gibt.*«

»*Sie haben nach uns gefragt?*« Solutosan stellte Chrom die gleiche Frage nun zum dritten Mal.

»*Ja, nach den Duocarns.*«

»*Warum sollte sich jemand aus Duonalia die Mühe machen, die Anomalie zu rekonstruieren, um die Duocarns zu finden?*«, fragte Solutosan leise.

»*Weil wir ohne euch verloren sind*«, antwortete der Mann. Er blickte Solutosan fest an, erhob sich steif und verbeugte sich. Sanft weckte er seine blonde Begleiterin. Die blinzelte.

Solutosan vergaß seine gute Erziehung und verneigte sich nicht. Das alles brachte ihn aus dem Konzept. »*Ich bin Solutosan*«, grunzte er. »*Was ist auf Duonalia passiert?*« Er straffte den Körper und ballte die Fäuste. Jetzt kam nichts Positives, das ahnte er.

»Die Bacanis haben uns verdrängt und die Bevölkerung reduziert. Es ist schwer die Menge der verbliebenen Duonalier zu benennen, da viele im Verborgenen leben. – Ich schätze ihre Anzahl auf zwanzigtausend.«

»Was?«, riefen Chrom, Psal, Solutosan und Patallia aus einem Mund.

»Es lebten einhundertfünfzigtausend Duonalier dort!«, keuchte Patallia.

Das waren entsetzliche Neuigkeiten! Solutosan lief im Raum auf und ab, die Fäuste weiterhin geballt und lauschte dem Bericht des Duonaliers.

Ulquiorra nickte. *»Ich bekam vor langer Zeit von Marschall Folderan den Auftrag euch zu suchen. Inzwischen ist dieser nur noch die Puppe der vier herrschenden Bacani-Rudel. Die Duonalier wurden gesiebt und nur die klügsten Köpfe behalten. Am Wichtigsten scheinen den Bacanis Raumfahrt-Spezialisten zu sein, denn sie haben die Raumfahrt enorm vorangetrieben. Soweit ich informiert bin, haben etliche Schiffe mit Bacanis bereits Duonalia verlassen. Sie versuchen, sich auch auf anderen Planeten niederzulassen. Aus sicherer Quelle weiß ich, dass sie Massenvernichtungswaffen entwickeln.«* Ulquiorra holte Luft. *»Wir hatten mit euch unsere einzige Abwehr verloren. Nur ich besitze noch einige Duocarns-Gene.«*

»Wie kommt das?« Solutosan blieb verblüfft stehen.

»Ich bin der Sohn Xanmerans.«

Stille. Nur das Hecheln der Wölfin war zu vernehmen.

»Xanmeran hat ein Kind?«, erkundigte sich Solutosan gedehnt. Das war ihm neu.

»Ja«, bestätigte Ulquiorra. *»Meine Mutter hieß Tarania.«*

»Weiß Xan das?«, fragte Patallia gespannt.

»Ich denke nicht.« Ulquiorra strich sich verlegen durchs Haar.

Solutosan verspürte keine Ambitionen dieses private Thema weiter zu verfolgen. *»Die Frage ist«*, er begann erneut im Zimmer auf und ab zu laufen, *»wie wir in so einer Situation überhaupt noch helfen können? Wie hoch schätzt du die Bevölkerungsdichte der Bacanis?«*

Diese Frage ging an Ulquiorra. *»Das ist sehr schwer zu berechnen, da viele verstreute Rudel auf dem Land leben. Sie haben die Duonalier aus den Dörfern vertrieben. Ich schätze die Bacanis inzwischen auf etwa zweihunderttausend.«*

Solutosan ließ sich auf einen Sessel fallen und stützte den Kopf in die Hände, vergrub die Finger im Haar.

»Zuerst müssen alle hier sein«, stellte er nach einigem Nachdenken fest, zog sein Handy hervor und wählte. Tervenarius machte mit David einen Badeurlaub auf den Bahamas. Sein Freund nahm sofort ab. »Terv, es ist etwas passiert, dass deine unverzügliche Anwesenheit in Vancouver erfordert. Bitte komm nach Hause! Es ist wirklich dringend!«

Tervenarius schwieg einen Moment. »David wird nicht begeistert sein«, antwortete er schließlich, »aber wir nehmen das nächste, verfügbare Flugzeug.«

»Danke, Terv.« Solutosan legte auf und wandte sich an Ulquiorra. *»Ist es möglich, dass wir dein Tor benutzen, um nach Duonalia zurückzukehren?«*

Der Duonalier nickte. *»Ja, aber es können immer nur zwei Lebewesen gleichzeitig reisen. - Das nehme ich zumindest an. Meine Erfahrungen sind noch begrenzt.«*

Solutosan sah ihn nachdenklich an. *»Ich kann in diesem Fall nicht für die anderen entscheiden. Einige sind zweifellos des Kämpfens müde und wollen hierbleiben. Bevor wir weitersprechen, müssen wir auf Tervenarius und seinen Partner David, einen Menschen, warten.«*

Ulquiorra zog die Augenbrauen hoch.

»Auf der Erde sind die Gegebenheiten anders«, bemerkte Solutosan leicht missmutig. *»Die Partnerschaften haben sich hier nicht nach duonalischen Moralvorstellungen entwickelt«*.

»Ich verstehe«, presste Ulquiorra hervor. *»Ich wollte nicht unhöflich sein.«*

»Ihr habt bestimmt Hunger«, lenkte Patallia ein. Er hatte in weiser Voraussicht eine Thermoskanne voller Kefir mitgebracht.

Chrom holte Gläser für alle. Trianora und Ulquiorra staunten nicht schlecht über das Getränk. Es schien ihnen zu schmecken. Patallia hatte eine Unmenge Fragen an die Besucher. Aber Solutosan hörte seine Worte kaum noch. Auch die Antworten der beiden Duonalier kamen nur verschwommen bei ihm an. Gedankenvoll umklammerte er sein Glas. Jetzt würde sich alles verändern, so viel war klar. Zunächst wollte er Ulquiorra und Trianora mitnehmen nach Seafair, wo sie sich in den Gästezimmern ausruhen konnten. Von dort aus war eine Zukunftsplanung einfacher.

Maureen schlug die Augen auf. Zuerst wusste sie nicht, wo sie sich befand. Sie drehte den Kopf und sah Xanmeran. Er lag neben ihr, den Arm fest um sie geschlungen. Er atmete nicht.

Maureen fuhr der Schreck in die Glieder. War er einfach so gestorben?

Sie setzte sich schnell auf und rüttelte an seinem Arm. »Xan!«

Er schlug die schwarzen Augen auf – kam von weit her.

»Gott sei Dank! Ich dachte, du wärst tot!«

»Warum sollte ich tot sein?« Er reckte die Glieder.

»Du hast nicht geatmet.«

Xanmeran seufzte, drehte sich zu ihr um und stützte den Kopf in die Hand. »Ja, weil ich in meinem Ruhemodus nur ein Mal pro Minute atme.«

»Ruhemodus?« Sie sah ihn verblüfft an.

»Ja, Maureen. Verstehst du es denn nicht? Ich bin kein Mensch.«

Mit offenem Mund starrte sie ihn an. So langsam kam die Bedeutung seiner Worte bei ihr an.

»Ich habe dir bereits gesagt, dass ich Duonalier bin.«

Stimmt, das hatte er.

»Ihr seid überhaupt nicht vom Geheimdienst?«, fragte sie und kam sich sofort dumm bei der Frage vor.

»Nein, wir sind Duonalier.«

»Aber was macht ihr hier?«

»Maureen, das ist eine lange Geschichte – kurz, wir sind auf der Erde gestrandet.«

»Also ging es bei der Sache mit der Droge um eine duonalische Angelegenheit?«, fragte sie weiter.

»Nicht nur, da ja auch Menschen durch sie gefährdet waren.«

Ach ja, stimmte ja – er war kein Mensch. Er war ein Alien! Oh Gott! Sie hatte mit ihm gekämpft, auf seiner Brust geschlafen! Und das war so unendlich behaglich gewesen. – Himmel, und dann die Sache auf dem Dachboden! »Lassen sich alle Duonalier gern schlagen?«

Er lächelte und entblößte seine schönen Zähne. »Nein.«

»Warum du?«

Sein Lächeln erlosch. »Ich hatte die Idee, damit eines meiner Probleme lösen zu können.«

»Willst du mir davon erzählen?«

»Vielleicht später.«

Sie rutschte näher an ihn heran – wollte wieder seine Wärme spüren.

»Hast du jetzt keine Angst vor mir?«

»Nein, warum sollte ich? Mein Karate ist immer noch allemal besser als deins«, lächelte sie.

»Stimmt!« Er zog sie erneut an seine Brust.

»Was hast du gestern mit mir gemacht?«

Er streichelte zärtlich ihre Wange. »Ich habe dich auf meine Art geliebt.«

»Und deswegen hattest du dich bei mir entschuldigt?«

Er nickte. »Ich wusste nicht, ob das von dir gewünscht war.«

Maureen hob den Kopf. Lieber Gott, dachte sie, mir ist es egal, wo er herkommt. Er ist menschlich genug. Die gemeinsamen Monate reichen mir, um das zu wissen: Den will ich und keinen anderen! Bitte lass ihn jetzt nicht zurückzucken. Sie schob sich an ihm höher und umfasste mit beiden Händen sein Gesicht. Dann küsste sie ihn auf die Lippen. Sein Mund war hart und männlich. Nein, er drehte sich nicht weg. Er erwiderte ihren Kuss, erst zurückhaltend, allmählich immer fordernder.

»Zeig mir, wie du mich auf deine Art liebst«, flüsterte sie.

Er ließ von ihr ab. »Maureen, es gab da mal einen Unfall vor langer Zeit, bei dem ich eine Frau verletzt habe.«

»Aber du hast mir gestern nicht weh getan – im Gegenteil.« Jetzt war ihr eindeutig klar – sie wollte ihn und wollte mehr!

»Zeig es mir«, bat sie mutig. »Ich vertraue dir.«

»Dafür müssen wir uns ausziehen.«

Es war draußen hell geworden und fahles Winterlicht drang durch die Schlitze der halb geschlossenen Jalousien. Sie stand auf und begann sich zu entkleiden. Stellte sich mutig nackt in den Raum.

Er erhob sich geschmeidig und zog die Jogginghose und das Shirt aus.

»Bist du sicher?«, fragte er sie. »Bitte erschrecke dich nicht. Ich bin einfach so.«

Mit diesen Worten begann er seine Haut vom Körper zu lösen. Fasziniert sah Maureen, wie die zarten Hautstreifen auf sie zuschwebten. Sie hatte keine Angst. Sie berührten sanft ihre Haut, streichelten sie und legten sich ganz vorsichtig wie ein rotes Gewebe auf ihren Leib – zogen sie näher. An den Stellen, an denen sich die Dermastrien abgelöst hatten, sah sie seinen wirklichen Körper: schwarz mit Gold durchwirkt. Die Materie bewegte sich langsam und schillerte. Er hielt sie in einem losen, aber stützenden, Kokon umfangen. Er fühlte sich wunderbar an, angenehm samtig weich. Sein Glied war stark erigiert.

Eine warme Woge floss durch die Hautstreifen. Maureen stöhnte erregt und klammerte sich an ihn. Öffnete die Schenkel. Sie spürte ihn zwischen ihren Beinen, streichelnd und langsam. Er senkte den Kopf zum Kuss und löste zuletzt die Streifen des Gesichts. Maureen schwebte hinweg. Fühlte seine starken Hände unter ihrem Po. Er hob sie ohne Mühe an und drang vorsichtig in sie ein. Sie hielt kurz den Atem an. Sein Glied war mächtig und füllte sie aus. Er dehnte sie mit langsamem Druck. Sie wollte ihn so sehr! Ja, sie gierte nach ihm! Sie gab ihm erregt nach und vereinigte sich mit ihm, jede Faser mit seinem Leib verwoben. Es gab sie nicht mehr. Sie verschmolzen zu einem Körper, der erst im Feuer der Leidenschaft zitterte und dann in der Ekstase explodierte.

Sie hatten das Klopfen nicht gehört. Patallia wollte Xanmeran rufen, hatte vor, ihm die wunderbaren Neuigkeiten zu überbringen. Ulquiorra stand neben ihm.

Er öffnete die Tür, als er keine Antwort bekam. Gebannt starrte er auf die beiden verwobenen Körper vor sich. Er wusste natürlich, wie Xanmeran beschaffen war, hatte ihn aber nie im Zustand der kompletten Ablösung der Dermastrien gesehen.

Ulquiorra war zu Stein erstarrt. Wortlos drehte er sich um und ging die Treppen hinunter ins Wohnzimmer.

Nachdem Xanmeran sich von der völlig verschwitzten Maureen gelöst hatte, schlugen die telepathischen Gedanken im Haus über ihm zusammen. Etwas stimmte nicht bei den Duocarns.

Er saß mit Maureen auf seinem Schoß, die er zärtlich neckte und kontaktierte Solutosan.

»Gut, dass du dich meldest. - Ich habe Patallia schon geschickt, um dich zu holen.«

»Tut mir leid, ich habe Besuch und war beschäftigt.«

»Darf ich fragen, wer bei dir ist?«

»Maureen.«

Solutosan schwieg kurz. *»Du und eine Menschenfrau?«*

Jetzt war es an Xanmeran zu schweigen.

»Nun gut«, hob Solutosan erneut an. *»Du musst selbst entscheiden, inwiefern sie das hier betrifft. Ich würde vorschlagen, du kommst erst mal ohne sie ins Wohnzimmer und hörst dir alles an.«*

»Okay, bin gleich da.« Er schaute Maureen an, die fragend zu ihm hochblickte. »Wir haben hier im Haus interne Dinge zu regeln. Bist du mir böse, wenn ich dich eine halbe Stunde allein lasse?«

Sie schüttelte den Kopf. »Kann es sein, dass du dich mit deinen Leuten unhörbar unterhältst?« Sie war dabei, ein feines Gespür für ihn zu entwickeln.

»Ja, wir sind Telepathen.«

»Oh! – Wie praktisch.«

»Maureen, es tut mir leid, dass ich kein Bett besitze. Jetzt kannst du dich noch nicht einmal ausruhen.«

»Warum hast du denn kein Bett?«

»Ich brauche es nicht für meinen Ruhemodus und habe deshalb immer versäumt mir eins zuzulegen.«

Maureen war splitterfasernackt zu seinem Lammfellmantel und ihrem Parka in der Ecke gekrochen und hatte sich eingemummelt. »Ist nicht so schlimm«, wisperte sie und schnupperte wohlig an seinem Mantel. »Komm bald wieder.«

Xanmeran erhob sich und zog sich an. Er wählte eine schwarze Hose und ein weißes, weites Hemd von Versace. Auf Schuhe verzichtete er.

Im ersten Moment verstand er kaum, wer alles im Wohnzimmer versammelt war. Die Bacanis Chrom und Psal, Solutosan, Meodern, Patallia mit dem Sternenkind auf dem Schoß und zwei unbekannte – Xanmeran stutzte – Duonalier. Er stand wie angewurzelt da.

»Tervenarius und David sind auf dem Weg«, teilte Solutosan ihm zur Begrüßung mit. *»Darf ich dir Trianora und Ulquiorra vorstellen.«*

Xanmeran verzog keine Miene und verneigte sich. Er blickte fragend zu Solutosan, der ihm kurz telepathisch die neue Situation erklärte. Xanmeran lehnte sich gegen die Wand. Er würde nach Duonalia zurückkehren können! Und Maureen? Ihr Götter!

Ulquiorra kam auf ihn zu. Beide waren gleich groß.

Der Mann blickte ihn mit seinen schwarzen Augen durchdringend an. Seinen Augen.

Xanmeran erstarrte.

»Du ahnst, wer ich bin?«, fragte Ulquiorra bedeutungsvoll.

Xan schüttelte den Kopf.

»Ich bin Taranias Sohn.«

»Nein!« Xanmeran blickte zu Boden, seine Kiefer mahlten. Konnte das sein? Ja, es war möglich. Er hatte die verletzte Frau auch noch geschwängert. Er merkte kaum, wie sich seine Fingernägel in die Wand hinter ihm bohrten und Furchen zogen.

Ulquiorra sah ihn weiterhin prüfend an.

In seiner Fassungslosigkeit fehlten Xan die Worte. Er stieß sich von der Wand ab und verbeugte sich. *»Willkommen, Sohn.«*

Zu mehr war er nicht fähig. Das musste er erst einmal verarbeiten.

Ulquiorra wandte sich ab und setzte sich wieder zu Trianora, die inzwischen von Meodern in Beschlag genommen worden war. Meo ließ seinen ganzen Charme spielen und Trianoras glockenhelles Lachen klang einige Male durch den Raum.

Xanmeran ging langsam zu einem der großen Fenster und blickte in den winterlichen Garten. Es hatte angefangen zu schneien. Leise segelten dicke Flocken aus dem grauen Himmel und setzten sich wollig weiß auf die Gartenmauer und das gefrorene Gras.

Er hatte einen Sohn. Ulquiorra war offensichtlich derjenige, der das Tor geöffnet hatte. Xan drehte sich um und blickte zu ihm. Nun sah er, dass Ulquiorra nur eine Hand besaß. Was hatte ihn die Hand gekostet? Seine Suche nach der Anomalie? Aus den Gesprächen entnahm er, dass es nicht gut um Duonalia stand. Die Bacanis hatten sich ausgebreitet wie die Pest. War er deshalb auf die Suche nach den Duocarns gegangen? Oder war der Plan ihn, seinen Vater, zu finden? Ob Tarania noch lebte?

Xanmeran hatte viele Fragen. Aber er fühlte die Abneigung seines Sohnes ihm gegenüber. War jetzt der richtige Zeitpunkt ihn zu befragen? Was sollte er Maureen erzählen? Ihr Götter. Maureen war noch in seinem Zimmer!

Er drehte sich wieder zum Fenster und schloss die Augen. Liebte er sie? Wie alle Duonalier hatte er eher ein kühles Temperament - obwohl er bei ihr beileibe nicht unterkühlt agiert hatte. Es gab keine Fremdlinge auf Duonalia - schon gar keine Erdlinge. Sollte er sich dafür entscheiden zurückzukehren und sie mitzunehmen, würde sie denn überhaupt ohne ihre Mitmenschen leben können?

Mischungen zwischen Völkern waren auf seiner Heimatwelt verpönt. Mit Maureen an seiner Seite stellten sie ein Außenseiter-Pärchen dar. Das war ihm gleichgültig, entschied er. Außerdem hatten die Duonalier bestimmt im Moment anderes zu tun, als sich um Rassenreinheit zu kümmern.

Xanmeran wandte sich an Solutosan. *»Hast du eine Idee, wie man die Bacanis auf Duonalia aufhalten könnte?«*

Solutosan drehte den Kopf und blickte ihn ernst an. Die Sterne in seinen Augen waren fast verschwunden. *»Die Bacanis sind so vielzählig, die Duonalier nur noch etwa zwanzigtausend. Die Duocarns sind eine Handvoll. Das heißt, selbst wenn wir zurückkehren, müssen wir es unbemerkt tun und im Untergrund agieren.«*

Ulquiorra trat zu ihnen. Xanmeran blickte ihm fest in die Augen.

Sein Sohn besaß seine kämpferischen Gene, das zeigte sein Gesichtsausdruck. *»Wir werden kämpfen müssen«*, sagte er, *»aber es kann kein offener Krieg sein.«*

Xan und Solutosan nickten.

»Wenn die Duonalier sich nicht wehren können, bringen wir ihnen das eben bei«, beschloss Solutosan. *»Die Frage ist wie.«*

Karate, dachte Xanmeran, wäre ein guter Anfang. Es würde von seiner Philosophie und auch von seiner Technik dem Gemüt der Duonalier entsprechen. Er wandte sich an seinen Sohn: *»Wie oft kannst du das Tor aktivieren, um jemanden zu transportieren?«*

»Ich glaube schon, dass es öfter machbar ist. Jede Öffnung wird mir mehr Erfahrung bringen«, antwortete Ulquiorra.

Xanmeran blickte zu Solutosan. *»Wir würden von einem der Monde agieren müssen. Am besten vom östlichen. Wir müssten langsam beginnen und die Duonalier ausbilden - ihnen beibringen, sich zu wehren. Ich könnte Maureen überreden, sie im Kampf zu trainieren.«*

»Maureen?«, fragte Ulquiorra.

»Ja, meine Partnerin. Sie ist ein Mensch und beherrscht eine waffenlose Kampfkunst.«

Ulquiorra runzelte nachdenklich die Stirn.

Halia kam zu ihnen getapst. Die Kleine konnte inzwischen schon gut laufen, trug eine Latz-Jeans und ein StarWars-Shirt. Sie hob die Ärmchen zu Solutosan, der sie hoch nahm. Halia schlang die Arme um seinen Hals und schaute Ulquiorra mit ihren grünen Sternen-Augen prüfend an.

»Warum hast du nur eine Hand?«, fragte sie.

Ulquiorra betrachtete sie. Er lächelte und nun bemerkte Xanmeran die Ähnlichkeit mit Tarania. *»Ich war leider etwas leichtsinnig und habe sie in eine unfertige Raum-Anomalie gehalten.«*

»Oh!« Halia schob ihren Daumen in den Mund und sah ihn weiter interessiert an.

Solutosan nahm ihr den Finger wieder heraus. *»Nein, Halia. Du bist schon viel zu groß für so etwas.«*

Sie nickte tapfer.

Tervenarius betrat den Raum.

Halia strampelte sofort ungeduldig. Solutosan setzte sie auf den Boden und sah lächelnd, wie sie auf den weißen, großen Krieger zu rannte. Tervenarius war mit Abstand ihr Lieblings-Onkel.

Terv strahlte und hob sie auf den Arm. Er trat zu ihnen und ließ sich Ulquiorra vorstellen. Er staunte nicht schlecht, als er die Geschichte der beiden Duonalier vernahm. *»Bitte entschuldigt mich, ich werde das David alles erklären.«* Er nahm Halia mit zu seinem Freund, der in diesem Moment durch die Tür kam.

»Kampfsport?«, setzte Solutosan ihr unterbrochenes Gespräch fort und sah ihn nachdenklich an.

»Na ja, Karate hat auch viel Mentales und würde dem duonalischen Charakter entgegen kommen. Es wäre ein Anfang.« Xan machte eine Pause. *»Ich müsste Maureen aufklären und fragen.«*

Solutosan nickte. *»Sie steckt sowieso schon tief in unseren Angelegenheiten. Die Frage ist nur, was machen wir mit dem Kampf hier auf der Erde? Vor einigen Tagen ist wieder ein Mensch mit ausgefressenem Gehirn in Seattle gefunden worden. Das heißt, einer der Stammväter lebt und ernährt sich.«* Nachdenklich strich er das lange Haar zurück.

»Ich gehe zu Maureen und spreche mit ihr«. Xanmeran drehte sich um und verließ den Raum. Er spürte noch Solutosans prüfenden Blick im Rücken.

Maureen lag, wie er sie verlassen hatte, nackt eingekuschelt in seinen Mantel. Er setzte sich neben sie und strich ihr das wirre Haar aus der Stirn. Ja, er hatte sich in sie verliebt. Er wollte, dass sie bei ihm blieb.

Maureen schlug die Augen auf.

»Würdest du mit mir kommen, wenn ich die Erde verlasse?«

Maureens Augen weiteten sich. »Was?« Das war eine ungeheuerliche Frage.

Er legte sich neben sie und zog sie auf seine Brust, erzählte ihr, was sich zugetragen hatte.

»Ich soll Duonalier ausbilden?«

»Eine der Schwierigkeiten wird sein, dass du dich dort von Dona ernähren musst, denn wir haben nichts anderes.«

»Wie schmeckt Dona?«

»Wie Kefir!«

Maureen lachte. Xan erinnerte sich an das Gespräch am Feuer und musste ebenfalls lachen. Die Ernährungsfrage war also geklärt.

»Würdest du mitkommen?«

Sie richtete sich auf und begann sein Hemd aufzuknöpfen. »Nur wenn ich die Peitsche mitnehmen darf und du noch mal, so wie vorhin, mit mir schläfst.«

Er nickte. – Das war das geringste Problem.

Solutosan hatte Ulquiorra zu einem Spaziergang eingeladen, was sein Gast gerne annahm. Der Energetiker stand ehrfürchtig vor dem Ozean, näherte sich ihm und tauchte seine Hand in die eisige Brandung.

Solutosan hatte Trianora und ihm Übersetzermikroben gegeben, so dass sich die beiden Duonalier nun auch in Englisch verständigen konnten, was die Kommunikation mit David und den Bacanars erleichterte. Waren sie unter sich, benutzten sie weiterhin Telepathie.

»Ich muss mit dir sprechen«, hatte Solutosan gebeten. Nun standen sie am Strand, dick eingepackt gegen den schneidenden Wind. Er musterte Ulquiorra eindringlich, dessen Nase sich bereits von der Kälte rötete.

»Ich will dich fragen, was du in Zukunft vorhast. Du bist Wissenschaftler. Ich halte es nicht für selbstverständlich, dass du dein Leben dem Kampf gegen die Bacanis opferst. Aber wollen die Duocarns ihren Krieg fortsetzen, brauchen sie dich. Ich möchte deshalb wissen, wie du zu dem Ganzen stehst.«

Ulquiorra richtete den Blick auf die rauschende Brandung und dachte nach. *»Ich habe so viel Zeit damit verbracht euch zu finden – sicherlich nicht, um mich danach umzudrehen und meiner Wege zu gehen. Selbstverständlich werde ich dich und die Deinen unterstützen. Außerdem gedenke ich nicht mich abzuwenden, wenn es meinem Planeten schlecht geht.«*

»Das heißt, dass du der Torwächter bleibst? Wir werden uns zwischen der Erde und Duonalia bewegen müssen. Die zweite Frage, die sich stellt, ist, wie wir dich in diesem Fall kontaktieren können.«

»Darüber habe ich mir bereits Gedanken gemacht – aber nur du wirst fähig sein mich zu rufen, so dass ich kommen und es öffnen kann.«

»Wie?«

Fasziniert beobachtete Solutosan, wie aus Ulquiorras Hand goldene Energie floss, die sich zu einem handtellergroßen Ring verdichtete. Ulquiorra nahm ihn und materialisierte ihn zu Solutosans Erstaunen in einen festen, goldglänzenden Reif. *»Entblöße deine Brust.«*

Solutosan tat wie ihm geheißen.

Ulquiorra drückte ihm den Ring in die Mitte der Brust. Der Schmerz war heftig, heiß und brennend. Er zischte vor Qual und schloss die Augen.

»Rufe mich«, befahl Ulquiorra.

Solutosan, rollte seinen Pullover nach unten, zog den Reißverschluss der Daunenjacke rasch zu. Er konzentrierte sich, nahm die Kraft des Rings und schickte sie zu dem Energetiker.

Den schlug es von den Füßen! Er saß im Sand und lachte. *»An der Dosierung musst du noch ein wenig arbeiten«*, lächelte er. Er stand, behindert durch die ungewohnte, dicke Kleidung, auf und blickte Solutosan in die Augen. *»Sehr gut, nun ist der Ring auch in der Iris und unsere Verbindung ist da."* Ulquiorra nickte. *»Du bist talentiert.«*

Gemächlich wanderten sie zum Haus zurück. Der eisige Winterwind riss an ihrer Kleidung. Das Meer schäumte.

Solutosan öffnete die Garage. *»Tervenarius hat mich gebeten, ihm zu erlauben, als Erster nach Duonalia zu gehen. Er hat Bekannte auf dem östlichen Mond und kann mit ihrer Hilfe eine*

Unterkunft für die Duocarns finden. Außerdem möchte er seine Forschungsergebnisse holen. Er hat lange an ihnen gearbeitet und glaubt, zusammen mit Patallia erfolgreiche Medikamente gegen etliche menschliche Krankheiten entwickeln zu können. Würdest du mit ihm zuerst reisen?«

Ulquiorra nickte zustimmend. *»Ich werde ihm helfen und ihn dann zurückbringen.«*

Nachdenklich schloss Solutosan das Garagentor. Sollte er es erwähnen? *»Noch etwas anderes.«*

»Ja?« Ulquiorra entledigte sich seiner Jacke.

»Wenn du Hilfe mit deinem Vater brauchst, bin ich für dich da.«

Ulquiorra runzelte die Stirn.

Solutosan hob beschwichtigend die Hand. *»Es ist nur ein Angebot, da ich ihn gut kenne. Ich werde mich natürlich nie ungefragt in deine Privatangelegenheiten mischen.«*

Ulquiorras schmales Gesicht entspannte sich. *»Ich denke, ich kann mein Verhältnis zu meinem Vater beizeiten ins Lot bringen. Aber ich danke dir. Das war sehr aufmerksam."* Er verneigte sich leicht.

Chrom und Psal verabschiedeten sich von allen, um zum Tierheim zurückzufahren. Tervenarius und David waren entschlossen auf der Erde zu bleiben und mit Patallia den Kampf gegen Bar fortzusetzen.

Xanmeran und Maureen hatten vor, mit Trianora nach Duonalia zu gehen, um die Möglichkeiten einer Kampfausbildung der Duonalier zu prüfen.

Solutosan beobachtete, wie Meodern ununterbrochen um Trianora herumschwänzelte, unfähig sich zu entscheiden. Eine Duonalierin zu erobern erforderte Taktgefühl, Beharrlichkeit und sehr viel Zeit. Solutosan bezweifelte, dass der schöne Meo diese Ausdauer besaß.

Nachdenklich ging er in Halias Zimmer, setzte sich auf den Bettrand und streichelte ihr kleines Gesichtchen. Sie schlief bereits tief und fest.

»Jetzt teilen sich die Duocarns, meine Süße«, flüsterte er. »Ist das gut oder schlecht für uns?« Er wusste es nicht. Er streute ihr ein wenig Sternenstaub auf die Lider für schöne Träume. Halia lächelte im Schlaf.

Er stützte das Kinn in die Hand. Er wollte mit ihr auf der Erde bleiben, bis Tervenarius zurück war und berichten konnte. Am nächsten Morgen würden Ulquiorra und Terv sie verlassen. Eine neue Zeit brach an. Einen Moment lang fühlte sich Solutosan genau so alt wie er war.

»Du kannst überhaupt nichts mitnehmen?«, fragte David entsetzt.

Tervenarius nickte. »Ich werde froh sein, wenn meine Kleider heil bleiben.«

»Oh Gott!«

Terv saß an seinem Rechner und schloss das Browserfenster seines Computers. Er grinste zu David, der sich in Bluejeans und weißem, ärmellosen Shirt auf ihrem Bett räkelte. David war ein Körperpflege-Fanatiker und ohne Zahnbürste und Hautcremes hätte er niemals eine Reise angetreten. Er beneidete Tervenarius um seine weiche Pilzhaut, die er nur mit seinem Kefir-Konsum pflegte. Seine Verletzung war nun bereits einige Wochen her. Von ihr war nur eine schmale, rote Narbe am Hals geblieben.

»Weißt du schon, wie lange du fort sein wirst?«

»Nein, David – diese Art von Reise lässt sich nicht mit menschlichen Maßstäben messen. Zeit und Raum verschieben sich ständig.«

David erbleichte. »Ich vergesse immer, dass du kein Mensch bist«, flüsterte er. »Eine Reise zu deinem Heimatplaneten, der so wahnsinnig weit weg ist, dass es außerhalb meiner Vorstellungskraft liegt, macht mir einfach Angst.«

»Ach, David! Ich habe doch auch keine Angst. Du wirst sehen, ich bin in einem Augenblick wieder hier. Freu dich, dann kannst du den BMW fahren, ohne dass ich herummeckere.«

Aufgeregt sprang David vom Bett und beugte sich über ihn, drückte ihn mit beiden Händen gegen die Lehne seines Stuhls. Die Muskeln seiner nackten Oberarme spannten sich an. Terv betrachtete sie mit Wohlgefallen und einer zart steigenden Erregung. Er hatte sich an David gewöhnt, der auf der einen Seite stark und maskulin, andererseits jedoch weich und anschmiegsam war. Diese Kombination faszinierte ihn und ihm war klar, dass sie noch viele weitere Jahre anhalten würde. David erschien ihm wie eine seltene Blume, die in seinen Händen wunderschöne, aber gelegentlich auch bizarre Blüten trieb, die ihn immer wieder staunen machten. Ja, das war wohl das, was man Liebe nannte.

Sein Geliebter blickte ihm in die Augen, die vor lauter Sorge dunkelblau schimmerten, statt wie sonst in einem ruhigen Stahlblau.

»Ich will den BMW nicht, Terv. Ich will dich und möchte, dass du heil zurückkommst!«

David ließ sich vor ihn auf den Boden sinken und legte seinen Kopf auf seine Knie. Er streichelte versonnen Davids glattes, schwarzes Haar, kraulte mit den Fingerspitzen den zarten Haaransatz im Nacken. Er fürchtete sich nicht. Er war zu alt um Angst zu haben. Seine Aufgaben auf Duonalia waren klar – die Duocarns hatten Priorität vor allem. Er würde David wiedersehen, das fühlte er. Aber es tat ihm weh, ihn so sorgenvoll zu sehen.

Terv beugte sich vor und suchte Davids Mund mit seinem, versank in einem innigen Kuss.

»Lass mir etwas von dir hier«, flüsterte David. Er hatte bereits Tervs Jeans geöffnet und blickte mit bittenden Augen zu ihm hoch. Tervenarius lächelte und hob die Hüften, damit David die Jeans über seine Lenden streifen konnte.

»Schon wieder kein Slip«, flüsterte David.

Seit sie ein Paar waren, hatte sein Geliebter ihm etliche Kollektionen diverser Slips gekauft, aber er hatte sie immer achtlos im Schrank gelassen. Er, der den größten Teil seines

Lebens Gewänder getragen hatte, empfand sie als unnützes Kleidungsstück.

David betrachtete seinen marmorweißen Schwanz, der sich in Erwartung erregt bewegte. Er griff nach seinen beiden Händen und senkte den Kopf in seinen Schoß, liebkoste die weiche Haut seines Gliedes, das er an seiner Wange vorbeistreifen ließ, bedachte die Spitze mit einem liebevollen Kuss. Tervenarius schloss die Augen und genoss diese zarten Berührungen.

Zärtlich leckte David über die glatte Eichel, knabberte sanft mit den Zähnen den ganzen Schaft entlang.

Ein Schauer lief durch seinen Körper, er versteifte sich, ihre Hände verkrampften sich ineinander. David biss in die Haut seiner Hoden, zupfte daran. Das war schiere Folter!

»Du willst mich zum Abschied quälen«, stieß Tervenarius hervor. David schüttelte den Kopf und nahm seinen Schwanz in den Mund. Er packte Tervs Hände fester.

Er wusste, David liebte es Lust mit einer winzigen Portion Schmerz zu paaren und genoss es, wenn Terv ihm gelegentlich die Nägel ins Fleisch bohrte – manchmal, bis er blutete.

David verwöhnte langsam seinen harten Penis mit den Lippen und der Zunge. Er ließ sich viel Zeit. Als ob er ihn von seiner Reise zurückhalten, sich einfach an ihm festsaugen wollte, damit er nicht mehr fortkam.

Aber nun spürte Terv doch Davids Gier, die ihn zu einem schnelleren Tempo antrieb. Das hungrige Verlangen seines Geliebten fegte im fieberhaften Rhythmus sämtliche Gedanken fort. Den Kopf in den Nacken gelegt, vollends der über seinen Verstand schwappenden Lustwelle ausgeliefert, strafften sich seine Schenkel und Lenden eisenhart. Er bäumte sich stöhnend auf, seine Nägel tief in Davids Handflächen vergraben, als er sich in den Mund seines Geliebten ergoss.

David trank wie ein Verdurstender. Hätte Tervenarius seine Liebe verflüssigen können, er hätte es in diesem Moment getan. Aber so blieben ihm nur seine Pilzsporen, die er mit seinem Sperma mischte. Er wählte Davids Lieblingssporen wie Marzipan und Veilchen und verströmte sich keuchend.

David legte den Kopf in seinen Schoß. Er schmiegte sich an sein weicher werdendes Glied. Seine Schultern und der Rücken bebten.

Wie sollte er ihn nur trösten? Terv betete einen Moment, dass er nicht weinen möge. Er hatte die verkrampften Hände gelöst und streichelte sein Haar. »Nicht traurig sein, David! Bitte versprich mir das! Es ist möglich, dass meine Reise drei Monate dauert, die aber hier auf der Erde nur fünf Minuten sind.« David nickte tapfer und sah ihn nicht an.

Solutosan hatte Tervenarius zum Abschied noch freundschaftlich auf die Schulter geklopft. Ulquiorra schien sich seiner Sache sicher, also würde er in Kürze wieder mit Nachrichten von ihrem Heimatplaneten zurück sein.

Interessiert beobachtete Solutosan, wie Ulquiorra die Hände auf seine Brust drückte, die golden erstrahlte. Er legte die Arme des hinter ihm stehenden Tervenarius um seine Hüfte. »Auf keinen Fall loslassen«, instruierte er Terv. Der nickte und warf David einen langen Blick zu.

Ulquiorras Gesicht war konzentriert. Sein goldener Schein löste sich allmählich, formte einen Kreis und schob sich vor die beiden. Die Erscheinung vergrößerte sich und rotierte erst langsam, begann zu wirbeln. Sie bildete in ihrer Mitte einen weißen Nebel. Drehte schneller, bis nur noch ein Blitzen zu sehen war. Die Nebelwand verschwand, machte einer grauen Masse und darauf einer schwarz flirrenden Materie Platz. Die beiden Männer traten gemeinsam nach vorne in den Ring, der sie verschluckte, als wären sie nie da gewesen. Der goldene Reif rotierte weitere Sekunden und fiel dann in sich zusammen.

Gebannt blickte Solutosan auf die Stelle, an der sie verschwunden waren. Die verbliebenen Duocarns, Trianora und

David standen geblendet im Wohnzimmer in Vancouver. David hielt die Hand noch nach Tervenarius ausgestreckt.

»Puh«, ließ sich Meodern vernehmen, und nahm ihm so den Satz aus dem Mund. »Wenn das nicht mal eine irre Art ist zu reisen!«

Eben wollten sich alle wieder in Bewegung setzen, als der Ring erneut aufflammte. Solutosan, der ihm am nächsten stand, machte einen Sprung zurück.

Die schwarze Materie spie Ulquiorra aus, die Kleidung in Fetzen, die Brust strahlend hell. Er war allein. Er zitterte bis auf die Knochen. »Ist er hier?«

»Wer?«, fragte David, Unheil ahnend.

»Tervenarius!«

»Nein!«, stieß Solutosan hervor.

Ulquiorra sank zu Boden. »Auf Duonalia ist er auch nicht! Ich habe ihn verloren! Wir waren in der Anomalie. Ich spürte ihn noch hinter mir. Dann flüsterte er mir etwas ins Ohr und ließ los.« Ulquiorra wand sich verzweifelt.

»Was hat er gesagt?« Solutosan ging entsetzt neben ihm auf die Knie. »Was?«

Der Duonalier blickte ihn erschrocken an und schluckte. »Er flüsterte: Ulquiorra, der Ruf! Der Ruf! Beo menucans! Dann ließ er los!«

»Was heißt das? Bitte sagt mir, was das bedeutet!«, schrie David verzweifelt.

Solutosan kniete auf dem Wohnzimmerteppich und starrte ins Leere. Schlagartig kam seine Erinnerung an die Nacht mit der Wölfin am Strand zurück. »Beo menucans heißt: Komm nach Hause!«

MAUREEN
©duocarns.com

Personenliste:

Die Duocarns:

Solutosan - der Sternenkrieger (verbittet sich Abkürzungen und Nicknames) Chef der Duocarns, hüftlanges, goldenes Haar, sternenäugig, bisexuell, dominant, humorvoll, sensibel, Waffe aber auch Aphrodisiakum: Sternenstaub. Kanadischer Name: Bruce Farner.

Xanmeran - der Ätzende (Spitzname Xan)
Krieger, heterosexuell, zwei Meter groß, Bodybuilder, schwarzäugig, wild, Glatze, rote Hautstreifen, (Dermastrien) die er als Waffe und beim Liebesspiel benutzt. Experte für Sprengungen. Kanadischer Name: Bill Angels.

Meodern - der Schnelle (Spitzname Meo)
Krieger, heterosexuell, blonde, stachelige Haare, grünäugig, goldhäutig, Frauenheld. Kann seinen Körper zum Vibrieren bringen, Schnelligkeit bis Lichtgeschwindigkeit. Meoderns zweite Gabe ist seine tiefe Verbindung zu Pflanzen. Kanadischer Name: Pierre Malcolm.

Tervenarius - der Giftige (Spitzname: Terv)
Krieger, homosexuell, goldene Augen, silbern-weiße Mähne, fungider Hybride. Er kann seine Pilzhaut nach Belieben verdicken und im Kampf Pilzsporen von sich geben. Er simuliert fast alle Pilzarten. Kanadischer Name: Philipp McNamarra.

Patallia - der Heiler (Spitzname Pat)
Mediziner, homosexuell, grau/violette Augen, Glatze, weißhäutig bis durchsichtig je nach Emotion. Er kann sämtliche Medikamente in seinem Körper herstellen und per Hand verabreichen. Er hat ein Sprachtalent. Kanadischer Name: Patrick Mulhern

Die Erdlinge:

Aiden McGallahan – taffe Erdenfrau, Streetworkerin, lange, rote Haare, grüne Augen, großzügig, anpassungsfähig.

David Martinal – schlanker, dunkelhaariger Häusermakler mit Hang zu exotischen Fischen und Pflanzen, stahlblaue Augen, hartnäckig, sensibel, homosexuell.

Maureen Silverman - klein, blonde Haare, Karatetrainerin und Sekretärin in einem Pharmaunternehmen, mutig, selbstbewusst, zielstrebig.

Samuel Goldstein – (Spitzname Smu), Jude, Privatdetektiv, blond (wenn nicht gerade verrückt gefärbt), grüne Augen, gepierct, frech und unkonventionell.

Die Bacanis:

Bar – Anführer, intelligent, brutal, korrupt, nervenstark, nach Verwandlung graublaues, dickes Fell, mit spitzer Schnauze und langem Schwanz. Gründet Drogenimperium und Firma namens Finalmedicals. alias Brad Butler.

Krran – 1. Offizier, verschlagen, gierig, machtgierig, militärischer Ausbilder, nach Verwandlung rotbraunes hartes Fell, kurze, kraftvolle Schnauze, langer Spiralschwanz. alias Wesley Trum.

Pok – Befehlsempfänger, dumm, geil, gierig, bauernschlau, Kämpfer an erster Front, nach Verwandlung nachtschwarzes, langes Fell, ellenlange Schnauze und langer Schwanz.

Psal – einziges Weibchen an Board und Navigatorin, schlank, beweglich, intelligent, humorvoll, violette Augen (Telepathin), sehr schnell, nach Verwandlung grau-violett meliert, spitze Schnauze

Chrom - Bacani, violette Augen, Telepath, Pelz gelb-grau gestromt, arbeitet auf Seiten der Duocarns, blitzschnell, intelligent, warmherzig, Computerfreak, Navigator.

Die Bacanars:

Pan - Sohn von Chrom, violette Augen, kein Telepath, Computergenie, intelligent, herzlich, kooperativ.

Frran - Tochter von Krran, schwarze Augen mit violettem Glanz, dunkelbrauner Pelz mit weißen Spitzen, klug, gut erzogen, devot.

Die Duonalier:

Ulquiorra - Sohn von Xanmeran, Atomphysiker am Silentium, groß, schlank, dunkles Haar, schwarze Augen, Energetiker, ruhig, ausgeglichen, zielstrebig, stark.

Trianora - Genetikerin am Silentium, zierlich, blond, zurückhaltend, silberne Augen, kameradschaftlich, selbstbewusst, Assistentin von Ulquiorra.

Leseprobe: Band 3
„Duocarns – Die drei Könige“

Der energetische Ring verblasste und erlosch.

Solutosan war in die Knie gebrochen und starrte fassungslos auf Ulquiorra, der in seinem von der Anomalie zerfetzten Gewand, zitternd und stöhnend vor ihm auf dem Boden lag. David, die Hände vors Gesicht geschlagen, sank in sich zusammen.

Ulquiorra hatte Tervenarius auf dem Transport verloren. Eine Katastrophe!

Patallia stürzte sofort zu Ulquiorra, kniete sich neben ihn und ergriff mit besorgter Miene dessen Handgelenk. Er maß den Puls und nahm mit der Handfläche eine kleine Blutprobe, die er sofort in seinen Körper einspeiste und analysierte.

Er hob den blanken, kahlen Kopf. Seine tiefgründigen Augen blickten ernst. *»Er ist total erschöpft, Solutosan«*, sagte er telepathisch zu ihm. *»Hilf mir bitte, ihn hinzulegen.«*

So angesprochen löste Solutosan sich aus seiner Erstarrung und erhob sich schleppend. Er fühlte sich völlig überrumpelt von dem Geschehnis. Deshalb tat er instinktiv das, was er immer im Chaos versuchte – er half.

Gemeinsam stützten sie Ulquiorra und brachten ihn in eins der Gästezimmer zu Bett. Patallia breitete eine leichte Decke bis über seine Mitte und betrachtete den Torwächter sorgenvoll, dessen schwarzes, langes Haar einen starken Gegensatz zu dessen leichenblassem Gesicht bildete.

»Er hat einfach losgelassen«, flüsterte Ulquiorra immer wieder. *»Er ist einem Ruf gefolgt.«*

Solutosan nickte wie betäubt. Der Ruf! *»Ich kenne diese Worte. Ich bin vor etwa einem Jahr mit den gleichen Worten gerufen worden.«*

»Beo menucans«, zitierte Patallia mit gerunzelter Stirn, *»ist kein duonalisch, Solutosan. Ist dir denn nicht aufgefallen, dass du eine fremde Sprache verstanden hast?«*

»Nein«, Solutosan fuhr sich irritiert durchs Haar. *»Nein, es war mir völlig klar, was es heißt. – Es war so vertraut.«*

»Lassen wir Ulquiorra ausruhen, Solutosan.«

Er erhob sich von der Bettkante - betrachtete Xanmerans bleichen Sohn, der seinen linken Armstumpf immer noch auf die Energiequelle in seiner Brust drückte. Er war übergangslos erschöpft in seinen Ruhemodus geglitten.

Es war Solutosan klar, dass Ulquiorra keine Schuld an dem Zwischenfall trug. Wer mit ihm durch das Tor reiste, durfte die körperliche Verbindung zu dem Torwächter keinesfalls unterbrechen. Und Tervenarius hatte einfach losgelassen.

Seine Gedanken überschlugen sich, während er mit Patallia zurück ins Wohnzimmer ging. Sie hatten einen Duocarn verloren. Einen Unsterblichen. Was bedeutete es für so ein Wesen, auf dem Transport auf einen anderen Planeten verlorenzugehen? Ewige Verdammnis? Der Gedanke schnürte ihm den Hals zu.

Im Wohnzimmer lehnte Xanmeran steif an der Wand. Trianora versuchte, den völlig aufgelösten David zu trösten. Meodern saß auf dem Sofa, den Kopf in beide Hände gestützt und starrte vor sich hin. Xan blickte Patallia fragend an.

»Deinem Sohn geht es gut. Er wird sich wieder erholen.«

»Gut.« Xan schob sich mit steinerner Miene von der Wand. *»Bin im Fitnessraum.«* Das war seine Art mit dem Problem umzugehen.

Solutosan schüttelte leicht enttäuscht den Kopf. Xanmeran hatte kein Wort der Besorgnis wegen Tervenarius geäußert. Seine Distanz Ulquiorra gegenüber entfernte ihn nun sogar von den anderen Duocarns.

»Patallia, bitte hilf David«, bat Trianora.

Der Mediziner trat zu Tervenarius' Gefährten, blickte David prüfend an und legte ihm die Hand auf den Unterarm. *»Komm, David«*, sagte er leise. *»Du musst dich ausruhen.«* Davids stahlblauer Blick verschwamm. Patallia hatte ihm offensichtlich ein starkes Beruhigungsmittel verabreicht. Solutosan starrte den beiden hinterher als sie den Raum verließen. Er war mit den Gedanken bereits woanders.

»Beo menucans! Ihr Götter! Wo kommt das her? Wieso hat Terv es ebenfalls verstanden?« Solutosan stiefelte vor dem riesigen Fenster des Wohnzimmers auf und ab. Der dickflockige Schnee hatte den kleinen Garten vor dem Fenster inzwi-

schen mit einer dicken Watteschicht bedeckt. Nur Trianora und Meodern saßen noch auf der großen Ledercouch.

Trianora strich ihren langen, blonden Zopf zurück. Sie trug nun Menschenkleidung, da ihr duonalisches Gewand bei der Reise zur Erde zerfetzt worden war. Sie sah in Jeans und dem dicken, grauen Strickpulli richtig menschlich aus. Nur die silbernen Augen verrieten ihre Herkunft.

»Er hat sich entschieden, Solutosan«, sagte sie ruhig. *»Wir werden es irgendwann erfahren, das fühle ich. Tervenarius ist unsterblich, vergiss das nicht.«*

Er stierte sie an. Ja genau, das war doch das Problem! Einen Sterblichen würde die Anomalie in tausend Stücke gerissen haben – so wie es mit Ulquiorras Hand geschehen war. Aber einen Duocarn? Wollte er jetzt mit Trianora darüber diskutieren? Er war aufgeregt. Er entschied sich dagegen, drehte sich abrupt um und starrte aus dem Fenster auf die treibenden Schneeflocken.

»Da ist etwas, dass ich dich die ganze Zeit fragen wollte, Trianora. Was ist aus dem Sternentor geworden unter der Herrschaft der Bacanis?« Meoderns Stimme tönte rauchig-sanft – wie immer wenn er mit Trianora sprach.

»Mein Vater, der auf dem gleichen Mond lebt, hat mir erzählt, dass die Bacanis es benutzen wollten. Da es aber nur auf die duonalische Genetik reagiert, passierte nichts. Danach haben die Bacanis scheinbar versucht es zu zerstören«, antwortete sie.

»Was?« Solutosan fuhr herum. Den Bacanis war aber auch nichts heilig!

Trianora nickte. *»Es ist unzerstörbar. Es wird also weiterhin für die auserwählten Duonalier möglich sein, Unsterblichkeit zu erlangen.«*

»Unsterblichkeit!«, zischte Solutosan. Er dachte an all die Wesen, die er schon zu Staub hatte zerfallen sehen, während er und seine Duocarns in ihren unzerstörbaren Körpern die Ewigkeit überdauerten. Seine geliebte Frau, Aiden, war erst vor kurzem gestorben. Nur das gemeinsame Kind war ihm geblieben. Halia, das Sternenkind, das als Halb-Duonalierin sicherlich sehr alt werden würde.

Solutosan zügelte seinen Unmut und seufzte, denn in diesem Moment kam Halia ins Wohnzimmer. Er blickte liebevoll zu dem Kind hinab, das zu ihm gelaufen kam und nun vor ihm stand.

Halia, in einer blauen Latzhose und einem weißen Pulli mit roten Herzchen, reichte ihm mit ernstem Gesichtchen ein Glas Kefir. Ihre dunkelgrünen Sternenaugen blickten vertrauensvoll zu ihm hoch.

»Daddy, warum ist Onkel Terv weg?«, fragte sie.

Solutosan nahm ihr das Glas ab und lächelte schwach. Er nahm sie auf den Arm und streichelte ihre rot-goldenen Locken. *»Er wurde gerufen, Halia. Von wem wissen wir nicht.«*

Halia schob trotzig die Unterlippe vor, ihre Augen füllten sich mit Tränen.

»Ich weiß, er ist dein Lieblings-Onkel, Halia. Wir werden ihn sicherlich wiedersehen. Das ist einfach nur eine Frage der Zeit.«

Zeit hatten er und seine Krieger mehr als genug, dachte Solutosan. Trotz seiner eigenen, tröstenden Worte musste auch er in diesem Moment blinzeln, um die Tränen zurückzuhalten.

Aktuelle Infos über die Duocarns findest du auf http://www.duocarns.com und auf http://www.patmccraw.com

Die Duocarns-Saga:

Alle Bücher sind als Taschenbücher
und Ebooks erhältlich.

Band 1 - "**Duocarns – Die Ankunft**"
ISBN: 978-3-943764-05-5 – 236 Seiten

Band 2 - "**Duocarns - Schlingen der Liebe**"
ISBN: 978-3-943764-00-0 – 204 Seiten

Band 3 - "**Duocarns - Die Drei Könige**"
ISBN: 978-3-943764-10-9 – 212 Seiten

Band 4 - "**Duocarns - Adam, der Ägypter**"
ISBN: 978-3-943764-02-4 – 204 Seiten

Band 5 - "**Duocarns - Liebe hat Klauen**"
ISBN: 978-3-943764-13-0 – 216 Seiten

Band 6 - "**Duocarns – Ewige Liebe**"
ISBN: 978-3-943764-14-7 – 228 Seiten

Band 7 - "**Duocarns - Alien War Planet**"
ISBN: 978-3-943764-17-8 – 276 Seiten

Band 8 - "**Duocarns – Nice Game**"
ISBN: 978-3-943764-49-9 – 204 Seiten

Band 9 - "**Duocarns – Edoculus**"
ISBN: 978-3-943764-58-1 – 228 Seiten

Band 10 - "**Duocarns – Final War**"
ist in Arbeit und beendet die Duocarns-Saga

<u>Eigenständiges Buch:</u>
"Duocarns – David & Tervenarius"

ISBN: 978-3-943764-42-0 – 240 Seiten

Die Kurzgeschichten zu den Duocarns:

"Duocarns – Suspiricons"

ISBN: 978-3-943764-43-7 – 116 Seiten

Die Duocarns Sammelbände:

"Duocarns – Die fantastischen Sternenkrieger Collection 1-3"

ISBN: 978-3-943764-52-9 – 628 Seiten

"Duocarns – Die fantastischen Sternenkrieger Collection 4-6"

ISBN: 978-3-943764-55-0 – 632 Seiten

Weitere Bücher von Pat McCraw

Historischer Liebesroman:
"Der schwarze Fürst der Liebe"

Bartel ist Söldner, Dieb und Wegelagerer: Rau, ungehobelt und schlagkräftig. Er führt seine Räuberbande mit harter, aber gerechter Hand. Sein Leben verändert sich, als er eine Hexe vom Pranger entführt. Engellin beeinflusst das Leben der ganzen Bande und treibt einen Keil in die Freundschaft zu seinem besten Freund Rudger. Der Wirbel der Ereignisse reißt alle in die Tiefe, bis nur noch wenige übrig bleiben.

Die historische Helden-Saga beschreibt temporeich, spannend und gefühlvoll eine Männerfreundschaft, Liebe, Eifersucht, Intrige, Kampf, Tod, Schuld und Sühne. Pat McCraw würzt diesen Reigen mit einer dezenten Prise Erotik.

Heiterer Liebesroman:
"Butch – Neben der Spur"

Es geht um die Eifel, Ziegen, Motorräder, Lesben, Rocker, Festivals, gute Vorsätze, Jim Morrison, Lagerfeuer, Hilfsbereitschaft, verborgene Gefühle und um die Liebe: Die taffe Butch lebt mit ihren vier Ziegen und
ihrem Hund Harry in Monreal in der Eifel. Ihre Vorlieben gelten ihrer Kawasaki und hübschen Frauen.
Der Zufall weht einen außergewöhnlichen jungen Mann in ihr Haus. Sanft aber beharrlich beginnt Face ihr Leben zu verändern.

www.ingramcontent.com/pod-product-compliance
Lightning Source LLC
LaVergne TN
LVHW090939080826
845145LV00003B/817

9783943764000